大国粮仓

北大荒留守知青口述实录

朱晓军　杨丽萍　著

江苏凤凰文艺出版社
JIANGSU PHOENIX LITERATURE AND ART PUBLISHING, LTD

图书在版编目（CIP）数据

大国粮仓：北大荒留守知青口述实录 / 朱晓军，杨丽萍著. — 南京：江苏凤凰文艺出版社，2018.11
ISBN 978-7-5594-2675-8

Ⅰ. ①大… Ⅱ. ①朱… ②杨… Ⅲ. ①纪实文学－中国－当代 Ⅳ. ①I25

中国版本图书馆 CIP 数据核字(2018)第 178309 号

书　　名	大国粮仓：北大荒留守知青口述实录
著　　者	朱晓军　杨丽萍
责任编辑	孙　茜　傅一岑
出版发行	江苏凤凰文艺出版社
出版社地址	南京市中央路 165 号，邮编：210009
出版社网址	http://www.jswenyi.com
印　　刷	江苏凤凰通达印刷有限公司
开　　本	880×1230 毫米　1/32
印　　张	10.875
字　　数	220 千字
版　　次	2018 年 11 月第 1 版　2018 年 11 月第 1 次印刷
标准书号	ISBN　978-7-5594-2675-8
定　　价	39.00 元

目录

没要，家里什么也没有——婚后两人干活把钱还利落了——知青都回去了，我留在北大荒——红砖房，拖拉机——孩子们成家，农村的还找农村的——在哪儿生活都一样，东北挺好的。

引言　集结号永远不会再吹响

知识青年上山下乡是共和国史上一桩大事。

1968 年 12 月 22 日，《人民日报》转引毛泽东的最新指示："知识青年到农村去，接受贫下中农再教育，很有必要。"这是共和国发出的第三次上山下乡号召，第一次在 1955 年 12 月，毛泽东说："农村是个广阔天地，到那里是可以大有作为的。""文革"前，全国已有 129 万城市青年上山下乡。

最新指示下达后，一场轰轰烈烈、史无前例的知识青年上山下乡运动[1]拉开序幕，且高潮迭起，于是有了"知青"这一称谓。这场上山下乡运动给中国带来巨大、深远的影响。1955 年以降，全国有 1776 万知青[2]奔向"广阔天地"，其中有一大批下乡到北大荒。

1 1955 年至 1961 年为第一次上山下乡，1962 年至 1965 年为第二次，1968 年至 1980 年为第三次，1979 年，全国仍有 24.7 万人上山下乡。（《北京日报》1998 年 7 月 26 日）

2《中国青年报》2011 年 10 月 26 日第 9 版《博物馆里的知青记忆》。

何为北大荒？“东北海之外，大荒之中……有山名曰不咸，有肃慎氏之国。”[1]“大荒”即东北的北部。随着人类社会的发展，“大荒”像冰架不断缩小，至20世纪五六十年代，仅剩黑龙江北部的嫩江流域、三江平原与黑龙江中下游，即东经123°至134°，北纬44°至50°，面积5.53万平方公里，相当于台湾地区的1.5倍，以色列的2.2倍，新加坡的76.9倍。这是世界上一块稀有的黑土地，世上最珍贵的土壤资源。全球这样的黑土带仅三块：一块在欧洲——第聂伯河畔的乌克兰；一块在美洲——美国密西西比河流域；一块在亚洲——中国的东北角。

20世纪50年代，14万转业官兵开赴“天苍苍，地茫茫，一片衰草枯苇塘”“天低昂，雪飞扬，风癫狂”[2]的北大荒，为饥饿的共和国“向地球开战，向荒原要粮”。在这些老兵中，荣获“战斗英雄”称号者128人、特等功荣立者408人、立大功者2929人[3]，其中有“孤胆机智英雄”、荣立11次大功的李国富，电影《渡江侦察记》原型之一、12次战功荣立者王树功。20世纪60年代，54万北京、上海、天津、浙江等地的知青踏进衰草寒烟的北大荒，屯垦戍边，保家卫国。北大荒成为黑龙江垦区的代名词。

在20世纪70年代末的知青大返城潮流中，95.5%的知青返城了，80万[4]知青留了下来，其中有两万来人留在北大荒，被称之为“留守北大荒的知青”。他们是小众，绝对的小众，甚至被忽略不计。

1《山海经·大荒北经》，“大荒”为最荒远之地；“不咸山”，即长白山；“肃慎”，古代东北民族，现代满族的祖先。

2这两句诗来自聂绀弩的《北大荒歌》。

3此为1985年末尚在北大荒的老兵统计数字。

4数据来源为凤凰网《失落的一代》：至今尚有80万知青永留农村。

选择即命运。尽管“条条大道通罗马”，能否到达罗马，什么时候抵达罗马，不仅取决于执着，也取决于抉择。留下的都是什么人？为何选择这条 95.5% 的人放弃的路径，为何放弃与父母和家人团圆的机会，放弃朝思暮想的故乡，放弃城市资源优渥的生活，留在寒冷、偏僻、艰苦的北大荒？

有人臆断，谁不知道北大荒跟城市没有可比性，留下的都是走不了的，能走谁不走？

上海的一位版画评论家说：“我们以为留在北大荒的上海人不是残疾的就是缺心眼的，要不就是犯错误的，否则怎么可能留下来？”

想当年知青大返城时，北大荒犹如暴雨过后沟满壕平，大道小路都是背包罗伞、抬木箱子的、扛整袋面粉的、拎着一桶桶豆油的知青，如用“胜利大逃亡”或“兵败如山倒”来形容也许并不为过。在这情景下留下来不是不容易，而是非常不容易。犹如一群群栖雁，当一只接一只飞起来，转瞬间天空黑压压一片，像片云向南飘去，要想留下起码要有王佐断臂的决绝和狠劲。大部队转移了，集结号永远不会再吹响，那个火红的知青时代终结了，睡在铺左铺右和对面铺的哥们儿、姐妹儿都走光了，整幢知青宿舍空荡荡了。北大荒沸腾、激越的旋律戛然而止，取代的是冷寂和荒凉。拖拉机扔在地里没人开，春天没人播种，秋天没人收割，学生没人教，医院没了医生和护士……

我们在调查与采访中发现，留守知青绝大多数在大返城前结婚，配偶多为当地人。大返城导致共和国第二次离婚潮。提起往事，有知青说道，“造假病历的、假离婚的 …… 你不回去就要被认为窝囊。”云南西双版纳农场5日内有3000对知青夫妇仳离。北大荒有多少知青离异，没找到统计数据，也许从来就没人统计过。据老职工和留守知青讲，为返城而离婚的知青比比皆是，遭遗弃的绝大多数是当地的，有真离的，有假离的，也有弄假成真的。

也就是说，只要能返城，离婚、抛妻（夫）弃子在所不惜。那么为什么留守知青没这么做？

哈尔滨知青陈桂花说，一个嫁给当地人的上海知青，为返城把3个孩子扔给男方，离婚走了；一个嫁给当地人的天津知青也离婚走了，女儿跟她返城了，2岁的儿子丢下了 ……20年后，上海知青回来找儿女，儿女不认；天津知青的儿子进了监狱。婚姻不仅要有爱情，还要有责任与义务。

返城的理由是相似的，留下的缘由各不相同。有的为婚姻、家庭和子女留下来；有的不想回城跟兄弟姐妹去争家里那有限的空间留了下来；有的作为“狗崽子”而下乡，在北大荒没遭受歧视，怀着一颗感恩的心留下来；有的为了医生、护士、教师、农业技术员的工作，怀着对事业的追求、对职业的执着留下来 ……

我们在调查与采访中发现留守知青绝大多数既不是残疾，也不缺心眼儿，更不是犯了错误走不了。他们都很寻常，从事寻常的工作，过着寻常的日子。他们既不是当年“铁杆扎根”的典型，也没说过“扎根边疆一辈子”的豪言壮语，甚至连扎根树都没栽过。他们和其他知青一样从下乡那天起就梦想返城，做梦也没想到跟自己一个车皮来的都走了，自己却留了下来。

知青时代一去不复返了，留守知青变成历史遗忘的角落，鲜有关注。20 世纪 90 年代，我到黑龙江省农垦总局建三江管理局[1]采访时，上海知青袁小虎端起一缸子酒：

"谢谢你还记得我们这些知青，你不来连我们都忘了自己还是知青。这杯酒我敬你，你随意，我干了。"

说罢，他仰脖儿一口喝下，两眼湿润了。他那天激动得连干三缸子，大约一斤二两白酒。

24 年来，我去过黑龙江畔、松花江畔、乌苏里江畔，到过红兴隆垦区、建三江垦区、宝泉岭垦区、牡丹江垦区的几十个农场，采访过数百位知青。他们让我感受到另一种人生，让我激动和感慨，内心经受了一次次洗礼，深刻体味到什么叫责任，什么叫担当，什么叫承诺，什么叫人生……

上海知青欧阳吉宝说："什么是贡献？能够留下来就是最大的贡献！"

有的知青教的学生考上了北京、上海、天津、杭州等城市的重点大学，他们自己的孩子却留在北大荒，或在城市的角落打工；有的知青被当地人称为"张一刀""李一刀""刘一刀"，为无数患者解除病痛，可是他们的父母和家人却在城市的病榻饱受疾病折磨……说起遗憾，他们几乎无一不说，这辈子上对不住父母，下对不起儿女。父

1 位于富锦、同江、抚远、饶河两市两县交界处的三江平原腹地，辖区总面积 1.24 万平方公里。下辖 15 个大中型国有农场，现有人口 22 万。

母生病时，自己在数千里外，不能床前照料；父母去世时没有赶回去为他们送终。他们的儿女或者送回城市没人照料，学习成绩上不去，连大学都没读上；或留在身边，最后成为“荒二代”，子子孙孙留下来。

北大荒的指针式喷灌机，其自动化程度高，可以在较大面积的田地中进行浇灌。

由于留守知青的存在，北大荒与北京、上海、天津、杭州等城市的脐带没有萎缩断掉，带动了农垦的快速发展；他们让黑龙江边、乌苏里江边出现一群群说着纯正北京话，或上海版普

北大荒那一眼望不到头的麦地

通话的孩子；他们提高了北大荒的医疗水平，不知有多少婴儿经过他们的手来到这个世界；他们提高了农业科技水准，为北大荒成为“中华大粮仓”，年产商品粮300亿斤，可以养活1亿中国人做出了贡献……

他们已经彻底地北大荒化了，采访中听到北京、上海、天津、杭州、宁波、温州知青用一口纯正的东北话说，我们北大荒人怎样怎样的，你们城市人如何如何的。当我问：“留下来后悔过吗？”90%以上都说不后悔，天津知青苏桂兰说：“我最恨的就是知青返城，知青不走的话，我们的日子一定挺红火。知青来了以后，给这儿带来多少变化啊，现在这边的生活方式很多都是知青留下的。”她没站在个人角度来思考这个问题。英国演化理论学者理查德·道金斯认为，人生而自私，这源于自私的基因。难道这块土地改变了他们自私的基因？他们说的不是假话，也不需要说假话，在后知青时代说这种假话既成为不了“扎根典型”，也得不到提拔。

知识青年上山下乡运动50年了，留守知青年纪大的已年过古稀，年纪小的也将近花甲，可是他们还拥有一个跟年龄不相称的称谓——青年，有的已经过世，像苇草似的“生者死，死者烂，肥土壤，为下代，做食粮”[1]。

什么是北大荒精神？北大荒精神的内涵是：艰苦奋斗、勇于开拓、顾全大局、无私奉献。有许多知青的子孙成为“荒二代”“荒三代”。他们像那些转业老兵一样为北大荒献了青春献终身，献了终身献子孙。

---

1 聂绀弩的《北大荒歌》。

当年知青宿舍，墙上还留有“你们要关心国家大事，要把无产阶级文化大革命进行到底”的字样。

对30年前的返城知青来说，所有的苦难和风流已酿成一杯怀旧的老酒，对留守北大荒的知青来说历史还在延续；对返城知青来说那是三年五载、十年八载的知青经历，对留守知青来说，他们是永远的知青。

在写这本书的日子里，我时常想到莫斯科红场无名烈士墓上镌刻的一句话：“你的名字无人知晓，你的功勋永垂不朽。”留守的知青不仅是共和国知青史上不可或缺的一部分，也是共和国建设的奉献者和英雄。

在知青上山下乡50周年之际，我们从采访过的数百位对象中选出19位最有代表性的知青，这19条命运的曲线构成了16个真实而感人的故事。他们用50年的生命给我们提供了一个人生的坐标，让我们找到自己的位置。让我们倾听他们的述说……

一辈子想要干点事业，两个人必须志同道合

——胡国华、孙立文夫妇

人物简介：

胡国华，上海知青，生于1951年9月26日，初中毕业，1969年3月下乡到黑龙江格球山农场，1977年黑龙江农业技术学校毕业分回农场，次年调到黑龙江省农垦总局红兴隆管理局科研所。1989年被联合国粮农组织授予“世界模范农民”称号。40岁读硕士，50岁读博士。退休前是北大荒育种中心研究员，博士生导师，国家大豆工程技术研究中心首席专家。

孙立文，友谊县知青，生于1949年8月1日，1967年高中毕业，1968年3月从友谊县下乡到三师十八团三营连队。1978年考取鹤岗师范高等专科学校，1981年年初嫁给胡国华，生有一女。在北大荒当过农工、中学教师和大学教师，2002年在黑龙江农垦科技职业学院退休。

采访手记：

第一次采访胡国华似乎是1995年，那时他还在红兴隆，正值中年，书生气挺足。

红兴隆垦区位于黑龙江省三江平原中南部，拥有40万公顷[1]耕地，16万公顷林地，2万公顷牧地草原，还拥有1.2万公顷苇塘和6万公顷水面。这一垦区有两个国内闻名的农场，一是友谊农场，号称“天下第一场”，是

---

1 1公顷为10000平方米。

1954年前苏联援建的，也是中国最大的机械化农场；二是八五三农场，被称之为“北大荒精神的摇篮”，开发雁窝岛的故事被拍成电影《北大荒人》，如今雁窝岛湿地已成为国家级自然保护区。

1995年，在胡国华家拍下他们夫妇的合影。

那是我第一次去红兴隆，还没想为留下的知青写书，仅想为所在媒体写篇报道。一位上海知青被联合国粮农组织授予“世界模范农民”称号，自然是个好选题。我忘了是怎么联系上胡国华的，好像先去的友谊和八五三、五九七三个农场。五九七是计划外的，在管理局邂逅老肖，他是五九七农场宣传部副部长，人非常热情，要我无论如何也要去趟五九七，而且还找来一辆车。

我从五九七回来采访的胡国华。胡国华中等身材，方脸上的头发打着绺，还有点儿乱，目光执着，也许西装里边穿得较多，看上去很壮。他没系领带，挺括的白底蓝杠衬衣外边套着两件绒衣，一件浅米色，一件铁灰色。西服领右边平整，左边翻着，看上去很有个性。那时，他任黑龙江农垦总局红兴隆农业科研所副所长。科研所似乎在管理局机关大楼里边，试验田在那附近，记得胡国华领我参观过他的大豆地。我还去过他家，那是两层的联排别墅，不过面积不大，客厅很小，也超级简陋，唯一亮点就是电脑桌和电脑，除此，最引人注目的就是靠墙摞着五六个旅行包，好像他们刚搬进来，还没来得及开包，也像是住在战乱时的南京，随时要准备逃离似的。

胡国华话语犹如乌苏里江水不急不缓，

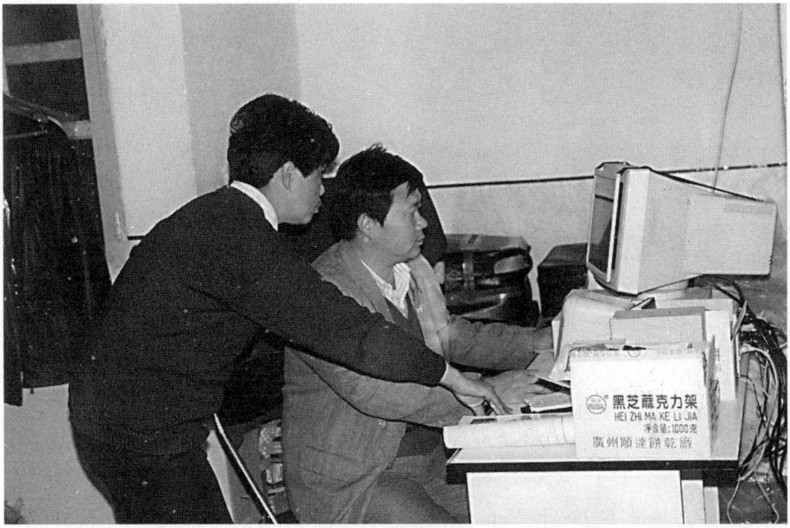

1995年，在胡国华家拍下他们夫妇的工作照。

浩浩荡荡，底蕴很足；夫人孙立文不愧教师，条理清晰，声情并茂，流水潺潺，绝对够得上演说家，胡国华也只得甘为听众。这是一对事业型夫妇，一个有理想有追求，可以将琐事与情调忽略不计的家庭。

12年后，我再次采访胡国华时，他头发还打着绺，看上去比上次成熟许多，稳重许多，也疲惫和苍老许多。他在2002年被任命黑龙江农垦科研育种中心副主任，不仅读完博士，还成为博导，家也从红兴隆搬到省城哈尔滨，看来十多年前打的那些包派上了用场。孙立文已从黑龙江农垦科技职业学院退休，女儿毕业于同济大学医学院，并留在了上海。

2018年，在成书前，杨丽萍又采访了胡国华和孙立文。胡国华拄着双拐，在北大荒马不停蹄地奔波着，他把一生和未来交给了大豆。他的外孙女乳名叫豆豆。年近七旬的孙立文刚从上海回到哈尔滨，还是那么思维敏捷，滔滔不绝。

1

胡国华：1978 年，我从黑龙江农业技术学校毕业，回到格球山农场时，知青大返城已经开始了，农场的知青已经不多了。跟我一起回去的一位上海知青要返城，农场不放。当时，大中专毕业生很少，农场拿我们当成宝贝。那位知青说什么也要走，见农场不放就绝食了，最终农场只得放他走了。他走后，我要走是很容易的。

我父亲来信说他要退休，让我回去顶替，表都填好了。1979 年春节前，我回了上海。那时，我跟立文刚谈恋爱。她是老三届的高中生，比我大两岁，在友谊[1]五分场当高中数学老师，带着毕业班，学生高考她也考，考上了鹤岗师范高等专科学校。她说，你来北大荒十来年了，能回就回去吧。

回去后，我们家召开了两次家庭会议，我父亲身体不好，高血压、胃出血，我是老大，两个弟弟一个妹妹都希望我回去。我想回去没个好工作，在街道工厂当临时工，也没啥劲。我如果没上农校，也就回去了，在哪儿都当工人，回家不是更好么。

我是 1969 年 3 月下乡的。我是老大，上海政策是走一个留一个。我走，弟弟才能留下。我父母不希望我走，可是不走就有人 24 小时轮流做父母的思想工作，天天在你家门口敲锣打鼓，你说闹不闹心？

1 指友谊农场。

那时学校也是部队编制，年级叫作连，我是年级的头儿，参与毕业分配工作，我就得带头下乡。

我下乡到黑龙江格球山农场[1]，挨着五大连池火山群。那是劳改农场，有1800多名劳改犯。1968年农场接收了1500多名本省知青，1969年接收了1400多名上海等地的知青。我一看喂马赶车的都是劳改犯，“这不是让鞭子握在劳改犯的手里么？不行，把它夺过来。”

下乡前，胡国华在黄浦江边。

我下乡时先干的是喂马。说马无夜草不肥，我就住在马棚，夜间要起来给马加草料。有一匹马脾气暴躁，谁也治不了，我去治，结果马拖着车从我脚上轧过去，轧伤了脚踝，至今阴雨天走路多了还肿胀疼痛。

再说赶车，你劳改犯能干多少？我比你干得多。拉玉米秸，劳改犯拉两车，我拉四车。没有干透的玉米秸很重，要使劲把成捆的玉米秸往高高的车上扔。劳改

1 位于黑龙江省小兴安岭南麓，世界地质公园五大连池风景区北部，在五大连池市、讷河市与嫩江县交界处。

犯去山上砍木头，二十多人十挂车，一天也砍不回一车木头。我说不用你们了，我一个人带着一挂车，一天砍三百多根碗口粗的木头，拉一车回来。

冬天，我领着二十几挂马车进小兴安岭伐木，每挂车四五匹马，五个知青，我那时已是大车排的排长了。三九严寒，里面穿棉袄，外面还得穿上棉大衣——抗美援朝志愿军穿的那种轧趟的；下乡时母亲给我做的呢子裤，平时不舍得穿都穿上了；脚上穿棉鞋，外面还得套上过膝盖的大毡靴；带着狗皮帽子，脖子上系紧围巾。冷到什么程度？寒风扫过，脖子冻一溜白泡，至今还留着疤。

抡起大斧来，干一会儿脱一件，再干一会儿再脱一件，怕汗把棉衣浸透，回来时风一吹就冻成冰棍了。最后只剩下短裤，赤条条地在雪地里干，干完活再穿上衣服。中午吃的馒头带着冰碴，咬一口就得放怀里捂上。日落时装好马车出山，进山易出山难，天黑了要迷路的，我的车打头阵，带着二十几挂大马车浩浩荡荡走出小兴安岭，从来没有迷过路。

刚来的时候住帐篷，后来劳改犯走了，我们搬进了砖房，是大通铺，一个大屋子里边一圈的炕，中间是个大火炉子。冬天睡觉穿着棉衣，戴着棉帽子，盖着棉被，醒来棉被上面一层霜。房顶的霜一天天扩大，眼看着墙壁结满了霜。

火炕一烧就冒烟，熏得臭虫从墙缝里爬出来，满墙满炕到处爬，没人敢挨墙睡，我就挨墙睡，累了一天，睡死了，臭虫爬了一身，咬了一身包都不知道。熏得褥子、衣服全是烟味。信寄回上海，妈妈问，

“你的信怎么总有一股烟味？”

在连队，我什么活都干。上百号知青就一个大水壶，没人烧的水能供得上使用，只要我烧就能保证供应。过年了，大家都要回家，连长对我说：“你在这守着里，别回去了。”我说：“行吧，我不回去了。”那时青年就想多干一点，想我干的活要对得起32元[1]。我一年365天不缺勤，年年都是先进，推荐去读大学，我都是满票。可是，领导不放我走，到了1976年，那是最后一批推荐工农兵学员了，我去了阿城农垦师专[2]，那时叫黑龙江省农业技术学校。

2

胡国华：人活在世上总得干点事情，我不愿这么默默无闻地活一辈子。我是学农的，专业是育种，回到上海专业不对口，总不能回去混日子吧？我要是18岁或20岁，也就走了。我已经29岁了，离开专业就成了废人。我想拉倒吧，别走了。

临回来前，给立文拍了电报，她正好放假，去车站接我。她挺为我惋惜的。

她是孙绍斌老师的女儿。孙绍斌是农业专家，我读中专时的老师。他是新中国成立前的老西北农大毕业生，新中国成立后在东北人民政府农业部工作，1953年响应党的号召来到北大荒。“文革”时，

1 当时知青的月薪为32元。

2 即黑龙江农垦师范专科学校，现为哈尔滨师范大学阿城学院。

他被打成“反动技术权威”，后来到学校当老师。

有一次考试，我得了87分去找老师。坐在一边的孙老师说：“行了，给你87分不少了。”我说：“87分少了，我没有低过95分。”95分怎么来的？图书馆里泡出来的。我读到初二“文革”就开始了，总觉得这书没念够，整天泡图书馆里，自学了遗传学、生物统计等。

就这么，孙老师喜欢上我。毕业的时候，他找我谈了一次话，想把他的大女儿孙立文介绍给我。我说行，处处看吧。

孙立文：我爸爸看中他这个人的钻劲，学农学挺没意思的，能学进去不容易。我老高二的，比他大两岁。我也挺坎坷的，受父亲影响，中学时入团都很困难，考上大学时已二十九了。学校的领导劝我，别念了，把最好的房子分给你，把你男朋友也调到学校。我们那时主要靠通信了解。

胡国华：我觉得她要强，我也要强，感觉我俩志同道合，一辈子要想干点事业，两个人必须志同道合。我对她说，你念吧，我等你三年。

我是1979年调入红兴隆农科所的。这个农科所是我岳父参与创建的，所长是岳父的老同事。所长当时挺矛盾，问我：“学农学特别辛苦，你能不能当成事业来干？”

我说，我还是能干好的。这样就把我接收了。把我分到了大豆组，大家对我不是特别看好，“一个上海人，到这来搞大豆，他能干长么？”

孙立文：搞农学一年四季风里来雨里去，没有消停时候。早晨起来先到地里遛一圈，看看庄稼长得怎么样。春天，数豆粒，装袋，

孙绍斌夫妇，怀抱的孩子即孙立文

写上什么品种，然后将成百袋种子，一粒粒地分区人工播种。种下去后，天天上地里看，出没出土啊，东拨拉一下西拨拉一下，天不下雨赶紧浇灌，好不容易小苗长起来了，又查病又做杂交，一个阶段一个阶段特别紧张。

胡国华：红兴隆离友谊县二三十公里，离鹤岗师专就太远了。我对立文说，友谊不是成立教师进修学院了么，你转过来读不好吗？就这样，她跟许多同学都转了过来。

孙立文：离得近了，我周日就过来看他，有时去地里帮忙，他在前面播种，我在后面拿着小本本按着顺序记。他见到我带来的课本就看，就这样他自学了大学的课程。我学的是数学专业，到后来他的高等数学比我都强。

毕业后，我本可以去哈尔滨或佳木斯，见他离不开红兴隆，也就去了管局中学[1]。

1981年初，我们结了婚。他有一个行李，我也有一个行李；他有一个大破木头箱子，我也有一个大破木头箱子；他有一个暖瓶，我也有一个暖瓶，这些就是我们的所有家产。我爸爸给我500块钱，他给我一个存折，上面有40块钱。他一个月工资32元，每月给下乡到江西的妹妹寄10元，还要回上海探亲，钱都铺火车道了，只存下这么多。

胡国华和孙立文的结婚照

"你们在这儿待不长，早晚得回上海。"

没有人相信我们在红兴隆能待长。从安家那天起，我家的日子不像日子，墙皮掉了就掉了，没时间去管它；家里没有一件像样的家具，两把折叠椅，还是结婚时他从广东花20元一把买的。我说他，你笨不笨啊，在上海买不一样吗？一个小板凳，是我爸爸过来看我们，见家里连个凳子都没有，就从劈柴堆里捡了块板皮，

1 红兴隆分局中学。

锯成三块，一块当凳面，两块当凳腿，拿大钉子钉了这么个板凳，它跟了我们好几十年。

胡国华：日头越晒大豆的花粉越多，授粉的效率越高，我比较胖，在地垅沟坐着，两条大腿插到垅沟里头去，脖子晒得像起疮，孙立文给我淘弄了多少药都治不好；二十多天下来，手肿脚肿腰直不起来，晚上翻身都得孙立文帮忙；手裂得都是口子，一秋天一大卷胶布都不够缠，手贴得像戴个手套似的。常年在地里干活，能穿什么好衣服？孙立文给我买双鞋，下地回来像飞了一样；穿条新裤子下地，回来刮个大三角口子。

豆子结荚了，我下班回家吃饭，老远就见个小伙子在地中间撸毛豆荚，扔了自行车冲过去，可把我气完了，真想揍他。他吓得跪下了，说再也不敢了。我的眼泪下来了，培育一个品种要 10 年时间，你撸两袋子毛豆，我前功尽弃了。打那以后，我下班不回家吃晚饭，直奔向地里。白天看地的工人下班了，我得守在那儿，孙立文做好饭给我送过去。

孙立文：我妈说过，我这几个姑娘，一个学农的都不找。为啥说这话？嫁给学农学的女人太苦了。我爸爸 1953 年到北大荒开荒建场，我妈 1958 年才带我们从沈阳过来。我爸爸每天半夜才回来，用手电在窗子上晃一晃，我妈知道他回来了。我爸爸不回来，我妈睡不着。那时候跑地号哪有车，先是骑马，后来骑摩托。我家一大帮孩子，都是我妈一个人带大的。

结果呢，我爸爸看中了他，也有让他接班的意思。我妈妈对我说，行吧，这个人挺老实，你跟着他一辈子不会犯错误。由于我爸是学农学的，我找对象脱离不了农学这个圈儿，我接触的也都是搞农学的。

1981年10月30日，我的女儿出生。临产前一天，我还挺着大肚子，拄个棍讲课，学生见我这么费劲就给我搬个凳子。有个女孩儿不知吃了什么东西，哇哇吐得满桌满地。我用撮子收拾了，这时羊水破了，才请假回家。他在外面出差，我知道自己要生产了，见天儿冷了，窗户缝还没糊，我知道指望不上他，不说别的，我家房子前边有片园子种点儿油菜，我说那油菜都冻了，你看人家的男人都知道盖一盖啥的。可是，他就不知道盖。

我打了些糨糊，裁了些报纸，站在凳子上，把家里前后的窗缝都糊上了，这才通知他们单位。羊水破了其实是非常危险的，我那时也不懂啊。当时他们办公室里只有两个老太太，是两个著名农业专家。她们叫了一辆吉普车，把我送进医院。

他听信儿赶到医院。我生了三天，最后侧切，才生下女儿。

孩子生下来，我跟他说，东北坐月子要吃小米粥，让他回家去熬。家离医院十多里地，等他把小米粥端过来，我已吃完了。我生完孩子饿得够呛，听走廊上喊，“开饭了！”我就让邻床帮忙打饭，吃了。吃什么？冰凉大麻花，一碗冰凉白菜汤。

再看看他送来的小米粥，水放少了，干成一坨，熟都没熟，拿筷子都能夹起来。里面还放了几条小鱼干，是我花一块钱买回的一大盆小鱼，吃不完串起来挂在那儿，他见了，扯下几条放进粥里。

我在医院住了一个多星期，他出差了。出院时，还是两位老专家把我接回家。我后来控诉他说,你知道我穿什么出的院?里面穿着你的中山装[1],外面穿着你下乡时穿的军大衣,戴着你下乡时戴的狗皮帽子,脚上穿着你劳动时发的42号大棉胶鞋。两个老太太拿着两条麻绳把我棉裤腿儿系紧,怕透风啊,连点人样儿都没有。一个老太太抱着孩子,另一个老太太扶我上了车。

产假还没休完呢,我抱着孩子坐在炕上,领导找上门了,说没有数学老师,课开不了。我说,我们家老胡天天往外跑,我连吃都吃不上;托儿所的孩子满了,没有人给我带孩子,我上不了班。谁知领导早已做好了托儿所的工作,我只好上班了。

孩子4个月时,我中午把孩子接回来,说好了他回来做饭,结果他上午接到任务去南繁[2],让人过来告诉我。我气得不得了,校长说:"你千错万错,就不该找这么个人!"

3

胡国华:1987年我去了加拿大,先在私人种子公司,后到加拿大农业部农业科学院大豆部进行10个月的大豆育种学习,师从世界遗传学会主席帕什和加拿大著名大豆育种专家诺姆·沃丁。你得表现出来中国人不比他们差,他们才能尊重你。过去往往派外语好的出

1 整个怀孕期间,她都穿着那件衣服,现在那件衣服已被黑龙江省农垦总局红兴隆管理局的博物馆收藏。

2 即南繁育制种,如玉米、水稻在海南繁殖,这种模式叫"加代繁殖"。因为3—5月在北方繁殖一代以后收获种子去海南种植,10月就可以收,然后叫加了一代。

国，可外语好的往往专业不好，人家专家和你一唠就露馅了，人家就不理你了，让底下的技术员领你去干活，等于你去打工了。

10 年来，我参加了红丰 3 号、红丰 4 号、红丰 5 号、红丰 6 号、小粒豆 1 号品种的选育工作，成为中国最早一批接触数量遗传育种先进技术的科研人员之一。

我的英语跟专家们交流完全没问题。靠初中和中专学到的那点儿英语肯定是不够的。我每次出差都带很多英语书回来，还订了大量英文杂志，我和她平常非常节俭，她总说："我连一件 50 块钱的衣服都没穿过。"可是，买书非常舍得花钱，我的床上，枕头底下，到处都是书。

开始我也没有引起专家的重视，我跟着他们去地里，他们认为这个事该这么干，我认为该那么干，我就说出来。他们很高兴，国外他允许你提意见，你若说得对，他就按照你说的做，他们的思想相对比较开放。

几次下来，他们对我的态度不一样了，"你需要什么资料？只要你提出来就行，都可以给你。"他们的资料库向我开放了。我完成了论文《从加拿大豆系谱分析谈大豆产量育种》[1]，受到世界同行的高度评价。

很多人出国后想方设法留在国外不回来了，我回来不回来？回国前，加拿大专家挽留，希望我留下来跟他们一起从事研究。这机会很难得，有人去加拿大就不回来了，有的按要求回来了，下了

1 该论文发表在《大豆科学》，1990 年第 2 期，第 168—176 页。

飞机又飞回去了。我动心不？说不动心是假的。学历一直困扰着我。1979 年在公派出国考试中，我考得最好，却没让我去，对我打击挺大，心里总感到挺别扭。我一气之下报考了研究生，报考的是中国农业科学院，结果分差一点儿，如报考东北农业大学也就考上了。在农场，中专毕业的还不错；到了科研所，中专毕业的就什么也不是了。1978 年晋中级职称的时候，我是中专毕业，要破格，当时一把就过了。总局批下来后，管局却迟迟不敢公布，说你晋上了，其他中专毕业的怎么办，他们对外说中专毕业的一个都没过。我去找管局主管副局长，他说："小胡啊，评职称的事，你就别想了。"他让我不想了，可我还是得想。1993 年晋副高时，平时人家说，你这个人能力挺强，到了关键的时候又揪住你学历的尾巴不放。总局办大专班，我想去，领导说，你要去了，家里剩下一个人干活也不行哪。我一想不去就不去吧。

我还是从加拿大回来了，带回两大皮箱资料，600 多份。不是别的，是那些正在研究的课题把我拴这儿了。

4

胡国华：1990 年，我考上东北农大的研究生，一面主持所里的 4 个大豆科研课题，一面读书，学校和研究所两头跑。我主持培育的大豆新品种——红丰 8 号，获得 1992 年中国首届农业博览会铜奖。

孙立文：胡国华的成就来之不易，我经常半夜醒了，一看旁边没人，赶紧出来，见他光着膀子，穿着短裤在电脑前坐着呢。有些技术上的问题，都是夜间做梦找到方法，赶紧爬起来，到电脑上去干。

1990年9月18日，我父亲病重住院。胡国华回到家见我在做饭，就没跟我讲。暑假期间父亲来电话还说，单位给老干部体检了，跟他很熟的医生说，你什么毛病也没有。那一年他73岁了。

胡国华获得的“世界模范农民”奖牌

吃完饭，胡国华才告诉我，父亲患了严重的心肺炎，我一下就崩溃了。

父亲从农垦医院转到哈尔滨医大，又转到黑龙江中医学院，每次检查或转院上下楼都是胡国华背的。

胡国华：岳父对于我而言，不只是亲人，也是恩师。

有我这么一个搞农学的女婿，岳父特别欣慰。最让他高兴的是1989年我被世界粮农组织授予“世界模范农民”称号。那一年，全球获此荣誉的仅有12个人。我还培育出红丰8号、红丰9号等4个新的大豆优质品种，创造经济效益上亿元。我被任命为红兴隆科研所副所长。

孙立文：我爸爸搞了一辈子农学，知道我们的难处，在女儿几个月大时，他来了一封信，让把孩子给他送回去。放暑假时，我把孩子抱回娘家，扔给了父母，那时孩子才 8 个月，还没断奶，连妈都不会叫。回红兴隆的路上，我一路走一路掉眼泪。父母一晚上起来好几次，冲奶粉喂孩子。孩子大了就不肯回来了。她一淘气，小姨就吓唬她："你再淘气就送你回红兴隆！"孩子一听红兴隆就害怕。父母一直带着女儿，直到我爸病重住院。

1990 年 12 月 30 号下午，我爸爸咽下最后一口气。我跟胡国华悲痛得难以自抑，将爸爸的遗体抬到太平间。

我爸爸的去世，对我妈妈的打击非常大，我妈妈在"文革"时精神受过刺激，身体不是很好，她对我说："你的女儿我们已看大了，你是数学老师，教过那么多学生，可是却没有教过自己孩子数一二三。你把孩子带回去吧……"上小学六年级的女儿这才回到我们身边。

胡国华：1992 年 6 月，上海连续拍来电报："母病危，速归。"可是育种的大豆刚从地里探头，我哪里走得开？

孙立文：胡国华听到这个消息心里特别难受，下班回家时摔个跟头，自行车摔出老远，腿上到现在还有一个疤。他是跟着爷爷奶奶和外公外婆在宁波长大的，那时父母在上海的工厂工作，忙得顾不上照顾他。也许为弥补这一缺憾，我们成家后，一家三口穿的毛衣毛裤都是婆婆亲手织的。婆婆最后寄来的一件毛衣是给我的，紫红色的。我已穿了十几年，直到今天还穿在身上。

女儿小时候的尿布都是婆婆做的，半尺宽，一尺半长，两边钉着绳子和布袋，前面往下一兜，两边布袋一系，相当于现在的尿不湿了。女儿的小棉被、小棉衣，也都是婆婆做的，一大袋一大袋从上海寄来。

女儿两岁那年，上海的爷爷奶奶想孙女子。学校放假，我马上坐当晚的火车赶回阿城父母家，抱起两岁的女儿上了去上海的火车，随身带着奶粉奶瓶和小尿盆，一路非常辛苦。

哪有卧铺？三个人挤着一个硬座上，要坐四十多个小时。我要上厕所让旁边的老太太帮忙看一下孩子。回来时孩子掉在了座位下面，水果刀及吃的被那老太太拿走了。

到了上海，女儿就感冒发烧，婆婆和我半夜把女儿包巴包巴，送去医院看急诊。孩子每次回去都生病，不回去又不行，老头老太太想孩子。

这些年他跟母亲在一起的时候不多，老太太把疼他想他的心思都放孩子身上了。但他跟母亲的感情很深很深。

胡国华：母亲才六十多岁，以为她能撑过这场病，没想接到“母病故”的电报。我匆匆赶到上海，跪在母亲灵前，泪如雨下。父亲说，母亲临死时念叨着你，她放心不下你啊。

孙立文：这辈子最大的痛是对不起双方父母，没有尽到孝道。那种遗憾，真是一辈子没法弥补。有时想起也是泪往肚子里流。

婆婆病故后，公公一个人在上海挺孤单，两个弟弟和妹妹工作的工作，成家的成家，他们家在上海的房子挺大，一八八几年的房子，在1949年以前法租界的地头上，是座有两扇黑漆门有围墙的小洋楼，老头一个人楼上楼下地转，他希望我们能回去，或者我的女儿回上海读中学，陪陪他也好。

胡国华：当时我是可以回上海的，1993年研究生毕业，许多单位要我，也有浙江的上海的。我想，北大荒农场面积那么大，技术力量比较差，个人能力的发挥可能好一些，搞农学的，回大城市很难出成果。

胡国华在地里做大豆的杂交育种

孙立文：好多人觉得我们挺窝囊，都说你们怎么还不走呢，没有理由不走。我爸爸的很多同学在美国，我们想出国早出去了。当时胡国华一边上学，一边在所里主持大豆育种，那是国家攻关课题。我生气地说："你说来说去就课题，让课题把你拴在这儿，把我拴在这儿了，把孩子拴在这儿了……"

胡国华：1993年毕业时，中国科学院武汉油料研究所想要我，东北农大想让我留校任教。我是有点动心留校的，我比较适合搞科研，学校的科研条件比农垦好，可是总局不肯放人，我是定向读研的。

5

学生帮胡国华后补的博士毕业照

胡国华：2002年，我调到北大荒育种中心，任研究员，博士生导师。

我是50岁读的博士，单位说，我们花点钱，送你走吧。我说拉倒吧，我还是参加全国统考吧。考试时，跟小孩子们在一起，他们跟我女儿的年纪差不多，考得还可以，考上了。50岁读博士的人很少，毕业后，东北农业大学让我留校，房子都给我准备了，我没有去。给他们带硕士生和博士生，培养了多少人才？我们家光学生的毕业论文，开题报告能拉一车。

1995年后主要精力放在科研上，国家的大豆课题，中国农科院、中国农大、省农科院的大豆课题都集中到我这儿来了，忙得要命。知青这代人往学术这方面走不容易，很多人当了领导就把专业扔了，我不论干什么，专业都不会扔的，否则就捡不起来了。

孙立文：2002年家搬到哈尔滨。搬家的时候，拉了一车啥？一件像样的家具都没有，就有一个电脑桌，几块板组合的，拿螺丝钉拧巴上的，我们拆了带过来了。几个行李卷拿被单包着，几十个纸板箱，把搬家的工人累的，说你的箱子里装的什么，太沉了。里面装的全是书。

那一年，我办了退休手续。职业高中与几所学校合并，成立了黑龙江农垦科技职业学院，我改教高等数学。退休前，我的课堂堂爆满，前面坐着学生，后面坐着年轻的老师。校长不给我退。我打了三次退休报告，校长说，孙老师你先别退，帮我带带年轻的老师好吗？我说我们家胡老师需要我，我的女儿需要我，我得回家。

我退休后就去了上海。1999年，女儿考上了上海同济大学口腔专业。对女儿，我们一直有一份内疚。那年接女儿回来，姥姥和小姨不放心，说孩子回去后，把鸡蛋和肉供上。我们答应得好好的，一回来什么都供应不上了。原来姥姥给她梳辫子，回来后我没时间，“咔嚓”一下把她的辫子剪了。

我们没有时间跟她说话，没有时间跟她交流感情，弄得对我像对阿姨似的，到现在也不会和妈妈亲热，搂搂抱抱啥的。

好像是遗传吧，也可能从小不在父母跟前的缘故，女儿很独立，也很要强。小学一直都是大队长，中学是班长，大学当团支部书记；大学五年，就回家一趟，左右邻居没谁见过我家孩子，寒暑假都去打工了，她自己也是省吃俭用的；毕业了，有一次我去上海，娘儿俩打学校旁边一个小店过，她指着那个店说，平时吃学校饭堂，偶尔进这儿吃点东西。我进去一看，是一间馄饨铺。

毕业了，她进了上海静安医院口腔科，上班就是工作服白大褂，下班也是随便一穿，没见她穿过太好的衣服和裤子。就这么攒了几个小钱。

她跟我们说，自己想交个首付，买个房子，我和她爸不同意，我说咱也没有钱，上海房子吧，那个时候虽然是几千块钱一平方，但是这个钱我们也拿不出啊。

我女儿没再提这事，自己交了个首付，贷款买了一套80多平方米的房子，在宝山那边，离市区挺远，我们知道的时候，贷款都交了多少年了。现在翻了8倍了。

我们自己在上海有没有买？没有。我们没有钱在上海买房子，上海的房子太贵。老胡他父亲去世后，房子他弟弟住着，在上海我们没有房子。

2017年春节，老胡一个人在哈尔滨过，我在上海，赶上女儿怀孕生孩子，女婿从北大法律系毕业后，又去美国留学，回来后在上海做涉外律师，工作非常忙。我在那边照顾着女儿和外孙女，惦记着这边的胡国华。

胡国华：我怎么不去上海？工作放不下。说是退了，不过是形式上退了，一年四季都往下面的农场跑，东三省、内蒙古，全国凡是有大豆的地方，都有我的点。考察大豆，春天从种到收，每个阶段都得跑，一次要跑好几十个农场。

孙立文：年轻时，马车压伤了脚脖子，加之不管刮风下雨，都在大豆地的地垅沟走，得了类风湿性关节炎、痛风性关节炎，严重时不能走路，得人背着上下楼，背着进教室。一次几位外国专家到农垦来，他

2007 年 8 月，朱晓军在黑龙江农垦科研育种中心胡国华的办公桌前拍下他的工作照。

犯病了，腿肿得够呛，外国专家在台上讲，他在旁边翻译，外国专家见他站着困难就搬来一把椅子说："我站着讲，你坐着翻译。"

就这样也不能耽误去农场考察，腿不能动了，拄着双拐，光双拐就买了几副，搁车拉着挨个农场跑，车的后备厢放一块厚泡沫垫子，人在后备厢躺着。脚肿得穿不上鞋，穿着人家给买的拖鞋。别人下去吃饭，吃完了给他端到车上。饭店的服务员就奇怪了，这人怎么不下来吃饭呢，司机开玩笑说，车上这人是犯人。

车上还带着打点滴的药水，有时到了农场就进医务室打点滴。

他一年到头学术会议也不少，2017 年参加 20 多个。2018 年 3 月 3 号，他去南京开会，晚上去上海看了一眼我们母女。第二天早上

7 点不到，饭都没吃，赶在地铁高峰之前赶到机场，飞回哈尔滨，再飞黑河，3 月 5 号在黑河有一个非常重要的大豆会议。

我跟他一起回来的。中午 11 点的飞机，因为哈尔滨雨雪天气延误到晚上，又延误到半夜，我劝他改签第二天的航班，他说黑河的会议不能耽搁，飞机票都订好了，必须得走。

凌晨 3 点到了哈尔滨，等候了大半宿的学生将我们拉回家，我赶紧把学生打发回家睡觉。北方的天气与南方不同，3 月的黑河还很冷，我帮他收拾衣物，他自己收拾会议用的文件资料，半个小时后，我把他送上 103 路公交车，坐到蓝天宾馆，转乘民航大巴直奔机场，搭上了上午 8 点飞黑河的飞机。

坐公交？好像也是一种习惯吧，他的裤兜里面总带着公交卡，上海有上海的公交卡，哈尔滨有哈尔滨的公交卡，就是这样。

我回到家，看到一个纸袋里装了一大堆汉堡包的纸。那些卖汉堡卖包子的都认识他，见他腿脚不利索，总是扶进扶出的。我一看他是这种生活，下定决心不走了，我不离开老胡了，我得照顾他。孩子那边我不管了，他们爱怎么样怎么样，这一辈子也没有很好地在一起生活，都快七十的人了。

这辈子我们也没有好好生活，吃没吃好，喝没喝好。这么多年，我们一家三口离多聚少，说出来人家不信，我们一家三口从来没在一起过个年。

胡国华：我之所以留下来，跟我受的教育有关。从小学雷锋做好事，忠于革命忠于党，这些年来，我就这样过来的。我在北大荒已经习惯了，回上海反倒不适应了。比如，我们在这边白天干不完，晚上接着干，根本就没有什么双休日，加班也没有加班费，谁都不会说啥。在上海行吗？人家会说，劳动法规定 8 小时工作制，双休日加班要给双份工资，加一天班不给 100 元钱，谁给加？

下乡对我来说，最大一个收获就是生活的磨炼。

忙忙碌碌这么一辈子，没什么值不值，做了自己分内的事，对得起国家，也对得起自己，一辈子问心无愧也就够了。

四口人凑在一起，也算一个家

——汪旺有

人物简介：

汪旺有，哈尔滨知青，生于1959年，6岁丧母，11岁丧父。1976年6月18日，初中还没毕业就下乡到勤得利农场四连，种过地，养过猪，开过拖拉机，知青大返城时，拒绝承认有病，没有返城。后回哈尔滨漂泊六七年，当过卸煤工，重返农场时已没有住所，曾娶当地患有精神病的女人为妻，妻病逝后又找一位“打伙的”，先照料她的车祸致瘫的前夫，后照料她的车祸致残的儿子，及“没妈”的孙子。在知青的帮助下，找到失散多年的弟弟，现靠打零工为生。

采访手记：

去过几次勤得利，我已记不清了，汪旺有仅见过一次，在2015年8月。

过去，我不知道有汪旺有，也许我去的时候他不在勤得利，在哈尔滨漂着。他不在也就没人提起。

谁提起的汪旺有，已没印象，记得有人说：“汪旺有，‘汪汪’才有，不‘汪汪’就什么也没有。”我听着不顺耳，却没吱声，毕竟是客嘛。人与人应相互尊重，何况汪旺有还是留下来的知青。上海知青欧阳吉宝说得好，知青只要留下来，对北大荒就是贡献。

想当年，知青大返城时，北大荒遭受重创，拖拉机没人开，学生没人教，看病找不到医生和护士，全都瘫痪了。留下的知青在那段时间发挥了重要的作用。北大荒有今天也跟这部分知青分不开，这是不可抹杀的。

怎么找到汪旺有？有人说，他在机务库打更，可以晚上过去采访；也有人说，跟他搭伙女人的儿子出了车祸，下肢瘫痪了，汪旺有每天都要推他去针灸，可以去那家小诊所门口找他。我选择了方案二，也许急于见到汪旺有，他是哈尔滨知青，我与哈尔滨有不解之缘，在那儿读书和工作26年，再加上2岁时家从沈阳迁至哈尔滨，2年后又迁至齐齐哈尔滨，我的人生有一多半是在那儿度过的，也就把哈尔滨人视为老乡。

谁领我去的已没印象，记得那是一个上午，北大荒的日头毫不含蓄，明晃晃地在头顶照着，犹如北大荒人的性格，一就是一，二就是二，一点都不绕扯。那家小诊所位于宾馆的北边，相距约200来米，开在随街的一趟小平房里，似乎没有牌匾。

“他就是汪旺有。”时间掐得真准，也许通过电话，见一家四口在诊所门前停下，矮小单薄的老汉将轮椅上比他高一头的壮汉背起，一位上了年纪的女人在后边扶着，胖乎乎的小男孩蹦蹦跳跳地跟后边，他们进了诊所。

“他是？”我疑惑地问一句。

那老汉看上去像个70来岁的老农，怎么可能是省城哈尔滨的知青汪旺有？

听说我要采访，汪旺有什么也没说就跟我去了宾馆。男孩喊汪旺有

2015年，汪旺有领着孙子来到宾馆，接受采访。

“爷爷”，非要跟去。汪旺有不准，孩子咧嘴要哭，他骂了一句就领上了。看得出来，他很宠孙子。

汪旺有在床头坐下，那是一张被不幸浸泡、被中风扭曲了的面孔，眉毛似有若无，右眼不仅比左眼低，而且有点睁不开，头顶像片盐碱地，发丝干枯而稀少，于是额部得以扩张，占到面孔的三分之一。他穿的迷彩上衣和迷彩矮腰胶鞋似乎是学生军训后淘汰的，上衣有点肥大，不大合身，内穿一件灰色圆领T恤，好似脏得已洗不出来了，蓝裤子也脏得不像样子。孙子看上去有六七岁，个子却比他矮不了多少，胖胖乎乎的蛮可爱，亲昵地缠着他，时而靠过去，时而拉着他的手，时而搂着他的脖子。

汪旺有不是一个能言善道的人，有着底层人的诚实与质朴，问一句答两句地讲起他56年的经历。他直言不讳地说，这孩子并不是他的亲孙子，是跟他一起生活的女人的孙子。“爷爷！”孩子看着他喊道，不愿让他这么说。据说，四连的人对孩子的奶奶说：“你找汪旺有算是找正了，他虽然长得不好看，待你一家不错。”孙子听了就不高兴，因说他爷爷长得不好看了，也许在他的眼里这个爷爷是最帅的。

中午了，我要请他们吃饭，他没接受，领着孙子走了。

汪旺有是不幸的，6岁丧母，11岁失父，在福利院长大。说是知青却没正儿八经读过一天书，他还没上小学“文革”就开始了，他下乡之后“文革”才结束。他有着底层人的孱弱与窝囊，也有着底层人的老实、正直、善良、敞亮和担当。

大返城时，别人都忙着搞假病历病返，他却拒绝承认自己有病，最后，跟他一个车皮来的60多位哈尔滨知青都返城了，四连其他城市的知青也都返城了，他这个老实人错过了时机，留了下来。

有人认为，像汪旺有这样的知青对北大荒是种负担，我认为汪旺有对北大荒还是有贡献的，应该得到尊重。社会不能因为汪旺有生存在底层，是微不足道的小人物，就否认他的人生价值。

一是在知青大返城时，北大荒出现“人荒”，拖拉机扔在地里没人开，会开拖拉机的汪旺有留了下来，这是不是贡献？

二是汪旺有娶一位患有精神病的当地女人，给她一个家，让她有个知冷知热的丈夫。他养活她6年，直至病逝，这算不算善行，是不是贡献？没有汪旺有，社会要不要管那位生活不能自理的女人，要不要付出代价？

三是王金玲的前夫车祸致残，不仅丧失劳动能力，连精神也不正常了；她要打工挣钱就照料不了前夫，要照料前夫就吃不上饭；她的儿媳扔下一个不懂事的孩子跑掉了，儿子在外打工带不了，这个孙子还得管。这个家七淌八漏，彻底坍塌了，谁敢沾边？只有汪旺有帮助他们，接济他们，借钱买辆电动自行车，接送那“没妈”的孩子去幼儿园，护理那脾气暴躁、脑壳生蛆的男人，还为他送了终，料理了后事。

没想到王金玲唯一的儿子也车祸致残，瘦瘦小小的汪旺有每天推着他去针灸，背着比自己还重的他进诊室，还赚钱养活他们一家……没有汪旺有，农场要不要承担，社会要不要管？汪旺有为农场分了忧，为社会分担了责任。

当然，这个不幸的女人也给了汪旺有一个家，贫穷却温馨的家。从这点看，汪旺有比生活在哈尔滨的弟弟还幸福。

汪旺有犹如北大荒的一棵麦子，尽管他看上去微不足道，但他是有价值的，有贡献的，而且他人不可代替。

社会该给汪旺有一份他该有的尊重。

1

2002年秋天晚儿，我打后趟房过，道上碰到王金玲，拉着孙子李鹏站在风中。我问，你在这儿站着干啥？快黑天了。她说，我家那人不让我进屋，在外头站了五宿了。

王金玲和她老爷们儿李凤才是外来户，那年勤得利招养牛户，他家三口人牵着两头牛，从五大连池过来。来时儿子才3岁，这不儿子都结婚了，我随了礼，也去喝喜酒了，还有了孙子李鹏。

2009年，李凤才骑摩托车出了车祸，一个20多岁小孩打那儿过，给人家的腿撞劈了，自己磕到水泥地上，脑瓜子撞坏了，大揭盖，昏迷，抢救6天才抢救过来了，却落下腿不能走路的毛病。

在医院住了20多天，花了4万元，包了人家2万多元，他们家原来日子还行，赶上连队搬迁，这不把房子扒掉卖了，给李凤才治病，在机务库后面租了房子。

日子不行了，王金玲上地点[1]干活，地点离家挺远，三四十里地。她起早贪黑给人做饭，别的也干不了，开荒地种水稻，她干不了，她才80来斤。

干10天回来，钱花完了，再出去。

她每次干完活儿回家，李凤才拿刀拿斧子砍她——有病有的

1 地里居住生活和休息的地方。北大荒土地辽阔，耕地离居住地很远，要在地头盖个房子作为地点。

呗，说她天天不着家，不管他。他不让她进屋，进屋要给他50元，她一天才挣30元。我看不下眼，劝他，你媳妇挣钱管家，天天对你这样事儿的，你怎么不知道心疼她呢。他说，不用你管。

我又劝王金玲，别去地点干活了。王金玲说，不干活咋整，米也没有，面也没有，人情来往，水电费，房租费，哪样不要钱。

儿子李亮？结婚时在一块儿了，这旮旯不兴老婆婆跟儿媳妇住一块儿，儿子儿媳领孩子出去过了，离五六里地呢。李亮在外面干活，不大回来。

李凤才不光摔坏了脑袋，还摔坏了一条腿，走路拉巴[1]拉巴的。王金玲不在家，李凤才把家造得不像样儿，连队让我给整整柴禾，烧烧炕，我天天上山捡柴禾，给他烧炕，这人当过兵，原来脾气就不好，喝点酒天天骂人，连我都骂，给我气的，不稀给他烧了。连队看他家冷，给钉了个门帘子，他给薅下来。王金玲从地点回来，我正给他家烧炕呢，我说，他总骂我。她说，那你就别给他烧了。我说，不给烧吧，冻死咋整？前后院住着。

我是1976年6月18号从哈尔滨坐火车坐到佳木斯，从佳木斯坐船到这儿来的。到这儿的时候已经是晚上8点多了，分到农场四连。名是农场，不也铲地薅大草吗？挨的那些累，就别说了。

哈尔滨福利院里有个孤儿部，我是从那儿出来的。我还有个弟弟，比我小3岁。1965年，我6岁时，母亲得了心膜炎，医院打错了针，死了。如果找的话，医院得抚养我和弟弟到18岁，因为认识医院的

1 东北话，叉开腿走路。

院长，后来拉倒了。我父亲在103部队当过兵，转业后给他安排工作，他没干，到处干临时工，冬天烧锅炉，夏天找点儿别的活。1970年去世了。

父亲去世后，我和弟弟去了福利院。在五十四中学念到初二时就下乡了。我说不行我也下，反正下乡两年就回来了呗。学校老师说，你下乡是吗？你走吧。就给我办了下乡手续。

福利院还有一个人，跟我一起来的，死在这儿了。怎么死的？那小子瞎作，蹲了监狱，出监狱没多长时间，一年多就死了。

我还在后勤养了几年猪，开了几年拖拉机。现在机务库看车呢，吃住都在那儿。

我说王金玲，你这儿站着咋整啊，还带个孩子，上旅店吧。她说，我没钱啊。我说，我给你钱。她说，你今儿给我拿钱了，明天还能给我拿吗？我也不能天天去住旅店啊。

王金玲说，前一阵儿我跟着别人去打鱼，挣俩钱拿回来了，李凤才没在家，嫌屋子冷，住旅店去了，吃饭店，饭店人家剩点饭，他捡着吃了。他讲话了，他也是四连的老人儿了，饭店可怜他，剩饭剩菜就给他吃了。他一个月500块钱低保，剩不下。

3岁的孙子李鹏回来了，怎么回来了？他妈给他扔下跑了。儿子在外面打工，儿媳把孩子送到幼儿园，一个月600元长托，星期六星期天也不往回接。放暑假了，老师说李鹏的家人怎么不接孩子呢？打孩子他妈电话，打不通，原来出了车祸，媳妇看家里条件不行了，跟人跑了。

王金玲在勤得利，媳妇把孩子扔同江幼儿园，王金玲不知道，接到老师电话才知道。

孩子接回来了，王金玲说不干活了，不走了，回家伺候孩子伺候他吧。“我家那人不让我进屋，拿刀攮我，不让我回家，也不让孩子进屋，进屋得给他 50 元，我上哪整钱去？”

她说，汪哥，我给你说点事儿呗。

我问，啥事？

她说，我这情况你也看着了，他好是好不了了，天天喝酒我也管不了。这孙子你也看着了，天天跟你叫爷爷，冻得丝丝哈哈的，你可怜可怜我吧，咱俩一起过吧。

我没吱声，走了。

2

我没给她信。

她给我打电话，她有我的电话号码。

我说干啥呀？她说你到团部来吧，我俩吃顿饭，孩子想你了。孩子对着电话喊“汪爷爷，想你了”。叫得我心软，我稀罕孩子，有时抱他到小卖点买点吃的，孩子嘴甜，爷爷长、爷爷短地叫我。

我去了。

她说，你别害怕，咱哥们认识这么多年了，你也知道我啥样人儿。我家这人死不死、活不活的，摔坏之前就不知道心疼人。我俩结婚三天就干仗，天天骂我妈，我妈是养母，养父死得早，我心疼我妈，为了照顾我妈招的养老姑爷，没承想，天天跟我干，他骂我妈，我还怕我妈听着。

她说，我 1960 年出生，初中毕业，我们那旮旯计划生育，招赤脚医生，我考上了，当赤脚医生也不挣钱，一年 700 来块。结婚有孩子后，上不了班了，农村不像咱农场，有地方看孩子，我就在家看孩子。跟他过了 30 多年，遭老罪了，放牛放了 10 多年，起早贪黑的，也没得好。做豆腐做了 10 多年，也没攒下一分钱。

到这旮旯，头五六年挺好，接着他就摔坏了。

前几次王金玲说跟我打伙过，我没回信，我也怕负担啊，她老爷们死不死、活不活的，还有个孩子……

1992 年我成过一次家，别人介绍的，当地女人，比我大 6 岁，生产队指导员给办的婚事，体格挺膀的，也不能干啥，一只手不大好使，神经有点不大好。

怎么娶了个精神不大好的女人？我寻思对付对付得了，那一年我 33 了。

返城没指望，1978 年大返城时，别人都办病退，我说我没病，等我回过劲儿来，再想办就晚了，没表了。

后来我找了一回，先去福利院，院长同意我把户口落那儿。上民政厅就不行了，人家说哈尔滨人口多，没有工作介绍给你，像大庆那种边边拉拉的人口少的城市还可以接收，你回去等信儿，有机会给你整。再就没信儿了。

不回去也好，回去找工作不也得有门子？回去要钱没钱，要啥没啥，爹妈死了，唯一的弟弟找不到了。怎么找不到了？丢了。下乡后，我哥俩就失去了联系。我走时他才十四，当时住在福利院，这次去福利院，他们说他早就离开了福利院，去了哪儿不知道。

我们那一批来了60多人，就剩我自己，都走了。

寻思结婚得有个房子，连队的房子作价几百块卖给了我。这媳妇天天往外跑，摸人家这个摸人家那个的，我还要给人家道歉。不会干活，我得侍候她。跟她过了6年，她病了，肚子大，肠梗阻，没治好死了。这都没了10多年了。她家的姐妹全在四连，到现在也来往。

又是一个人了，我在生产队养猪，夏天晚儿喂猪累得睡着了，睡了半拉点，睡醒了嘴就歪了，敢情受风了。我一个人没人管啊，有病也没人管，嘴就歪了，腰疼，铲地累得腰椎间盘突出。

这不，连队承包了，谁有钱谁种地，我没有钱，种不起地，就到处打工，有活儿就干，没活拉倒。那时候打工的工资便宜，一天撑死三四十块，哪像现在，现在最低得80块、100块的，现在的工资高，现在干仨月都万八千的。

那一年返城知青刘亦庭回农场，让我去哈尔滨给他干，我去了。腿麻，嘴麻，去哈尔滨连打工带看病。他那边不行，一个朋友在电厂，我在那儿干，卸火车，卸煤，管住管吃，去了养老保险，剩个四五百块钱。亏了去哈尔滨了，农场白扯，一年挣一两千块钱，去了交养老保险，哪儿还有钱啊。那时不去饭都吃不上。

在哈尔滨赶着挣赶着花，待了六七年，等我回来，连队搞规划修道，房子给我推了。多大？30多平方。连队以为我不回来了，直接给推了。一趟房三家，那两家也没得到补偿。

我找了找，还嫌我找了！我说不找怎么办？你得给我补偿啊！啥也没给。人家说，反正你一个人，你打更吧，让我去机务库打更，住在机务库。再去找，小干部说啥呢？你去找吧，不让你打更，看你能干啥，你的腰不疼吗？不打更我干啥去？也就拉倒了。人都说我太老实。

王金玲这女人聪明，看出我二意思思[1]的，说，我上地点干活，孩子送长托，学费书费我拿，礼拜六和礼拜天你帮接回来，不接一天80元钱啊，我也拿不起。你帮我接回来，搁你那旮旯，老师若来电话，说孩子有病有灾的，你给孩子买点吃的，把孩子接出来，别让孩子挺大发了……

我说那行吧，行。

她把话说到这份上，我还能说什么？

她为啥不找别人找我？她说我这个人实在，挺实在的一个人，精神病妻都能那么照顾。哪怕一个小孩儿呢，说汪叔你给我捎点啥，送点啥，我骑着自行车就给送过去，旁人说明天不行吗？我说也没啥事儿，今天送过去。

她上地点，孩子接送都是我。四连离学校12里地，半夜三更孩子有病了，感冒了，老师打来电话，我就骑着电瓶车去接。为了这孩子，我才买了这部电瓶车，钱不够，跟人借了2000多块，挣了钱又还

1 北方方言，指犹豫不决，三心二意。

了人家。

王金玲干一个月活，老板给600元，人家都是干完活才给钱，她跟老板说提前把钱提出来，600元够给孩子交学费书本费了。从地点回来，李凤才还是不让她进屋，拿刀拿斧子可那儿撵她，我看了寻思，这可咋整？总不能就这么一宿一宿风地里站着。

日子实在过不下去了，2011年，王金玲跟李凤才办了离婚手续。就这么的，我们俩到一块了。虽说离了婚了，王金玲对李凤才该管还得管，该照顾还照顾。

2002年上半年，李凤才不能动弹了，拉尿都在床上，夏天晚儿热的时候，给他翻身擦身子，王金玲真整不动啊，他骨棒大，病了也有100多斤，她干巴瘦小，才80多斤。儿子有时回来待个一两天，能帮把手，他还得出去干活呢。

里外都是我帮着跑，帮着买药喂饭，还得想法儿出去干点活，挣点钱。8月大热天儿，李凤才脑瓜顶摔裂的地方长蛆了，去医院没钱，王金玲给连队领导打电话，领导不接，气得她直哭。房东怕死在屋里，不让住了，没治了，就把他整到机务库了，机务库后面有个小屋，放车的地方，夏天车去地里干活了，空在那里，李凤才是在那儿咽气的，也算死在我家了。

买骨灰盒，买花圈，发送，都是我帮着张罗的。从他病重，到走了，前前后后照顾了大半年。

3

她在机务库没住多长时间，也就半年，就搬出去了，为啥？她儿子李亮又出车祸了。

这半年儿，衣服她洗，饭她做，我就干点活儿，有活儿就干点。有个头疼脑热，她也知道心疼我。哎呀，两人互相有个照应，完事了。

跟我原来的老婆比？这个能干活儿啊，原来那个干不了活，我还得侍候她。

她身体不大好，血压低，平时低压60，高压80，犯病时低压40，高压50，一年犯两回。她说我不得劲，你给我买点药，我就给她买点药去。挺不了了，才去打针去，打了8天针，花了1180多，把她心疼的，我说不打针咋整啊？总在炕上躺着不是事儿。

冬天连队不给买煤，王金玲见我自己上山捡柴禾，她说凭啥，晒场打更的都给买煤，你咋不给买煤，都是一样的人。晒厂打更的住好房子，你这房子都转不过身，连个水缸都搁不下，你也真行，这十来年了，我去找连队。劝不住她，就去找连队，连队拉了煤，煤不着，是陈煤。

李亮给人家开车，出事那天不是李亮开车，别的人开车，李亮坐在车上，回来撞车了，撞到十二椎了，一条腿往上掐有知觉，另一条腿没有知觉，走不了。

老板一分钱不包，人家有钱，人家有人，他讲话了，把李亮撞死，钱我也不给，我宁可打官司，他家没钱没人。也是，她家在这儿就三个人，也没亲戚，她讲话了，就这汪旺有是我亲戚。

李亮出院后，上半身能动，腰往下没有知觉，医生说得针灸，得自己锻炼。为方便照顾李亮，她就搬回团部，一年500元租了一个平房，一个前屋带个后屋，40平米。我还在车务库打更。

她去找连队，拿出医院的诊断书给当官的看，诊断书上说李亮要有人侍候。她说，拉了这么大的饥荒[1]，我得出去干活，你们连队找个人侍候李亮吧。连队说，你在家侍候你儿子吧。一个月补贴她500元。李亮吃低保，一个月900元。娘俩总共1400元。

李亮出事后就坐轮椅了，你没看原来租的那院儿吗？轮椅推不进去，推不出来，我就给他背出来，再背进屋里，天儿好时让他到院子里晒晒太阳。上卫生所时，轮椅推不了的地方，我俩一边一个搀着。王金玲整不了他，100多斤重呢。

他开车交的几个朋友花600元给他买了第一部轮椅，用坏了。去年王金玲去民政局找了五趟，民政局救济了一个新的，就是现在用着的。

晒场打更那个人退休了，连队让我干，我不想干，平时倒没啥，卖粮那阵特别忙，得过称搬粮食什么的。加上机务库那份活，黑白天没个消停时候了。王金玲劝我说干吧，不干咋整？李亮时不时住院看病，她干不了活儿。我得干活养活这一家啊。

就这么的，我有了两份活，加一起一年能整个1.6万。按照农场的工资标准，一年应该给我1.9万，我去找过，也没找出啥名堂来。

1 拉饥荒，指背负债务。

连队的人说我心眼好使，心眼实。他们说，换一个人早走了，这老的老，小的小，残疾的残疾，一大家子，吃喝拉撒都得管着。我俩到现在都没登记。

连队老人儿知道我是知青，年轻的新来的就不知道了。返城的哈尔滨知青没有忘记我，有时候来了就找我。没白在一起待这么多年，这些年没少帮我。

我弟弟丢了十几年，不知去哪儿了，这帮知青帮着我找，只知道我弟弟叫汪春友，在哈尔滨福利院长大，他们四处打听，真给找着了。

为这个，我特意跑去哈尔滨，跟弟弟见面。去之前想跟弟弟通电话，他手机没有，啥都没说，听说弟弟给人烧锅炉。王金玲说，你给人打更，咋也比你弟弟强，花600元给他买了个长虹的笨手机，笨手机电量大。我带着给弟弟买的手机就去了。

这是2014年了，从1976年下乡，我和弟弟30多年没见面了。

住一宿就回来了，王金玲说你咋回来啦，跟你弟弟不好好唠唠？我说哪儿啊，吃了晚饭，我弟弟走了，没影儿了，去哪儿逛去了，也不跟我唠，屋子里有一个小黑狗，我跟小狗儿待着。哥俩不咋亲，找着了吧，不亲。

弟弟吃食堂。家里啥也没有，电视也没有，在别人家看电视，租的房子，也没啥意思，就回来了，打那再没去，他也没上我这儿来。

互相惦记不？也惦记，有时打打电话，去年说血压高，高压200多，横竖也没去医院看，我告诉他吃点啥药啥药，就好了。我哥俩都挺皮实，我手麻胳膊疼，整点药吃巴吃巴，贴巴贴巴，就好了。

这两年弟弟混得比我强，他在骨灰盒厂打更，属于民政系统，有收入。去年我劳保交不上，李亮有病住院，我从他那儿借了1万块钱，到现在没还呢。他也没房子，老了咋整？老了上福利院吧。

李亮的车祸官司上了法庭，人家找律师花了10万，王金玲找律师花了1万多。老板败了一审，二审告到哈尔滨去了，8月开庭，王金玲带着李亮拼车去哈尔滨，一个人200元，来回路费800元。住两宿旅店，一宿88元。王金玲在家烙点饼带着路上吃，李亮大便干燥拉不下来屎，一顿给他买一碗面条。开庭时，哈尔滨知青去了两个代表，王金玲回来形容“两个男的，个儿挺高，长得挺帅”，跟着一起旁听，王金玲说谢谢你们，这么忙还来旁听。

哈尔滨知青还捐了款，20多个人，每人一百二百的，返城后他们的日子也不大宽裕。王金玲挨排儿打电话感谢，她说不能接着钱就眯下了，得感谢感谢，说点客气话。

官司打下来了，开车那小孩包60多万，老板包26万，他俩一共包90多万，小孩没钱，蹲了2年多，出来走了，外面打工去了。老板把财产转移了，一分钱也没赔。从出车祸住院到打完官司，前前后后拉了20多万饥荒。

知青去年来了，给我们买了袋面，我拿回来，王金玲唠叨着，一袋面一百四五十块钱，吃一个来月两个月，我跟人家认识认识吧。我说认识啥呀认识，我认识就行了。

我有一个哈尔滨知青群，群上有31个人，有时聊聊天。这31个人里，就剩我一个在北大荒了，就剩我自个儿了。

4

2008年4月，我从地点回来，造得水鸭子似的，春天地里开化嘛，在水稻地里干活，扣大棚，棉裤湿了半截儿，鞋都脱不下来了。

“爷啊，你可回来了，想死我了。”孙子李鹏抱着我亲，地里干活儿弄得脸黢黑，也不嫌弃，给我端来了洗脚水。这孩子长1米多高了，又胖又壮。做了好吃的，王金玲不吃，她吃啥也挑性，油大不爱吃，我干活儿，让我多吃点儿。我也不吃，可着李鹏吃。

孙子已赶上爷爷高了，不过孙子还是孙子，还那么黏着这个“长得不好看”的爷爷。

李鹏有吃的先可着爷爷，爷爷不吃，他急得掉眼泪，爷爷咬一口，一小口也行。我只要一走，冬天光着膀子都撵[1]我。学校开家长会，他让爷爷去，不让奶奶去。见人就说，这是我爷爷。学校都认识我。放学回来，先找爷爷，他爸说咋不先找我呢？他说我先找爷爷，再找奶奶，再找爸。

孩子也可怜，妈妈去年回来看他，带

---

1 东北话，追赶的意思。

走三天，送回来了，花2.5元给他买了一双袜子，穿一天就给整露了，露脚趾头了。一分钱没给，这么多年，就没给过孩子抚养费。

王金玲见我造得不成样子，也心疼，说明天你别去了。地点没有水，没有电，老板头天晚上熬点酸菜，用塑料袋装了，让儿子骑摩托车送来，一吃一天。王金玲给我打电话，说找人给我捎点肠，她知道我爱吃哈尔滨红肠，没等捎呢，我回来了。

我干活儿实惠，都愿意找我，在地点干活儿一天挣个一百二三十块钱，累点吧，挣得不少。

这当官的不知道咋回事儿，不让我看晒场了。那天书记去了，说汪旺有啊，你别干了，我找别人了。我说你不让我干了，我还没领退休金，你让我干啥去？农场的两份活，打更的那份没有了，机务房还干着，没多少车，看看小四轮[1]啥的，一个月开880元。咋地也得对付到年底我退休啊，连队现在属于北大荒上市公司了。

机务库住不了人了，没有水，没有电，炕也塌了，耗子嗑的。

机务库一份活养不了家，就再干点零活儿啥的，有多少收入？也不一定，有啥就干点，水田里整大棚，整台，筛土，一个月收入多少也不一定。

原来租的房子没有洗手间，王金玲要给儿子接屎接尿，不在那儿住了。现在租的房子一年1500元，有厨房有卫生间，条件比原来好了，有了卫生间，不用她接屎接尿了，李亮能自己摇着轮椅上卫生间了。从去年6月起，李亮的屁股坏了，到现在也不好，烂了不封口，

1 小型拖拉机。

花 6000 多元了，成了痔疮了。

过了八月十五，这屋子早晚就得烧炕了，不烧屋里冷，李亮的腿不过血，脚丫子是黑色的，冷热不知道，抗不住冻，一冬得买 5 吨煤，3000 多元。

李亮不大说话，病拿的。我们爷俩还行。有时候说，妈，你给我汪叔买点好吃的嘛，他那么大岁数，为了咱们这个家。没钱？没钱你少买点别的嘛。

这个家啥都没有，饭桌子、四个凳子、几床被子、草垫子、李亮的轮椅，别的啥都没有了，剩下的都是房东的了。对了，有一个冰箱，是去年李亮的朋友买的，那几个朋友来家，给李鹏买了几根冰棍，没等吃完都化了，朋友一人拿 200 块钱，凑了 1000 多块钱，给买了这个冰箱。

2018 年，真是“有苗不愁长”，孙子长大了，汪旺有和孙子、老伴儿。

我出去三天,家里啥菜没有。我不在家,娘儿几个吃破白菜对付。李亮说,给我汪叔整条鱼吧,鸡鸭叔不大爱吃。孙子说,给我爷爷炒俩菜。王金玲说搁啥炒菜啊,她只买了几个土豆。我张罗去买的,买了点菜回来。

王金玲说我,你这辈子挺苦,6 岁没妈,11 岁没爹,一个弟弟那么多年找不着了,找着了也不亲。说两个媳妇吧,也不好,也不行。

有时她唠叨,你也这么大岁数了,人哪有不得病的,万一有病了,钱也攒不下,都让我们娘们花了,也不是那个事儿啊。她说不行咱俩散伙得了。我说散伙你还有个房子,我连房子也租不上呢,没个窝呢。我一个人往哪儿去啊,就凑合着过吧。我一走,李鹏就号。我真要走了,李鹏就得饿着。我们连的那帮人说,碰上你了心眼好,这小孩儿跟着谁行?

王金玲有时也出去干点活,连队不给她干,一整就过来调查,她干活低保就没了。她去地点干 20 天,回来两趟,连队找她,她就认账了:我去地点做饭去了,我该人钱啊,人家来要债了,我咋整?我得拿钱顶账啊。开车的开车不给钱,老板老板不给钱,我家李亮屁股坏了,孙子上学,不干咋整?我不干活儿咋活啊?连队的人说,那行,你去干吧。

来年我退休了,退休金能有两千三四?

王金玲让我去连队找房子,她说你也不是无理取闹,你有房子,你自个儿买的房子,连队搞规划,也没通知你就给扒了,你是知青,还是孤儿,凭什么不给你房子?

又说，这房子知青能不能给作证啊？打电话跟知青说一声，让知青给农场打个电话，说一句话。这旮旯当官的这些年换好几茬了，都换走了，老人越来越少，再拖下去更难办了。她说你给知青打个电话啊，我没打，这电话不好打。

上个月我去找，机关有小兵[1]看着大门，不让进，我又回来了。王金玲说，你咋不叫几声呢，叫得里面当官的听见了，不就让你进去了？

瞧这一家子，没读这个故事，你会觉得挺不错，其实也不错，有着不幸中的温馨。

1 保安。

我寻思吧，这日子还行。有人做个饭，衣服脱了有人洗，回家有人说说话儿，比我弟弟强。弟弟连个亲人都没有，过日子不就过人嘛。我们两家在这边都没亲戚，他们三口，我一口，四口人凑在一起，也算一个家。

1976 年下乡，到今年 42 年了，我仍然记得自己是知青。

我的婚姻是被别人说出来的
——苏桂兰

人物简介：

苏桂兰，天津知青，生于1952年12月20日，1970年5月下乡到勤得利农场，在连队当过农工、炊事员。1975年嫁给当地一户赫哲族人家，生育二女。1997年，农场发电厂倒闭，45岁的苏桂兰内退回家，在北大荒守着在黑龙江打鱼的丈夫，思念远在天津读书和工作的两个女儿。2003年，父母病重，苏桂兰和丈夫卖掉黑龙江边的房子，回到天津照料双亲。父母过世后，房子被弟弟继承，他们夫妇在天津无处落脚，漂泊在山东、河北和内蒙古。

采访手记：

2008年，我再次到勤得利采访，见刘作信就打听天津知青苏桂兰的情况，让他安排车去看她。作信刚调任勤得利农场宣传部长，他一直视我为老师，尊重有加。

1997年，听说位于黑龙江边的勤得利农场有一户赫哲人家，三兄弟娶了三位汉族姑娘，老大娶的是上海知青，老二娶的是天津知青，老三跟北京知青恋爱一场未成正果，娶了一位吉林姑娘。仨妯娌一个比一个漂亮，走在外边是一道风景线；待在家里，窗外不时有人探头探脑。

赫哲族是我国人口较少的少数民族之一，1953年全国第一次人口普查时，赫哲族仅450人，1982年全国人口普查时1476人（其中包括那两位知青的儿女),2010年第六次人口普查时为5354人。赫哲族远离城市,居住在黑龙江、松花江和乌苏里江边,靠捕鱼为生,《乌苏里船歌》就是根据赫哲族民间曲调改编的。

勤得利农场地处同江市境内,北依黑龙江,与俄罗斯隔江相望,南面是一望无际的三江平原。农场有两万余人,汉族占91.1%,其余为满族、壮族、赫哲族等少数民族。上海、天津知青嫁到赫哲人家,在风俗习惯上会相融吗?在心理文化上会不会有冲突?她们的婚姻能否幸福和长久?

1996年,我一到勤得利农场就跟工会干事柱子打听那两位女知青的情况。

"她们住在勤得利。"柱子说。

难道我还没到勤得利?场部门口不是戳着"勤得利农场"的牌子吗?我蒙了。

柱子解释说,勤得利是勤得利农场境内的一个地名,那里有个发电厂。

勤得利距场部挺远,当时农场除了沙石路就是土道,刚下过几场雨,道路泥泞,幸亏柱子跟场部要来了一辆北京212吉普。那时这种草绿帆布棚的吉普车已是"凤毛麟角",即便在偏僻的北大荒,这样"凤"和"麟"也不多见。吉普像醉汉摇摇晃晃地行走在翻浆路上,车里的人犹如路边的水麦草,被风吹得忽左忽右,前仰后合。

"那就是发电厂,亏损严重,维持不下去,倒闭了。"一个来小时,吉普车晃进镇子,柱子指前边的厂区对我说。

厂门前冷落凄凉,厂区沉寂萧索,写着"勤得利"三个大字的烟筒没烟冒出。它给勤得利带来过光明,让机器粗犷地在荒原歌唱,此时哀戚地望着陪伴自己度过数十载的黑龙江,望着荒原的蓝天白云,望着当年车水马龙的街巷和从它身边走过的行人,等待着最后的告别……

突然,前边聚集着一群人,柱子急忙让车停下来,他跳了下去,将人群中一位活跃的中年女性拽了过来。两个男人着急地追着问:"你去不去了?"

"有记者来采访,我一会儿就回来。"她摆摆手,一转身轻盈地上了吉普。

"她就是你要采访的那位嫁给赫哲族人的天津知青苏桂兰。"柱子介绍道。

我打量一下，她有点儿与众不同，也说不上哪儿特别，眼睛不大却很有神，个儿不算高，却长得匀称。她有点儿不好意思地笑了笑，说她是发电厂的职工，几年前内退了，现在发电厂要破产，有些待遇还没解决，他们想去场部找领导理论理论。她说着一口东北话，只是个别字眼有着像“果仁张”似的津味儿。她说话爽快，有股敢说敢干的劲儿。

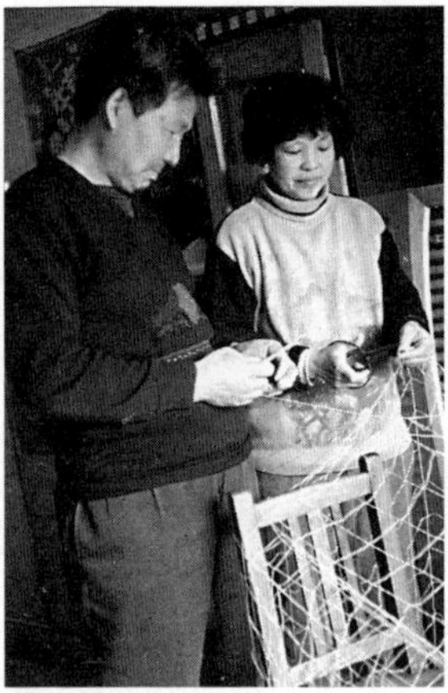

1997年，在苏桂兰家采访时，拍下他们夫妇织渔网的镜头。

车绕了弯驶进家属区，那是一片旧砖房，在20世纪五六十年代还算上等房。房子的格局有点儿像串联式电路，进门是一道狭窄细长的厨房，一通到底，拐弯进去是朝南的客厅，大约十三四平方米。客厅北边有间十来平方米的卧室。客厅里摆着一张单人床、一对简易沙发和一套样式跟房子同样有点过时的家具，有衣柜、高低柜、五斗橱、电视柜，齐全，整洁，殷实，富有情调。

一片没织完的渔网拴在窗户上，织网的是位头发花白，有着赫哲族特有的宽阔脸庞、突出颧骨的男人。他站起来，用憨厚的微笑表示欢迎。苏桂兰说，这就是她的赫哲族丈夫付忠喜。

我跟苏桂兰夫妇聊了一个多小时，她的表达能力很强，故事讲得也精彩。我写了一篇特稿，发表在我供职的期刊上。

从那之后，我又去过几次勤得利农场，每次都想去看望苏桂兰，由于勤得利离场部较远，去的话就得让农场出车，我和农场又不很熟，打怵开口麻烦他们。现在不一样了，作信在这当部长，给他添麻烦也没多大关系，谁让他称我为老师呢。

第二天，作信抱歉地给我一张字条："老师，苏桂兰带付忠喜回天津了，这是两个电话，一个是她的，一个是她女儿的。"

看来想见苏桂兰不容易了，得去天津见了。我感到几分遗憾，几分失落。

我一直保存那张字条，几次拿出来想拨个电话过去。本来就不很熟，又10多年没见，会不会有点冒昧，她会不会感到突兀？还是待写稿时再补充采访吧。

没想到这一拖竟又是10年。2018年3月，杨丽萍拨通苏桂兰的电话进行补充采访时，她还记得我，记得我的名字。

我跟苏桂兰仅见一面，交谈一个多小时，却留下很深印象。在这20多年里，我时常跟朋友谈北大荒，谈知青，也时常谈起她来。苏桂兰在北大荒没做出轰轰烈烈的成就，贡献却不可磨灭——她为濒临灭绝的少数民族生育了两个孩子，赫哲族从1953年的450人到1982年的1476人就有她的贡献；知青大返城时，她为家庭婚姻放弃返城的愿望，没给北大荒丢下一个残破的家庭和两个没妈的孩子；她让两个赫哲族女孩儿从黑龙江边到了天津，成为大都市的居民……

任何一个国家、一个民族都不该忘记像苏桂兰这样有所贡献的小人物，我对苏桂兰充满着敬意。

1

1978 年知青大返城那会儿完全可以回去,人家都走了。

我怎么就不想走?我是 1975 年结婚的,嫁了一个赫哲族男人。两人都是天津的还好说,各回各的家,领一个北大荒的回去,你说一间屋子半铺炕,家家都是那么小的房子,心里也挺烦的。一寻思回去以后白手起家,胆儿太小了,没敢回去。另外,家里也没认真给我办,我也就死了这份儿心了,回去也没多大意思。

哎呀,我们这头还有一个老婆婆,她一直跟着我们过,我们走了,也怕她承受不住,所以就决定不走,待东北干到退休。

自由恋爱?我们是先婚姻后恋爱。1975 年春节我回天津探亲,在回农场的火车上碰到一个知青,“你回家去商量婚姻大事啦?”

“你尽扯,我和谁谈恋爱啦?我自己都不知道。”我跟他说。

我是初中毕业下乡到勤得利农场的。我上中学就“文革”,没学着文化,那咱[1]一说上山下乡,走!不下也得下,不下就给父母停止工作,血书就不写了,反正都立志了,我说马上走,拿着户口本就迁户口。

来的时候说咱这儿是部队编制,一排排的营房宿舍,吃饭洗漱和部队一样。下车一看,哪是啊,就几间草房,在车上大伙就叫唤起来了。老下雨,顶着雨到地里割麦子割豆子。不是悄悄地掉眼泪,

1 东北话,那会儿。

一个宿舍10个人，一起哭一起乐，乐了大家伙儿就演一段。

那时，我还挺天真幼稚的，也有找我的，我统统都拒绝了，那么点儿岁数找什么对象哪？

谁知一回连里就轰动起来了，都说我和我男朋友的事定下来了。我心里纳闷，我跟谁处对象？我那时在炊事班，做豆腐时碰到连里的一个光棍儿，他总去我那儿喝豆浆，关系特别熟。我说："他们都说我有对象，我和谁呀？"

"'小常宝'，你是真不知道还是假不知道哇？"

他们叫我"小常宝"，我演过《智取威虎山》里的小常宝。大家都说我长得漂亮，我没感觉啊，有时照照镜子，是不丑。我的皮肤不算太白，跟着季节走，冬天白，夏天就黑了。朱晓军上次来勤得利拍的照片，我用微信发给朋友。她说，这是谁啊，刘晓庆？她说我是刘晓庆。

我说："我真不知道，我和好多人都不错。"

他说："那我就告诉你——付忠喜。"

我说："根本就没那回事儿。"

付忠喜是机务排的，挺魁梧，不爱吱声，人品好，干活任劳任怨，还是共产党员，连里不论老的少的都对他很好。我是炊事班的，有时候给他们送饭。我们关系不错，要说谈恋爱，那可是笑话，我根本没有跟他谈恋爱的心。

我们住的大宿舍，在机务排宿舍前面，他们每天在门口坐一排，看着我们这些女知青，评论着这个怎么样，那个怎么样，想找谁早就目测好了。本地小伙子都想找知青，那些找了本地的后悔了，夫妻打架就想离婚，离了再找知青。他们说把当地的姑娘干起来[1]。为啥找知青？他们说想进城看看。

付忠喜是赫哲族，1949年出生，比我大三岁。他们民族人口不多，集中在东北地区[2]，八岔、四排、街津口是赫哲族的居住点，其余的都分散到全国各地了。小日本占领东北时，设了一部落、二部落、三部落，准备将这个民族赶尽杀绝，一家一家往外抬人啊，就这么吓人。新中国成立的时候，人都快死没了，就剩了300来人。

他妈37岁守寡，没想到这三个儿子挺争气，都是党员。知青从城市来看啥都新鲜，他们家哥仨，没姑娘，他妈特别喜欢姑娘，还爱干净，知青都爱上他们家去玩。赫哲族靠打鱼打猎为生，他们住山上的，不会种地，也不会盖房子，打地窨子，住地窨子。有了生产建设兵团后，他们从山上迁下来了，学会了盖房子。他们的房子依山傍水，一溜儿几户人家，上山十多分钟，下江十多分钟，周边的景色可美了。站在大石拉山山顶上，拿镜子一反光，直接可以照到他们家。身后就是黑龙江，洗衣服都上江边洗去，十来分钟就到江边了，很方便。后面的山上长着原始的林子，野生果树多，到了秋天山葡萄、山丁子、臭李子、山梨、山核桃、山榛子，哎呀，有的是。采的山葡萄，做的那山葡萄酒，哎呀，那好喝呀，别提了。

付忠喜18岁时就有人给他介绍对象，人家讲话了，给他介绍的对象没有一火车也有半火车。他想入完党才能找对象，在政治上要求进

1 晾起来。
2 应该是集中在黑龙江边上。

步哇。赫哲族男的女的找对象，都找汉族不找本民族的，基本汉化了。本民族的话付忠喜只能说简单的几句。付忠喜二十四五岁时看中了一个常去家里玩的上海女知青，跟母亲说，想和她搞对象。

母亲说："你看你哥还没对象呢，你着啥急呀？"

他大哥那人特别老实，平时不爱说话，见了女的就更不会说话了。

付忠喜说："那我给他们介绍。"

过去的人听父母话。

"我给你介绍个对象行不行，"送上海知青回家时，他说，"是我哥。"

她脸通红的，没说啥。

"我哥在邮局当局长，工作上挺能干的。"他说。

她没吱声。付忠喜父亲去世得早，舅舅在邮局当干部，他哥读完小学就去邮局上班了。那地方小，邮局也不大，也就三四个邮递员，他哥没干几年就升为局长了。

"你要寻思通了就告诉我。"他说。

过些日子她来了，说行。她给家写了封信，征求家里意见。家里回信说没什么意见，他们很快就结了婚。付忠喜又看上跟他在一辆车的上海知青，说出来怕姑娘不同意，以后没法一起工作。后来，人家调到农工排当排长了，这事也就搁下了。

付忠喜人缘好，为他帮忙的特别多，今天这个来找我，明天那个来找我。他们说，你看这个人还行不？我说，人倒是行，可我没有谈对象的心哪。你也到岁数了，看行就定下来吧！就这么跟他定下来了。

至于他是赫哲族，生活习惯不一样，没想那么多，过上日子了才知道这个问题。

天津父母？没什么异议。我妈这人心大，不像人家那些细心的妈妈，有时候他们问我，你妈是不是后妈呀？别的同学家里都给邮点什么东西，我们家从来没有过，只有我惦记这个家，想办法给家里邮点什么。第一个月工资发了，我只留了点生活费，其余的寄回家了。我爸那时就挣56块钱，到月底就闹粮荒，我爸我妈为钱吵架。我们胡同走好几个呢，都是同班同学，有的还跟家里要钱。胡同口没有不夸我的，说你看人家的孩子。

付忠喜只读了两年书，不爱读书，就爱干活，正好家里也困难，跟着姥爷、舅舅下江打鱼，上山打猎了。付忠喜干起打鱼打猎这些事儿特别起劲，特别聪明。一次，他和连长上山伐木，两个人就用斧子砍，砍了12头野猪，用连队的爬犁车拉回来，那一年整个连队家家吃野猪肉。

按当时来讲，我们两家门当户对，付忠喜家是贫雇农，我们家也是贫雇农，都是穷苦家庭长大的孩子。他这个人比较实在能干，我也实在能干，我们俩都是连队的尖子，干活出色。20世纪70年代就讲家庭成分好，政治面貌好，工作积极上进，就选这样的人。

我们这段婚姻，是叫人家说出来的，根本没谈过对象。

2

我们谈对象后，付忠喜就调到了发电厂，在车间当班长，工作忙，很少到我这儿来。后来，要把我调到更远的二十七连，付忠喜劝我上电厂。

这时，一位天津知青找我，他和我青梅竹马，小学一年级就是同学，一起上中学，一起下乡，他心里有我，我不知道。我这人就是这样，直性子，大大咧咧。我们那口子找到我了，他才主动说出来，已经晚了。我这个人一就是一，二就是二，我已经答应这头，不能再答应那头了，再好也不行了，就这么的。那人还挺生气的。

我要进电厂得先登记结婚，付忠喜问我同不同意，我说行吧，就这样我们俩登了记。我爸说你们要结婚啊？我说是啊，要结婚。然后，我就给他领回去了，就这么结了。婚后，我问付忠喜："你说真话，是不是你在外面造的谣啊，让大伙给你帮忙，好让我跟你谈对象？"他不说话，问紧了，他说是，我就跟他们说说。

我调进了电厂炊事班。我在电厂的威望比他高，后来当司务长、图书保管员，走到哪儿领导都挺重视我。

我和付忠喜文化上有点差异，差异不大，一般的书他能看下来。他单纯，我也单纯，考虑问题不复杂。两口子过日子哪有舌头不碰牙，他不来脾气看着挺柔和的，来了脾气那也是挺冲的，让我受不了，也吵架。

表面看，这个家庭跟汉族一样，真正进入了才发现有不一样的习俗。赫哲族单纯、憨厚、直白，花花心眼儿没有，就是爱喝酒。他和他哥不怎么喝酒，他弟弟喝，去年肝癌走了。老一辈喝了酒又唱又跳。男女都喝，天天喝，顿顿喝，没事坐那儿手里拿着酒瓶子。他们喝酒不像咱们喝得有分寸，一喝就多，喝多了就作妖。像我们家那些老辈儿亲戚，喝多了就上我们家来作妖。我说你上我家来行，你吃你喝都行，但是你作妖不行。咋作妖？胡作乱闹呗，那股酒气味啊，鼻涕哈喇子都下来了，咱真受不了。实际上喝了酒的人他心里明镜似的，就是作，但是你给他来个下马威，他也怕你，后来再来了打报告，我喝酒了，我坐一会儿。我说没事，坐吧，该坐坐，该吃吃，该玩玩，只要你不作妖啥事都没有，他们家那些大个子都叫我给制服了。他们还有一个什么习惯呢？吃止痛片，像吃糖豆似的，你吃两个，我吃两个，还给我呢，我说我不吃，吃那玩意儿干啥？他们说吃完了身上好受。

我婆婆也喝，有时候半夜起来啁一口，说哎呀，喝点酒像抹了油似的，身上舒服。她的酒量倒不太高，一天有个二三两差不多了。十四连有个酒厂，生产高粱酒，度数高，好喝还便宜，3 块来钱一斤。我们每个月都得给老太太买 10 斤酒。我们俩开不了多少钱也得给她买，不买她就该生气了。

勤得利的人都说，好媳妇都让老付家挑去了，大媳妇是上海知青，二媳妇是天津知青，老三先是找了个北京知青没成，后来娶了十连的指导员，那姑娘口才好。哥仨中，老三文化最高，读了高中，当了农业技术员。三个媳妇都通情达理，要个头有个头，要口才有口才，一个赛一个漂亮。那时去他们家，左右邻居都过来趴窗口看，想看看这媳妇到底长什么样。

老太太要强，她37岁就守寡，带着三个儿子，多不容易。我们三个儿媳妇进了他们家后，婆婆可是享到福了。她平时不大吱声，生气也好，高兴也好，都不表示。过年过节三家聚到一块，大嫂是上海的，我是天津的，我们都会做菜，还开联欢会，各自表演节目，可热闹了。老太太会弹赫哲族的口弦琴，在赫哲族聚会时才会表演，有一次我在一张照片上看到，她在给日本来的客人表演，在我们面前就很少表露自己的艺术天分。他们哥仨这方面不行，像木头竿子似的，不如我们这几个媳妇儿。

赫哲族男人一般不做家务的，不会料理生活，洗澡了，你得告诉他，换衣服了，你得告诉他。外边的活儿，整个地，挑水劈柴都是他。人际交往，吃喝拉撒，都是我张罗。

赫哲族最擅长打鱼，打鱼是他们的生活方式。付忠喜下了班背着渔网就走了，人影儿不见一个。那会儿鱼有的是，大黄鱼、大草根、大胖头、哲罗、发罗、鲫鱼瓜子、嘎牙子，多的是，打的鱼大的上百斤，要合伙用大趟网拉上来。夏天打鱼，冬天也能打鱼，冬天江面不是冻上了吗？凿个冰窟窿，一点一点续网下去。

有一年冬天，付忠喜打的鱼在仓房里码了小半垛子，把我给愁的，我说这咋整啊？那个鱼多到哪种地步？过年挨家分。过去不懂得卖呀，那要卖是不是也得卖点钱呢？不懂，全给大家分了。

赫哲族是天天吃鱼，顿顿吃鱼吃不够。他们除吃新鲜鱼之外，还把大鱼晒干了，拿粉条炖。找了个爱打鱼的，我还不爱吃鱼，我对鱼不感兴趣。我在那儿还能吃点鱼,那全是野生的,活水养的鱼,一点也不腥啊。回到天津这鱼我一口也吃不了,乔腥乔腥的,沟子里养的鱼不行,吃不了。

山上野生动物也不少,野鸡、野兔、野猪,还有猔头。猔头你知道吗?也叫貉。付忠喜最能抓猔头,不用猎枪,码踪,下了雪后看脚印,找到猔头洞口,把猔头抠出来。赫哲族不养猪,养猪也养不胖,不敢养,吃肉就吃打来的猎物,像猔头肉、狼肉、狍子肉、野猪肉,大锅煮煮,然后蘸点酱油醋,拍点蒜,他们吃起来可香了。我吃不了,我怕腥,牛羊肉我也不吃。

付忠喜有时一天抓三四个猔头回来。卖猔头皮子,值钱的时候一张皮卖六七百,不值钱的时候也就卖二三十。那会儿我们家算富有的。有钱了,付忠喜今天买汽车,明天买摩托车,就这么都造没了,等后来回天津的时候,已经寥寥无几了 (笑),属于穷的了。

3

老大 1976 年出生的,老二 1978 年生的,少数民族不限制生育,付忠喜还想生,因为没有男孩子。我那时身体特别不好,就没有再生了。

老大刚一岁,我妈上黑龙江看我们,我们跟她一起回了天津。我就发现又怀了老二了,哎呀,这大的才一岁,就不打算要这个小的了。婆家说不行,再要一个吧。我妈一看两孩子你也弄不了啊,就把老大留在天津了。老大是我妈带大的,等于她又添了个老闺女。

他们民族的男人不会心疼人。他不知道珍贵你，疼爱你，关怀你，那也没办法呀，过去的女人都特别贤惠，要叫现在早离婚了。月子他是伺候的，他不伺候谁伺候？我生完老大之后，紧接着有老二，身体特虚，都三天了我才下炕，身子发飘站不稳，下了炕上厨房一看，哎呀，肚子都气爆了，怎么呢？就三天没下炕，你再看看，这个锅台上，那会儿都是大锅，盖着个大锅盖，锅盖顶上全是鸡屁屁，开开锅盖，满锅里都是用过的饭碗。他就把个家造成这样。哎呀，不知道哪世欠他的，反正我这辈子过得是挺可怜的。

20世纪80年代，苏桂兰、付忠喜与女儿留影。

让他做家务你得安排，不安排他就不知道做。孩子大点了，见他就哭，孩子成天长我身上，不长在他身上，连看一眼的时候都少。没事他就打鱼摸虾去了，孩子认生啊。

老大留在天津，我心像绞了似的，回北大荒后光病就病了半年。不能看那么大的孩子，一看眼泪哗哗的。有了老二有时想不起她来，想起来也想得不行，就怕她在天津受气什么的。你说父母不在跟前,和姨和舅子在那儿,孩子受气咱也不知道。

老大五六岁时,我妈领她来我家,我就决定不把孩子搁天津了。为啥呢?说句心里话,那时候,我大妹妹结婚了,剩下的还都没结婚,天津家里房子小。天津的左邻右舍逗她,说你爸你妈不要你了。我们回天津看她,把她给吓的,家也不回了,躺在邻居姥姥家的衣柜里睡着了。带她出去玩,她说不要把我带走啊。她有时悄悄地在胡同口看,这两个人会不会把我带走呢,这把孩子扔成这样,想想又可笑又可怜。

我试了一下,让我妈到我同学家去,把老大搁在家里。哎呀,不行啊,她一宿不睡觉,就是个哭。一看没有办法,只能让我妈又带回了天津,想把她留身边也留不住了。

她读小学时,我回去看了她的日记,她写着大舅哪天哪天打她,老舅哪天哪天打她,我看了心里难受,可是难受又有什么办法。女孩儿还好些,有一位上海女知青把儿子送了回去,娘家条件也不是怎么好,那孩子挺能吃的,姥姥就看不上。一天,姥姥见他喝啤酒就说,他一气之下拿起啤酒瓶子对姥姥的后脑勺就是一下子。那孩子被判了刑,那年才十七八岁。

老大在天津,我每个月按时给家寄钱。当时我父母把我的位置都摆得挺高,后来儿子娶媳妇了,我爸重男轻女,嫁出去的女儿泼出去的水,慢慢把我给淡忘了。

老大在姥姥家读完高中,又自学了大学,当了导游。我们那几年总怕她跟大款跑了。老二高中毕业后也回了天津,家里也就留下

苏桂兰夫妇与两个女儿回天津探亲时合影

我们两个了。

付忠喜在电厂当过一段时间车队队长，改革开放后就下来单干了。他也没干出啥名堂，倒了几回买卖倒亏了，于是重操旧业去打鱼，一只船一年交 4000 元，顶多赚 1 万多。

这个黑龙江吧，挺有意思的，有条分水线，走到江中心你就能看出来，这一条线就在江中间，一条江两个色，那边就是俄罗斯，这边就是中国，看得特别清。

江对过就是俄罗斯，打鱼的时候能看见俄罗斯人，可近了。俄罗斯人胆儿大，打鱼的时候开船过来，跟你交换东西。他们喜欢中国的化妆品、中国的姜、中国的西红柿，我们就拿这些东西跟他们换鱼、换木头，付忠喜还换回了一把斧子。

后来，打鱼的人多了，鱼就少了，拉大网也打不了多少。

朱晓军去采访那年,电厂黄了,我就内退了,每个月才给250元。在那边还能维持生活,回天津是不大可能的。朱晓军去时,他们要把机器拉走,拖欠我们职工的工资还没给。我们就"造反"了,在那儿看着机器。我敢说敢做敢冲锋,几次去场部上访都是我带的头。我说,我是知青能不能给予照顾?农场答复:那是不可能的。我想贷款种点地,赚点钱好回天津,也没成。

我有时候和付忠喜开玩笑说,你还不如跟你大嫂呢,你要是跟她了,我是不是也回天津了。

4

2002年,我回天津探亲,一看我爸得了一次中风,我妈给我姥姥上坟回来就小便失禁了,做饭都糊弄了。我回去后,光被子褥子就洗了三天。我爸那会儿走路去公园,回来就拉裤子了。我爸干净要强,自己洗了挂那儿了,我一看根本没洗干净,就给弄下来,重新洗了晾了。

这哪行呢?我就留在那儿照顾他们大半年。第二年退休的年龄到了,我才返回北大荒办退休。2003年,我和付忠喜卖掉房子回天津去伺候父母。

我下乡30多年,一直在外头奔波,父母生了我,养了我,还把我的女儿带大了,我却一直没有机会照顾他们,现在他们年迈了,我毫不犹豫回去照顾他们。要不,这个缺口总是补不过来似的。北大荒的房子等于白给人家了，两屋一厨才卖了 3000 块钱，当年修围墙我就花了 3000 块。

那咱老太太也走了，活到 68 岁。他们那个民族寿命平均只有三四十岁，活到 50 来岁就算高寿了。1994 年的时候，她早晨起来怕狗出去，就去拽狗，叫狗给绊倒了，胯骨摔成粉碎性骨折。她躺在炕上想寻死，我说你走了倒行，让我们落个骂名不是吗？给她买了断骨药，就这么天天伺候着她，一个月就下地了。可是，1995 年她还是走了。她要不走我还回不了天津，我们一起过这么多年也没怎么红过脸。

我们在天津伺候父母，侍候了三年。前两年父母还能走动，只是行动不方便了，大小便失禁，一天到晚洗洗涮涮。父母的房子不大，40 多平米，拆迁房，我和付忠喜、我爸我妈挤在一个屋里，黑天白天睡不好觉，我脑袋都是木的。我爸自己能起来那会儿最揪心了，他晚上上厕所"咣当"就给你摔地下，所以睡觉都得睁只眼，担心他起夜。熬得人特憔悴，都是傻傻的。

我是老大，底下两弟弟、两妹妹，他们四个都在天津。家里就我和大弟弟下乡了，大弟弟去了天津静海，没几年就回去顶替我爸了。要不我有时候想起来，好像这个家就多我一个人似的。依照政策知青可以把户落回天津，我迟迟办不回去，好像我是多余的。

父母真正卧床的时间不长，也就是半年。他俩差不多同时得的病，得的同一种病 —— 脑梗，厉害[1]也是一起厉害的。2006 年 7 月 14 号，我母亲走了。7 月 17 号，我妈出殡那天，我爸也走了。论病情

1 指病危。

应该是我父亲先走，因为我妈没工作，没有劳保，我爸在机械厂退休的，他可能放心不下，等着她吧。我妈走后他就走了。我妈 1933 年出生的，活了七十三岁。

我爸妈走后，我舅舅来了，说我小弟弟提出来了，父母这房子他要。小弟弟跟父母住同一个小区，也是回迁房，不大，40 多平方米。他在铁厂工作，弟妹没工作。他是家中最小的，总依靠着我父母，给他们做着吃，做着喝。我爸重男轻女，小弟结婚后生了个儿子，我爸就说，我这房子以后给我孙子。我爸有那么一句话，我弟就占住这句话的理了。

爸妈过世前，我累得晚上连觉也睡不着了，伺候不动了，没办法，就把我二妹妹叫去了，跟我一起伺候大半年。我二妹妹问我爸："你这房子给谁？你说这房子给你儿子，你儿子连伺候也不伺候你，你说这房子给谁？"我爸说："给我大姑娘。"

我说："爸，你这话已经晚了，你要是早说，咱们到公证处留个公证，我可以有个证据，你这会儿都不能动弹了，你说这话不是晚八村了吗？"那时也可以叫公证处上门，我连这个时间都没有，一天 24 个小时围着他们转，已经筋疲力尽了，没有时间操劳这事了。

我小弟要房子，我们住哪儿？我想跟他争，也可以争争，我大闺女的户口也在那儿。小弟小我 10 岁，小时候我爸妈上班，我带他玩嘛，可是我下乡的年头长了，我走的时候他才多大啊？好像是刚上学，跟我这个姐姐感情就淡多了。

我总觉得天津人对我挺生疏似的，我对他们也很生疏，因为什么呢？你在外头吧，在广阔天地里跟老农打交道，都是实话实说，直肠子来的，可是现在的城里人呢，说话都是带拐弯儿的，我拐不了弯儿，不会拐弯，人家是试探着说，我是有什么说什么，就好像人家接受不了我，我也接受不了人家似的。

付忠喜说，让一步海阔天空，房子给他，咱们走。我们家老头儿啪一句话，就这么着，给他了。

2007 年时，天津跟前儿也有便宜房子，10 多万也能买间小房。我跟小弟赌口气，寻思离他们远点儿心就静了，去山东乳山花 10 多万买了一间小房。我在那边养条狗，一个人住了三年，付忠喜在唐山这边做事。

我那时不喜欢回天津了，总觉着你在外头待着，已经傻了嘛，如果我在天津，又是老大，这人情往来断不了，来回来去扯不断，我在外头挺好，挺清静的，人际关系我不愿意走了，太累了。

这不两个闺女结婚有了孩子了，我又回来了。老二先结的婚，嫁到了内蒙古，照顾完老二又照顾老大，就这么来回来去地跑。老大在天津有房子，公租房，也小，我姑爷恨不得我在那儿住。我说住不了，我在乡下两室一厅的宽房大屋住惯了……哎呀，住那小房子我受不了，照顾父母的时候那是没有办法。

我现在住唐山的时候多，付忠喜在唐山给人看事。看什么事？他主要是祛邪病，他姥爷是跳大神儿的，在本家里找不到接班人，找到他身上了。其实我真就不喜欢这玩意儿，但是没有办法，找到你头上，不接不行。

有人回北大荒，拍了几张电厂照片，那就像个大荒草垫子似的，整个厂子的人基本上都走了。我们家现在那边没人了，大哥跟大嫂回了上海，两个孩子都在上海，他们生活条件挺好。三弟一家去了南昌。

苏桂兰一家四口，于 2018 年 5 月 31 日在唐山合影。前排右为大女儿，左为小女儿。后排为苏桂兰与付忠喜。

我最恨知青返城，大家都在那儿不也挺好。如果知青不走的话，我们的日子一定挺红火的。知青来了以后，给那儿带来多少变化啊，现在那边的生活方式很多都是知青留下的。当地人说，如果你们知青不走多好。

我的户口还在北大荒。我退休金现在拿两千五，付忠喜三千，还可以。我想把户口办回天津，申请个公租房看看，一家人总不能这一个那一个吧，到老了我们怎么办？不能还在北大荒吧？

可是，我的户口迟迟办不回去。那个天津好像就多我一个人似的。

不考大学是不想欠你的情

——韦建华

人物简介：

韦建华，上海知青，1950 年 3 月 3 日生人，1966 年初中毕业，1968 年 8 月 26 日下乡到黑龙江生产建设兵团三师二十七团[1]，在一连当过农工，1972 年 1 月 25 日结婚嫁入赫哲族人家，婚后生有一对儿女，儿子留在身边，女儿送回上海。恢复高考时，为婚姻而放弃返城。知青大返城后，调入勤得利邮政局。1993 年退休，1977 年携夫与子返回到上海，贷款置房，凭着上海人的精明、北大荒人的艰苦奋斗过上了自己想要的生活。

采访手记：

1997 年去勤得利农场采访时，天津知青、赫哲族的媳妇苏桂兰对我说，她丈夫付忠喜二十四五岁时，相中一位上海知青，她经常去他家玩。他跟母亲说，想和她搞对象。没想到母亲却说，你哥还没对象呢，你着啥急呀？把她让给你哥吧。付忠喜见母亲不高兴了，急忙说那我给他们介绍一下。

后来，那位上海知青真就嫁入赫哲族人家，成为付忠喜的大嫂。三年后，付忠喜娶了苏桂兰，她们成为妯娌。两位直辖市的知青嫁到黑龙江边的一户赫哲族人家，颇具传奇色彩。知青大返城后，苏桂兰和那位上海知

---

1 1969 年划归第六师，1976 年 2 月生产建设兵团撤销，二十七团改为“五星农场”。1978 年，恢复勤得利农场原名。

青都留了下来。苏桂兰时常跟丈夫开玩笑说:“你还不如跟你大嫂呢,那样我是不是也回天津了。”

我想采访她大嫂。苏桂兰说,她退休后带着家人回上海了。又留下一个遗憾,这种采访的遗憾很多,大返城后留下的知青陆续退休,有的返城,有的投奔儿女,有的在海南、北海等地购房迁移过去,有的离开了人世。

紧迫感像根鞭子抽打着我,再拖下去有些知青就再也采访不到,留下终身遗憾。可是,工作和生活所迫,这20多年来只能时断时续地去北大荒采访。勤得利去过六七次,再也没见到苏桂兰。按理说嫁给赫哲族人的上海知青也是可以找得到的,上海离杭州不远,开车仅需两小时,坐高铁半个多小时就到了。囿于惰性,我居然没想过去上海找她。

2018年春,这部书列入出版计划,杨丽萍开始大规模地补充采访。采访苏桂兰时的那种命运感,返城后像蒲公英无着的漂泊感,将杨丽萍卷入情感的旋涡,数日难以自拔。她想到苏桂兰的妯娌——上海知青韦建华。

第一次采访韦建华时遭到拒绝,且不容商量。最后还是苏桂兰从中帮忙,韦建华才接受采访。韦建华不仅嫁到赫哲族,还改变了赫哲族人的生活方式,将上海人的那种精明、精致,以及品味带了过去,赢得了他们的敬重。

口述史需要解构与重组,语言要来自讲述者,结构要符合叙事文学特点,要梳理出因果关系链。梳理让我们对留守知青的命运有了深一层的认识,发现他们犹如不同品种的树,栽在相同的土壤里,于是乎有了不同的结局。

韦建华、苏桂兰分别嫁给黑龙江边赫哲族人家的老大和老二,分别改造了丈夫的不讲卫生、不关心妻子的陋习,在赫哲族赢得了尊重。韦建华凭上海人的缜密与精明,高考前对生活与学业、婚姻与文化做了透彻分析,然后毅然决然放弃高考;她1993年退休,1997年给丈夫和儿子也办理了退休手续,把他们带回上海;在母亲的房子可住的前提下,借贷9万元购下86.55平方米的房子,解决了儿子一家蓝印户口;给丈夫办理了大病保险,拿出一个多月的退休金给丈夫做ECT检查,发现他肾功能不全,及时进行了治疗……

苏桂兰是出生于工人家庭的北方人,憨厚率直,她跟韦建华同是留守知青，命运却不大相同。

家庭的文化与教养是影响性格的关键因素。性格决定命运。苏桂兰与韦建华不同，她们的下一代的命运亦不同。

在这 19 位知青中，仅一没有面对面采访的是韦建华。2018 年 7 月，我们与在勤得利农场避暑的韦建华（中）相见。

1

我在北大荒待了30年。

返城机会？机会倒是有的，1975年，我妈妈退休，我让妹妹接了班。她是六八届毕业的，去北大荒投奔我，下乡到十三连。我让她回了上海。

恢复高考头一年，我们家付中义就叫我去考。

我是六六届老初三的，我记性很好，(读书时) 学习一直不错，毕业后才“文革”。

付忠义说：“你复习复习，肯定能考上。”

我说：“我不考。”

付忠义工资低，四十多块不到五十，要养两个孩子。老大[1]在上海我母亲那儿，月月寄钱，再供我上大学，一笔钱分四下，哪够啊。1972年，我结婚那年，父亲已经去世。母亲退休了，也没能力供我读书。

怎么下乡到北大荒的？1966年初中毕业后，“文化大革命”就开始了。我在家待了两年就开始上山下乡了。我们家姐妹五个，五朵金花，我老大。父亲是工厂的工人，母亲以前是家庭妇女，家里孩子多生活困难就工作了，在一家工厂的食堂。

我妹妹是六八届的，老师吓唬我们：“你们两个得有一个去北大

1 指韦建华女儿。

荒。”我想，我走远一点，我妹妹就能离家近一点儿。我有五个闺蜜，两个选择去北大荒。我说我跟你们去北大荒吧，我不太喜欢南方的水田，也有到外边闯荡闯荡的想法。

我是1968年下乡的。刚下乡的时候，我在农工班，本地小青年说我长得漂亮，又冷又傲。机务排的本地的多，他们看到城里的姑娘想接触又不敢，就调皮捣蛋地逗逗。我跟他们是不说话的，个别淘气的来拉我的手一下。我拿出手绢擦擦手，把手绢扔了。

韦建华（右）与二妹韦康华（左）、韦康华的同学马国英（中）合影

我在连队很不得志，也很压抑。珍宝岛局势紧张后，成立武装连队，我家庭出身比较清白，把我调了过去。武装连队说我这个不好，那个不好，又把我弄下来，去了农工排。你心高气傲，人家不拿你当个东西，你傲什么傲呀？

收割时正好是雨季，麦子涝在水里头，连抢带割一个多月，来例假都不让你请假。立秋后，黑龙江边已很冷了，脚得咬着牙往田里踩，在水里头一浸浸一天，

从上海到东北，在刘英俊纪念碑前，韦建华（前排右一）与同校同学合影。

早上出去穿条干净裤子，回来时脏得都洗不出来，都是褐黄色的泥。下工回到宿舍洗完脸洗完脚，拎着脱下来的裤子到小水沟去洗，洗完晾到外面的晒衣绳上。第二天早上起来，裤子根本不干。很多人身体就这样弄坏了，造完了。我的腰椎间盘突出、腿疼就那时落下的。

8 月草最肥美，荒草垫子里面蚊子大着呢，就听见蚊子在你跟前“嗡嗡”地飞，吃饭时张开嘴，弄不好就带两个蚊子进去了。东北打草你见过吗？男的拿大扇刀，长的 80 公分，短的也有 50 公分，靠着腰劲一扭“唰”的一片，一米来宽的草就割倒了。女的没劲，用小镰刀割。冬天牛羊马吃的草料，苫屋顶、编盖粮食用的草帘子，都靠割的草。

刚下乡时的指导员很好，部队营级转业干部，后来提为别的团的副团级了。他走前特意把我叫到家，他老婆也在。他说，新来的指导员生活作风不好，跟小姨子乱搞过，小姨子怀过孕，你长得太漂亮了，要提防点儿他。

新指导员上任后，总有意无意想接近我。我故意疏远他，离他远一点。跟我一起下乡的“小辣椒”偷出我的信件给了指导员，他就借这个引子引诱我。父亲上班路上认识了一个送牛奶的男孩。送牛奶有车，他就让我父亲搭一段路，两个人就熟了。他是1946年生的，属狗，我父亲也属狗，两个人像有缘似的。我父亲有意把我嫁给他，说得也不太明白。那小子上我家来过几趟，可能有那个意思吧。后来，他参军走了。他是上海郊区的，我下乡时为什么没去郊区农场？我那样不等于送上门了吗？跟他又没什么感情，家里来信跟我又说起这个事。指导员见我没上他的当，他就告诉手下的人打击我。

“小辣椒”为了保送上大学，跟指导员发生男女关系。结果没走上，她就把指导员咬出来了。我说，他那时候那么勾引我，我要想上大学，应该头一个走。“小辣椒”还不是自己立场不坚定。

我怎么认识老付家？老付家两个小子跟我在一个连——一连，我老婆婆在一连的缝纫组，跟我挺熟。青年刚下乡那会儿，男孩缝缝补补都不会嘛，我老婆婆手比较巧，一般衣服什么的都会做，给小青年缝缝补补的，跟大家处得挺好。

付忠义的表妹，他大舅的二姑娘跟我睡一个炕。我俩挺说得来的，没事领我去她姑家，离得都很近。他表妹总领我去老付家，就有给我们牵线的意思。当年小青年说我这个人很傲，一般人不敢接近。他弟弟付忠喜却看中了我，他跟他妈说了。他妈说，你大哥还没结婚，你倒先想结婚了，给你大哥吧。我老婆婆有这个意思，时间长了也就成了。

谈恋爱？其实也没谈什么恋爱，说不好听的话，我们结婚前连手都没拉过，我找付忠义，就是寻思找个当地的，有个靠山，不被指导员欺负。当时上海、北京的知青都找我，我不跟他们谈。老付是党员，不归指导员管，只要跳出他这一块，他奈何不了我。我有这个想法才找的付忠义。

我们家老付这个人别的好处一点没有，就是一个老实。老付有过一个对象，赫哲族姑娘，沾着点亲戚，是他二姨夫那边的，属于父母包办的。老辈跟苏联通婚的也不少，以前赫哲族女人难产，苏联动用飞机接到那边去生产。我老婆婆都准备给他们结婚了，领导就找他了。那时跟苏联关系紧张嘛，领导说你刚入党，组织对你还在考验中，不好跟“苏修”扯上关系，这事儿就拉倒了。

我们家老付那时在八岔邮局上班，一米七四，不黑，他们哥们长得挺像的。他 13 岁就上邮局上班，挣钱养家了。那时，他只要回来了，两个弟弟就偷偷告诉我：“我哥回来啦，叫你去呢。”我就上他家玩一会儿。他两个弟弟都在跟前，我们也没什么好唠。

指导员找我谈话：“听说你谈对象了？”我也不敢承认啊，那时不允许知青谈对象，承认不是找挨斥儿吗？我说没有啊。他说：“没有？我都听说了。”我来脾气了，我说，说我有啥关系？说你指导员的都有。他说，怎么个说法？我说，别人说你的话，我信，我也不信。我不相信你指导员能做那个缺德事。他说那你怎么又相信呢？我说我相信呢，因为说这个事儿的人不是小老百姓，不是一般人，也不是空穴来风。

我实际上是告诉他别动我的脑筋了。他恨我恨得要命，处处想捏死我。

我爸比较开明的，知道我谈对象，就问了一句："民族政策你了解吗？赫哲族风俗习惯你知道吗？首先不能违反政策，别到时候一杯苦酒喝下去，你连哭的地方都没有。"听说我要结婚，我母亲给我寄了两床被面、两套衣服。我婆婆给我做了两床新被。老付要跟我结婚，调回了勤得利邮局。我们是1972年1月结的婚，我22岁，老付是25岁，他比我大3岁。

结婚生了小孩，我就调到农场物资科去了。老付是物资科的支部委员，邮局就他一个党员，业务归县里管，组织生活要在当地过。人家对我比较客气，物资科有几个上海知青也比较谈得来，不像在一连，指导员偷偷摸摸总想弄你，我的日子就比较好一点了。

韦建华与付忠义结婚照

2

我们家付忠义说:“你考吧,我供你。”

他想让我发挥更大的能力,觉得我这辈子干啥都拿得起放得下。

我说:“一方面我如果考上了没有经济来源,另一方面我不想欠你的情。”

为什么不想欠?我们文化差异本来就够大的了,他才(读)小学五年级,我初中毕业;他是乡下的,我是城市的,见识比他强,处事比他果断。虽说我比你高一点,距离还不算太远,还可以平起平坐。如果我考上大学,我们文化上的差异拉得更大了。没有了共同语言,硬捆绑在一起,对谁来说都不好,我在上面,你在下面,我要瞧不起你嘛,人家说我没良心,我也委屈我自己,我也不想这么干。我要上大学不可能再回来了,两个孩子他带一个,我带一个,孩子缺爹少妈,这个家分成了两半。人家会骂我是“女陈世美”,还有两个“孽债”,我不想这么干,所以我就没考大学。

遗憾肯定有的。我家姐妹五个学习都很好,我从小就被我爸当男孩养,他一心想培养我。我爸跟我商量过:“供五个女儿上大学,我是没那个力量。你是老大,英语学得很好,长得也不错。”父亲想让我初中毕业考外语学校,将来当翻译。

我父亲出生 6 个月过继给了有钱人家,6 岁上学读书,读的是 1949 年前的贵族学校,跳了好几级,11 岁就初中毕业了。他本来是苦出身，爷爷奶奶生了四个儿子，两个女儿，父亲是最小的一个。他毕业时那家破产了，养父死在监狱，父亲只得到洋行做事。他的英语特别好，能说能写。19岁时，他觉得老给人家听差脸面上过不去，就不干了。

没考大学是个遗憾，我考上大学不是也圆我爸一个梦吗？

知青大返城时，我想不想回来？也想回来，可是我知道家里没有实力，父亲已经走了，母亲没有那个能力，另外回上海有份好活儿还行，没有活儿谁养活我？我一个人回去了，假离婚要变成真离婚也不好，我对感情还是比较专一的。

我属于哪一种？可以这么说吧，真正的贤妻良母，找了一个男的，就不再有非分之想，死心塌地跟他过日子。

刚结婚的时候，总有一点互不相让，也吵过闹过。我最不能忍受的就是他的大男子主义。

我老婆婆爱出去玩，我们家老付就不知道帮我干活，老跟我急眼，觉得我干多少活都是应该的。他们哥们家务活都不干，这一辈子我也挺伤心的。就说洗衣服，老付根本不洗，都是我洗。我还是上海那个习惯，脏衣裳从来不过夜，今天换下来的衣裳今晚必须洗掉，内衣三四天就要换。

勤得利那时候穷，不少人都没有内衣，冬天就是一件小棉袄，外面套一件大棉袄，进屋把大棉袄脱了。一件小棉袄穿一冬天，他们也不洗澡啊。我跟老付结婚的时候，给他买了两套新衣服。那旧衣裳也不能不穿吧，我拿出来一看，我的天哪，他年轻时身上透油啊，棉毛衣裤穿在身上像纥帛[1]似的，梆梆硬，穿在身上能贴身吗？我就给他洗，搞热水泡泡，打上肥皂溜滑，使劲搓，搓干净了，再打肥皂，再沤一会儿，沤好了再搓，搓完了在开水里头煮，来回洗几遍，那件衣裳才洗出来了，软和了。结婚后，他的衣服拿出来除了破的，没有一件乌七八糟的，都清清爽爽的。

在东北，有些人家孩子的尿布子是不洗的，用完了往火墙上一搭，烤干了再用。我们跟前有个老太太，孙女是8月份生的，比我家老大大一点，他们的家不能进，一进屋尿骚味儿打鼻子。我都是弄点水搓搓，搓干净了再拿开水烫一下，完了再搁火墙上晾开。用的时候拿手搓搓，搓软和了再给孩子用。孩子的衣服不多，没有一件穿得嘎巴嘎巴[2]洗不出来的，薄的每天洗，绒的最多两三天洗。

头一个孩子9月生的，再冷的天儿，一周也要给孩子洗一两次澡。连小叔子都服我，说这么冷的天，你还敢给孩子洗澡？小苏（桂兰）就不行，给孩子洗一回澡，孩子感冒一次。我们两孩子洗澡时，冻得嘴唇发紫，洗完澡喂饱他，包好了睡一觉，一出汗，啥事儿都没有了。

我的两个孩子身上奶腥味、尿骚味儿都没有，都很干净。我是属鸭子的，天天要洗的，洗脸洗脚洗屁股，一天不洗都不行。我们家老付叫我改过来了，他要不洗，我说你别碰我，你也别上床，你不讲卫生我要得病的。我老婆婆不怎么洗，她洗头洗脸，夏天到江里头泡一泡，游游泳，搓搓澡，冬天能不洗就不洗了，也算是干净了。

---

1 纥帛，把碎旧布片用浆糊一层层地粘起来晾干，用于做鞋底。

2 东北话，形容粥或糨糊等黏的东西附着在衣服上洗不掉。

上海男人洗衣做饭都会，舍不得老婆干活的。我爸可心疼我妈了，以前没有洗衣机，我们家姑娘多嘛，小的衣服——背心裤衩、夏天的衣裳我妈洗，冬天的大厚衣裳、被单都是我爸洗，我妈从来不洗。上海女人也比较独立，从新中国成立前到现在，女的一直是上班挣钱，不像东北男的出去挣钱，女的在家伺候老的小的。男的拿着大老爷们的架子，对老婆吆喝来吆喝去。

东北的男的，总是有一股大男子主义。老二9个月时，我在物资科食堂，冬天轮着到煤厂帮忙卸煤，到点没去喂奶，孩子不闹嘛。正好邮车也来了，老付要分信，分报纸，分包裹什么的，等不来我就把孩子送过来。他把孩子往地下一扔就走了。孩子哇哇哭，我抱起来。这把我气的，我说我要是出去玩也行，哪有你这么样的，你上班我也上班，你是治我呢，还是治孩子？

我是上海人嘛，比较会做饭，他舅舅在邮局，经常到我们家吃饭。他们的风俗是家里来了客人，男的陪着喝酒吃饭，女的不能上桌。我婆婆属于老一辈的，可以跟客人一起坐。等男的吃完了，女人再上桌捡点儿剩。家里做点儿好吃的，两个小叔子回家，大嘴一扒拉做多少吃多少，等我上桌什么都没有了，就剩点儿菜汤，馒头蘸菜汤，菜汤泡点饭。

我怀孕了，你得想办法叫我多吃点，对吧？人家根本不管，我跟我们家老付吵过好几回。我说你太不像话了，太不知道心疼我了，我吃饭不是给我一个人吃，肚子里还有孩子。你说你什么都不给我留，生出来的孩子长得瘪瘪瞎瞎[1]的怎么整？

我父母拿我当掌上宝似的，到婆婆家拿我当根草似的，确实不能忍受。他舅舅比较开明，就说小韦一起来吃一点吧，别光顾着做了，就是允许我上桌了。我们家不是那种小炕桌，我们有地桌，有凳子，我说你们吃吧，我这边做差不多再来吃。饭菜都弄好了，我也上了桌，挤着吃一口，我不管那些，该上桌就上桌。

赫哲族老辈人生孩子是不能在家生的，要去外面生，在外面搭个小草棚，生完孩子才能回家。我老婆婆的三个儿子都是这么生的。我寻思怎么这么野蛮？本来女人生个孩子就一脚门里一脚门外的，我回上海生孩子。后来没等我回上海，我父亲就去世了，不能回上海生了，最后是在家生的。坐月子的时候，我们家老付不会照顾，我婆婆伺候得挺好，一天几顿饭做着。两个孩子都是九十月份生的，那时候鱼好钓，我婆婆做好饭伺候我吃完就说，我去钓鱼去了，拿个小盆去钓鱼了。一两个小时就端着半盆子鱼回来了，嘎牙子[2]啊，鲫鱼啊，给我熬一盆汤，全是野生的，没什么土腥味，我其实肉吃得不多，鱼吃得多，下奶最好。

我老婆婆挺能耐，爬树、游泳、打猎都会。她在赫哲族女人里头属于漂亮的，比较聪明、开通的一个人。以前的老人跟现在的不能比，当婆婆的总端着个架子，但是她跟我还可以。我在东北呆了三十年，她有将近十五六年是跟我过的，跟小苏过了七八年。

1 东北话，通常形容玉米粒长得不饱满。

2 指黄颡，南方称为昂刺鱼。

婚后生活了一段时间，基本上可以了。可以了也不行，那阵儿东北时兴跳舞，我挺好动的，出去跳舞。八点半，不到九点，他上舞厅找我，说这么晚了，回家吧。我就跟他回去了，路上我跟他说，我这次给你面子，明天你再这么来叫我，第二天你就上民政局来找我[1]，我能说到也能做到。我说没有这么管的，管得太狠了，我出去玩玩，也没乱搭咕。乱搭咕你管可以，跳跳舞怎么的？我还不到五十岁，就应该像老太婆似的守在家里头啊？我连上大学都没去，没离开你，你要这么样管我，我可受不了。从那以后，他就不管我了，我爱玩就玩吧。

3

1993年儿子高中毕业，本来想叫他考大学，却赶上邮局最后一批接班[2]。我说，邮电局多热啊，你不如接我的班呢。他想想也是，考大学也不外找个好单位，邮局不就是好单位么，他就接了我的班，我也就退休了。这一步走错了，应该叫他考大学，有文凭还是好的。

1997年，听说上海有政策，知青退休后户口可以迁回上海。邮局那时候也松，只要你提出来退休就给你办。1997年6月给老付连同儿子一起办了退休。9月，我和老付回到上海，11月户口就办了回去，一切都按照我想的，办得挺利索。不过，儿子没带回来，那个时

1 指办理离婚手续。
2 即顶替，父母退休，儿女顶替。

候他刚结婚。我说，你等着，我反正要把你弄回上海。

我本来没想到退休以后还能回上海，在东北还盖了一个房子，120 平方米，花了 6 万块钱。

我们俩在赫哲族里头是老大，比我们小不少的都管我们叫大哥大嫂。我回东北，回同江，回勤得利，他们都抢着请我吃饭。我上八岔也好，街津口也好，到谁家都受欢迎，好比说今天没打着鱼，想办法出去给我弄条鱼回来。杀鱼做鱼丸子，拿鱼油烙饼，拿熬好的猱头油炸做窝窝头，那个好难吃啊。

赫哲族比较纯朴，我们俩结婚时，付忠喜花 80 多块钱买一个红灯牌收音机，那时候一个月工资才 30 多块钱。我生儿子的时候，老三可高兴了，说哎呀，我们老付家有根了，大嫂，这个月的工资都给你。两个小叔子对我是没什么说的，大嫂长，大嫂短，对我都挺好。

我们家老付有个表弟，结婚比我们早，两个孩子比我们的大。他说，嫂子你来。我去了他家，他用白面、鱼油给我烙了一张饼。那时候白面很少，大都是大馇子、高粱米、小米。他那两个孩子看着我吃，眼珠儿扑腾扑腾瞅着那个饼，我就咽不下去了，我就把那个饼分给他俩吃了。

赫哲族喜欢喝酒，老一辈没有不喝的，一天一宿不落桌地喝，没菜也喝，干拉。打一斤酒，就个咸菜疙瘩，弄两棵葱，两瓣蒜，沾点大酱，就这么喝。这是喝酒嘛？这不是作践自己吗？肝肾都损伤了。

按说上海人不喝白酒，我倒是喝白酒，我在家的时候，我父亲一小就培养我像男孩子那样，抽烟喝酒我都会。刚下乡那会，过年过节他们打酒喝酒，我拿个缸子也去要酒了，他们说你还会喝酒？我说为什么不会喝呢（笑）？他们跟我打赌，说你能喝多少？我说喝就喝，跟他们喝了。后来他们都知道我会喝酒。我们家付忠义不喝酒，他说我看那帮老的喝酒就没个人样，喝完就作妖，自己身价都掉了。

我老婆婆喝酒，我从来没有限制过她。那时候打酒不像现在，哪个商店都有打的，我跟我老公不在邮局么，哪个连队都走，哪个连队的酒好，我们上哪个连队去打。那时，十四连烧的酒好，告诉他们送点儿酒过来。

我说喝酒就要吃点儿菜护肝保肾，对吧？酒精对肝损伤很大的，亲戚朋友端我的饭碗，是瞧得起我，我招待他喝酒，拌个凉菜，再炒个菜，反正好的我没有，春天搞点韭菜，炒两个鸡蛋；秋天弄两个辣椒炒炒；冬天了，炒个土豆丝，白菜粉丝里放点肉丝。不管喝好喝坏，待客之道嘛，怎么也得给他们垫巴点。老的小的都愿意上我们家来。

我们家肉从来不断。我不像他们有肉的时候一炖炖一锅，干拉的肉[1]。我没有，我把肉切成一二两一块，炒菜了拿一小块，切点肉丝就够了，借个味儿嘛。我过日子始终是细水长流。付忠喜打猎打到野猪了，我们大家伙都帮着往回抬，往回拉，弄回来大家再分着吃。打到鱼，回来也给我们分点。小苏做点好吃的就来叫我，我做点好吃的叫她，反正两家人处得亲。人家一说起来老付家，都挺羡慕，好像哥仨挺有本事的。你在上海看不到这些，这是一家人的亲和力和

1 全是肉。

凝聚力。

在勤得利的时候，小苏他们生活比我们好一点，付忠喜上山打黄鼠狼和猱头[1]，一张差点的猱头皮能卖到二十，打鱼也能卖点儿钱，我们俩始终这点工资。我父亲去世早，我有时候还得接济一点给我母亲。

刚回上海时，我们住在我老妈那儿，那种两三家合租的公房，共用厨房和卫生间。我老妈有两间房，我妈住一间17平方米的大屋，我住一个12平方米的小屋。妹妹都结婚搬出去了，我回去有地方住，也算很不错了。

2000年3月，我花9万在奉贤区买了一套86.55平方米的房子。我考虑到母亲百年之后，这房子姐妹要争，另外按当时的政策，一次性付款买80平方米的房子给解决蓝印户口，这样就可以把儿子一家的户口解决了。

哪有钱？1996年儿子结婚，1998年姑娘结婚，手里没有钱，全是借的，9万元对我来说已是天文数字，我就敢借这笔钱买房。以前的房子？谈恋爱时，婆婆江边的房子拆了，一连给了间小草房，俩弟弟在连队住宿舍。结婚后，我们住在邮局，靠着江边。赫哲人离不开山水。有两个房间，我们住大屋，婆婆住小屋。婆婆做饭给我们和两个弟弟吃。二弟结婚时，我们已搬进银行的空房子，有两大间，他们跟我们住在一起。一年后，电厂分了房子，他们才搬走。

在老付家三兄弟中，我做事往往出乎他们意料。盖房子时小苏

1 指貉。

他们还议论,说就凭他们俩的工资,两个孩子在外面读书有钱盖房子?她能盖得起来吗?结果我盖起了,还给儿子娶了媳妇。他们都觉得不可思议。听说我在上海买房,他们说这家伙好厉害,人家又在上海买一套房子!现在上海那套房子值200来万了,这在他们民族引起了轰动,不管勤得利的,还是同江的都说我有远见。赫哲族对我比较信服。我的经济头脑可能遗传了我爸爸。

4

1997年我回上海时,女儿已经二十七了。

女儿两岁半时,我把她送回了上海。我在东北待30年,她基本上是在上海长大的,所以她跟我在心理上总像有点儿隔阂似的,不是十分亲。

什么原因把她送回去呢?这个就跟我老婆婆有一点关系了。我们结婚早,那边又没有幼儿园,没人带孩子,应该是老的帮忙带吧,我老婆婆却爱串门子,上她兄弟姊妹那儿去玩玩,一玩就十天半个月。她一走,这两孩子我弄不过来呀。

我父亲过世了,女儿回去后,我妈跟她好像有点相依为命似的,走哪儿带哪儿,左右邻居都说她是我妈的第六个女儿。我妈也给她撑腰,四个姨要管她,她就告诉外婆。外婆就说人家小孩爹妈不在跟前,由我管,不要你们管。她就很横了,谁都敢顶,谁都敢吵。

孩子不在跟前,我在物质上能满足就满足她,她就觉得好像有人撑腰的，跟她几个姨就明着干仗了。我回去看家里的杯子不多了，就买了2盒24个杯子，都叫她打了。几个姨说你怎么又打杯子了？她说你管得着吗？那都是我妈妈买的。

小学四年级前，她都在上海读的，寒暑假也不回来。长期跟我不在一起，心里头还是有阴影。上三年级的时候，我回上海无意中看到她写的日记，说爹妈不要我了，把我自己扔在上海。开家长会，别的小孩都是爸爸妈妈去，我没有爸爸妈妈替我开家长会，都是外婆去。上下学别的小孩有爸爸妈妈接，我没有。她有点儿被抛弃的感觉。

我就跟她说，我原想把你带在身边，把你弟弟留在上海。你外婆生了五个姑娘，没有男孩，让她领着外孙子；你奶奶生三个儿子，没姑娘，领着孙女。可是你精啊，知道上海条件比东北好，说啥不肯回去了。你弟弟比你小十四个月，哭着闹着要跟我走。不是我们抛弃你，是你要留在上海的。

她说是这么样吗？我说是的。

五年级她回到东北，没有上海户口，不让考中学，升到初中后，1986年还是八几年，黑龙江发大水，县里发了一个文件，说有亲的投亲，没亲的靠友，我就拿着这张通知书，找到上海有关部门说，我们那边学校都没有了，发大水了，我的孩子只能回上海来。上海挺支持，二话不说都收了。儿子在上海读到小学毕业，女儿初中毕业，没有户口升不了学，必须回来嘛，两个孩子回到东北，女儿进了齐齐哈尔民中[1]。

1986年高二学年结束时，政策下来了，知青子女可以有一个回上海，我就把她办回去了。上海高中的教学进程比东北快，再说南方跟北方的教学质量也不一样，她只考了个大专。填志愿的时候，正好我妹妹在自来水厂，人总得喝水，自来水厂是不会倒闭的，她报了，毕业后就去了自来水公司，在控制室当调度。1997年厂里培养后备干部，她是少数民族，又是女的，就让她去读专升本，读三年。

我们回去时，女儿还没结婚，未来的女婿在携程网站下边的公司当土木工程师，通过校领导给我在通河高级中学找了个活儿，管理学生宿舍。那些学生也不太好管，结果最调皮捣蛋的学生都挺听我的话，学校管不了的，我都给他们管好了。第一个月600元工资，第二个月就加到800元。

两年后，那位校领导调到了吴淞中学[2]，通河中学不要我了，我就回家了。他们找了一个宿管老师，根本压不住那些孩子，学校又来找我，想叫我回去干。我说我不干，你们既然已经不要我，好马不吃回头草，我就没去。

吴淞中学请我过去，也是管理学生宿舍。我去了，在吴淞中学干了三年，月工资一千。

我们家老付？回到上海他没做什么，他就协助我，帮我看管学生，我一个人也干不过来，对不对？我吃饭的时候他帮我四处看看，

1 齐齐哈尔市民族中学，黑龙江省唯一的多民族的少数民族中学，面向全省招收蒙古、达斡尔、鄂伦春、鄂温克、柯尔克孜、赫哲等民族学生。
2 上海历史名校。

学校发一个人的工资，两个人给他干，不合算嘛。

学校给我一间房，中午管一顿饭。我有一顿饭，他没有，一大荤，两小荤，一个素菜，加一个汤，食堂阿姨也是临时工，跟我关系搞得挺好，学生扔的鞋子、衣服我捡回来，谁能穿谁拿走；有时我打开洗澡间的门，让她们进去洗洗澡，打饭的时候总是手下留情，多打一点，别人给一小勺，给我可能是一大勺或两大勺。我自己再做点，我和老付基本上以中午那顿饭为主，晚上买一些蔬菜，去学校饭堂打点汤。汤是不要钱的，早餐买两个馒头，很省很省的，一个月 200 块钱生活费就够了，那段时间我俩攒钱挺快的。

2000 年，儿子跟媳妇回到上海，邮局的退休工资低就得出去找活儿干，开始在徐家汇那边的娱乐场干，早去晚回，半夜十一二点钟才回来，工资才 1100 元，去了路费和抽烟，每月给儿媳妇 600 块。后来发现卖房子的生意挺好，就开始做房地产中介，赚了一二百万，在南京买了两处写字楼，一套 180 平方米，一套 140 平方米，每年能收十一二万的租金。

姑娘结婚时跟老婆婆住在一起，很小的两间房子，没有客厅。她买了一套跟她老婆婆一样的房型。前年又买了一套 100 多平方米的。她现在在一个企业当书记。过年给我拿点儿钱，拿点儿东西，感情交流不多，小时候不在身边的缘故吧，这也是一件憾事。

到上海后，我就给我们家老付买重大疾病保险，体检时发现他的肾一大一小，而且两个比正常的小。我最小的妹妹是大夫，他们医院让做 ECT。妹妹说："大姐，做 ECT 要将近 800 块钱，你舍得吗？"

那时候，我退休工资也就700多块钱。我说，那也得做，不做咋整？这人没了每月七八百不也就没了吗？做吧。结果出来了，肾功能不全，尿蛋白没有，肌肝偏高，尿酸高。

医生给开了一种药，很贵，50来块一盒，每月要吃四五盒，这就要200多块吧，还要吃一些降压药，我都给他买。十五六年过去了，他的肾功能恢复正常了。他现在73岁了，头发白的少，老二付中喜基本全白了，老三60岁时就全白了，现在已经去世了。老三老婆也不知道珍

韦建华、付忠义夫妇合影

惜，现在后悔了，什么都晚了。

我们家老付在上海待不惯，说冬天太冷，夏天太热，老吵着要回去，后来我们买了新房，装了空调，冬天不冷了，夏天不热了。我还跟他说，“你要是在勤得利可能早就作古了。”

北大荒这30年怎么看？这我倒没想过。没有上山下乡也不可想象啊，怎么想象？我现在当翻译官，高高在上，住着高楼？这些好像很空洞，离我很遥远。

我们的工资[1]太低了，付忠义每月3000多块，我每月2000多块，两人加一起5700块，够吃饭了。

现在的生活嘛，我感到也挺好的。我一喝酒就想起我爸，从小就培养我抽烟喝酒学外语。

北大荒？我们这些知青经常聚会呀。聚会就聊北大荒的事，在北大荒那些年收获的确挺大。我们这批人吃的苦最多，遭的罪也最多，我现在腰椎间盘突出、腿疼，都跟那段生活有关系。

1 此处应指退休金。

我就想有个家，有个热炕头
——陈桂花

人物简介：

陈桂花，哈尔滨知青，1950 年 8 月生，1969年 6 月下乡到黑龙江生产建设兵团辖二十三团[1]。22 岁时嫁给有两个孩子的退伍兵，婚后生育三子。1985 年借贷 8400 元钱养奶牛，存栏最多时有 130 头奶牛，年产鲜奶 100 吨，月入 23000 元，成为农场最大的养牛户，先后被评为黑龙江农垦总局首届"妇女十大标兵"和"三八红旗手"。

采访手记：

2015 年，我第三次到八五九农场采访，给陈桂花打了个电话。

还不到 10 分钟，陈桂花就推门而入。她说她已搬到了场部，还得意地说是小儿子开车送她过来的。

"陈桂花"这个名字很大众，也许车站检票员每天都能捡到"陈桂花"，赶上春运期间在候车室吆喝一嗓子，没准能吆喝出十个八个。据统计，中国有 28000 多个"陈桂花"，2854 个县级行政区，平均每个县拥有 10 个。

北大荒却有一个陈桂花，不是北大荒不认"陈桂花"，也不是没人敢叫"陈桂花"，而是八五九的陈桂花实在太有名了，其他的"陈桂花"都被遮蔽了。哈尔滨知青陈桂花的故事可谓流传久远。她有点儿惊世骇俗，也可以

1 即现在的八五九农场。

2008 年，陈桂花夫妇接受采访。

说有点儿“胆大妄为”：在知青不许谈恋爱的情况下[1]，她泰山压顶不弯腰地嫁人了；20 世纪 90 年代，她不惜债台高筑买奶牛，别人抛牛她进牛，鲜奶跌到 5 分钱一斤，也养牛，最后梦想出人头地的陈桂花赌赢了。

陈桂花出名时，我就想采访，事实证明凡事不能拖，一拖就会变成“马歇尔计划”。20 世纪 90 年代的想法，2008 年暑假，脚才迈进陈桂花的家门。陈桂花家离场部有点儿距离，为此农场宣传部还派了一辆车，由当地作家刘加祥陪同。加祥采访过陈桂花，跟她很熟。我和加祥也熟，却想不起来在哪儿认识了。加祥古道热肠，执意要帮我背包。他个子不高，人又挺胖，背上双肩包就变成球体了。

陈桂花的家宽敞明亮，铺着仿木地板纹的地砖。那时，北大荒的农舍都少不了火炕，一铺炕占去半壁江山。陈桂花家的炕糊着像床单似的花纹纸，粉色方格里是牡丹，白色方格里是蝴蝶，炕梢摆放一对 20 世纪六七十年代流行的木头箱子，上边贴的“福”字已残破，估计起码粘上有六七年

1 据其他知青说，在 1972 年，兵团是不许知青谈恋爱的。

了，箱上摞着几床红色的大花被褥和绿色枕头。靠墙角的箱子似乎装着金银细软，挂一枚不比拳头小多少的锁头。

陈桂花跟她家老头儿王福坐在靠近门口的枣红色旧沙发上接受了我的采访。陈桂花穿着黑平绒鸡心领上衣，挽着袖子，好像随时都会下厨炒两盘似的，脚穿着一双黄色矮腰农田鞋，左手戴串佛珠，说起话来颇有北大荒大妈的范儿，热情奔放，爽快泼辣，滔滔不绝，时雅时俗，时而用词精准，时而夸大其词，让人忍俊不禁。被她称之为“我家老头儿”的王福见缝插针地补充着，补充补充就被她叫停，嗔怪他“说话水平低”。王福顿时嘴角耷拉下——瘪茄子了。王福有着赢家的大度，毫不抵抗地关闭了自己的频道，似乎连半点儿委屈都没有。我想，他才是真正的赢家，娶了省城哈尔滨的知青，赢得了半辈子幸福。

陈桂花很强势地夺回专属话语权，接着往下唠。这老两口倍儿有趣，有点东北小品的味道，估计平时也这么逗。“我家老头儿”两鬓花白，不过一搭眼就知道年轻时是帅哥。也许当过6年兵养成了穿制服习惯，他戴着一顶像20世纪六七十年代军帽似的蓝色便帽，穿着四个兜的蓝色中山装和黑布鞋，这身打扮在城市绝对称得上“凤毛麟角”。

7年没见了，陈桂花有点变化，丰满了，脸也圆润了，人也柔和了。她说，奶牛不养了，生活也轻闲了。她坐在靠窗的沙发上侃侃而谈，有几分翻身道情的味道。聊了个把小时，近几年的情况也就聊得差不多了。临走时，她指了指桌上摆的鸭梨问：“我能吃一个吗？”

“可以啊，当然可以，你看看光顾说话了，忘让你吃了。”

桌上的水果是农场宣传部的朋友送来的，我没有吃水果的习惯。北大荒的朋友热情似火，不管有什么好东西都会拿出来待客。几天前在二九〇农场采访时，我回宾馆房间见桌上摆一篮水果，不知谁送的。问一圈儿，才知道是萝北知青张智江的女儿送来的。智江当过农场党委副书记，我第一次去采访时，我们一起坐吉普下连队，这一晃20多年过去了，再见面时他已出不了屋，患了脑溢血后遗症。

陈桂花抓起一个鸭梨，待我送到楼下早已进肚子了。

2018年3月成稿前，杨丽萍打电话补充采访，聊到一半，她家老头儿要过话筒“表扬与自我表扬”一番，“我这人吗，对人特别好啊。我这一点脾气没有啊。我在部队是雷锋式干部…… 我管理生活,谁也不行,我就会管理生活。我关心老百姓,谁也不行。”说起他俩的婚姻,他自豪地说:“我那时候在医院,她不同意,有的是同意的。”

“我家老头儿是不是吹牛了?”知夫莫若妻,陈桂花接过电话说。

在自己地盘,陈桂花的女王权威是不可撼动的,老王顶多算个亲王,较劲儿时只得服从。陈桂花是这桩婚姻的另一个赢家。

1

“我借你钱，你搁啥还我？我借给你，你搁啥还我？我这钱在银行里呢，存进去了。”

人家这一句话就给我攮那儿了，进，进不去，出，出不来。

1985年，八五九农场号召养奶牛，养一头奶牛给5亩地；交10吨奶，免2000多块钱的离职金。我和我家老头儿要交4000多离职钱。我动心了，就和我家老头儿商量：养奶牛吧，这是咱唯一出路。一头奶牛4000多块，我想买两头，向农场贷款，农场说你自己得有1000块钱。我手里头有800块，还差200块钱。

我是1969年下乡的哈尔滨知青，来的那年19岁。我父亲是大庆油田第一批建设者，跟王进喜一批。我母亲是建筑工人。我家兄弟姐妹四个就我下乡了。刚下乡那阵子一腔子热血，干活争着往前冲。1970年11月，北大荒上冻了，白天干了一天活儿，吃完晚饭7点钟开始连班干。我们四个知青，两个北京的，两个哈尔滨的，拿大叉子挑豆秸，要赶在雪前给食堂多弄点柴禾。我那时身体还好，穿着大棉袄、大棉胶鞋，戴着大狗皮帽子，戴着口罩，大爬犁装完了一人多高，这家伙，我身上的汗都出透了。

装完车晚上10点钟了，四个知青上了爬犁。我累了，睡着了，醒来以后，右脚脖子开始疼，敢情受风了。我一个小姑娘不明白这事儿啊，到了元旦我就不能动弹了，浑身疼得不行。那时候知青轮班打水，没有自来水，摇辘轳把子提水。我走不了了，也打不了水了。

到了1971年的4月份，连队做颗粒肥，我就感觉到恶心，吃不了饭。都是大锅饭，像猪食似的，爱吃不吃。我买了一块豆腐，在女生宿舍的炉灶上煎成黄色，吃了一口就去上班了。

有人叫起来："陈桂花，你眼睛黄了，你是肝炎。"

我吓了一跳："你瞎说。"

她说："你快看看去吧，眼睛焦黄焦黄的。"

哎哟，她这一提醒我才想起尿尿是黄的，大便是白的。我赶紧上卫生所了。卫生员是上海知青，他说你的眼睛焦黄，再看看我身上，我的手指甲都黄了。第二天我就上医院了，医生是部队转业的，他说你赶紧住院吧，哪儿也别去，你这个病有传染性。果然，血常规和肝功能化验出来了，我是急性黄疸型肝炎。当时没有传染病病房，就给我整一个小屋住。后来，还查出了风湿性关节炎、风湿性心脏病。

有病了你能上哪儿去？上锅炉房打开水，就这么认识了我家老头。他在那儿烧锅炉，那时他妻子还活着，我们处得挺好，偶尔去他家，他到鸡窝掏了鸡蛋给我炒韭菜。老职工都这样，知青到谁家去都特别热情，都这么对待，拿好吃的待客。有人说我嫁给他就是为了他家的鸡蛋炒韭菜，那是瞎胡说。

人家说完"你搁啥还我"，我啥话没说，含着眼泪出来，心里骂道："陈桂花，你连200块钱都不值，你200块都不值，你上人家借200块钱，让人家说出这种横话来。因为你家孩子多，孩子小，你身体也不好，你没有本事，你家男的窝囊，你才叫人看不起。”

前一年大组承包，亏了，挂了15万到个人头上。也不知道是怎么亏的，会计可能粗心大意，把账目写错了，挂了冤枉账？我毕竟是知识分子，不能不认这账……我和老头都是种地的人，不开工资，我有四个孩子，一个闺女大了，三个儿子肩挨着肩，分别是10岁、9岁、7岁。当时人家都买机车了，拖拉机、康拜因“突突”地开着，我连吃饭钱都没有，我的身体又不好，看着人家自己上火，上火怎么办？六口人六张嘴你得吃饭哪，是不是？我就想养奶牛。

后来有个电工借给我200块钱，这不是贵人相助么，凑齐了1000元，又从农场贷了7400元。1987年1月23号，我从佳木斯把两头奶牛牵回来了，开始了我的养牛生涯。

两个月零两天，我一头奶牛下犊，连大牛带小牛一下子攮进去了，都死了，雪上加霜，4000多元泡汤了。另一头奶牛空怀，拉稀。再贷款人家不肯再贷了，已经一次性给你贷了。你吃饭钱都没有，还贷啥款？连大人带孩子抱着奶牛哭吧，那四个孩子眼泪哗哗的。给我愁的，15万上面挂着，几个孩子嗷嗷待哺，都在念书，别提心里多难受了。

人家说把这头牛卖了吧，我说这牛不卖，咱重打鼓另开张。我跟老头说，你回辽宁老家吧，借钱去。他去了，从老家揣回了3500元，三个兄弟姐妹连借带凑，拿出这笔钱。回来之后，我去七连买了一头大的一头小的，一共花了4200块钱，把这两头牛牵回来了。

农场成立了种鸡场，我就和我家老头商量。我说这样吧，咱家养他 320 只鸡。12 块钱一只，养种鸡。买鸡的时候，农场说这鸡崽子三天死算公家的，五天死算你个人的。鸡崽子买回来了，三天没死，半个月以后开始死了。活下来的鸡下蛋了，当时说种蛋按 7 毛收，最后不收了，改口 7 毛是按孵出小鸡来算，小鸡儿还得吃他的料。没想到鸡也赔了，赔了 2600 块钱，你说闹心不闹心哪？

陈桂花真是没有办法了。不怪人家说，200 块钱，你搁啥还人家！人家看出来了。

2

养牛没有牛舍咋养？他和泥，我脱坯，盖了 4 间牛棚。接着又盖养鸡房，我家那园子让我俩盖满了，全是我们自己盖的，总共盖了 7 间房，那房子盖得可标准了，我老头儿会盖房子。

我跟我家老头儿两人不是职工么，农场一个人给 48 亩地，两个人 96 亩。我说咱不跟人掺和，好好种这 96 亩地，加上养牛养鸡，临死前你就不挂账！96 亩地种上了，种的苞米、大豆。我家老头种地，我放牛，不管风天雨天，不管过年过节，哪怕三十晚上也得去。我还养了鸡，牛和鸡都得这么好生侍候。我病病歪歪的，养奶牛养鸡真是强干哪，不干也不行啊，一个姑娘三个儿子，你不干能行吗？

苞米棒子从地里收回来，哪有脱粒机？三九天我家老头穿着衬衣打，一棒子一棒子地打，一天打五袋子，打的苞米粒子交公粮，喂牛，当牛饲料。几十亩地收回来的棒子全是这么打出来的。

结婚？1972 年，病好得不大离儿了，我回了连队。一天上山伐木回来，我和几个知青坐在装满了木头的马车上，谁承想马车栽到沟里去了，大翻个儿，四个大车轱辘、十六个马蹄儿朝上，我被扣在下面。幸亏车垫在塔头墩子上了，离地五十公分高，我从下面爬出来，捡了条命。

1972 年正月初六，有人告诉我说，医院那个烧锅炉老王的老婆走了。生完孩子营养不良，得了产后风，孩子刚一个月零八天，她就走了。说句良心话，我跟他的妻子挺好的。我就去了，他见到我就哭了。因为啥呢？这都是缘分，你想想一个男人，带着两个女儿，一个 4 岁，一个才 50 天，日子怎么过呀？我心软，看到这种情况心里真不是滋味，出去给孩子买了奶粉。

我第二次去时，一个月后了，他把小女儿送人了，大的送回辽宁黑山老家了，让他妈带。他要上班，哪里带得了两个孩子？家里乱糟糟的，一个男人过日子，想想那情形吧。他寻思着再成个家，条件不高，是个职工就成。

我打上次有病，风湿性关节炎、风湿性心脏病的毛病坐下了，心脏跳成那样式儿的，一宿一宿睡不着觉，疯了似的难受。我还能干啥呀，把我废了。我下乡就干了一年的好活儿，1971 年、1972 年这两年就没干什么活儿。

从他家出来，知青中间就哄哄开了，问我：你们俩怎么回事？我说能怎么回事？那时候的人多规矩。有人就问我了："你看你跟他行不行啊？”

我当时什么想法呢？我就想有个家，有个热炕头，返城想都不敢往上想，那时候哪有让你回家的道理啊？可我当时那身体，谁敢要我？那时的政策解禁了，知青到了一定岁数可以找对象登记结婚。以前不行，不准知青恋爱结婚，有的知青两个人好了，孩子生了都结不了婚，出事的真不少。我寻思着他最起码勤劳肯干。他初中毕业，在部队待过6年，是雷锋式战士，待人特别好，谁家的炕不好烧，他告诉怎么整，保证就好烧了。

1972年，陈桂花与丈夫的新婚照。

他一点儿脾气都没有，只有一个缺点，啥呢？说话水平低，说不上去，当干部没当上。我考虑跟了这么个人，第一我老的时候他能伺候我，第二我有风湿性心脏病，不能生孩子，他有个4岁小姑娘。这孩子我从小抚养她，跟我亲生的没有什么区别。

我是这么想的，这才跟了他。我俩谁先提出来的？你想想吧，我能先提出来吗？

我家反对没？咋没反对，他比我大8

岁，还拖着孩子。我父母不愿意，我哥我姐他们也都不愿意。他们让我回去，一个是回不去，二个我能回去吗？我那身体回到家里咋整啊？跟废人一样。

1972年农历六月，我跟他结了婚。成家后，我要求调到医院去，按规定知青结婚后，可以考虑调到一处，因为我家老头是医院的。说句良心话，我那个连队确实是太苦了。我这人吧，你说尖吧，也不尖，说傻，我吧也不是个傻子，毕竟是读过书的人，我考虑到我再待在那个地方就得死在那里。

人家没答应，给他撵出了医院，把我俩调到更偏远的连队去了。当时把我俩结婚当成笑话看，说啥的都有，怎么可能成全你？连队离我家将近50里地，冬天全是白雪皑皑，14个女生住一个房间，屋子里精湿，得穿着大雨靴子，冷得屋地上结一层冰。你说我一个有家的，离家那么老远咋整？一个人走能走回去吗？我就没上班，在家待了一冬。

连队的人激得来[1]的，说我旷工。你说旷工就旷工，我得保全我自己的身体。有个知青得了肾炎，后来发展成尿毒症，人都不在了。那一年我窝在家里，我的关节炎、心脏病没犯。一个冬天炕头热乎乎的，就是考虑自己得活着，考虑怎么活。既然回不去了，就想办法顾自己周全，你说是不是？

第二年4月份，我去了辽宁黑山，把我姑娘接回来了。结婚第三年，我生了大儿子，大出血差点死了。后面又连着生了两个儿子，心

1 东北话，很生气的意思。

脏病也好了。我们这个家庭挺和睦的，三个弟弟对姐姐那是肃然起敬，姐姐说一，三个弟弟不说二。

3

我大姑娘高中没念完就下来了。不是我拽她，她自己回来的。她学习相当好，上了高中，我就把她送回辽宁了，辽宁黑山县重点高中。我的意思是辽宁的教育比这边好。我一个月给她寄一百，五个月寄五百。那是在一九八几年，拿这些钱相当不容易了，我寻思她在那边念完高中考大学。

她在那边念了五个月，她想我，哭，谁劝都不听。这个姑娘从小到大我没捅过她一下子，为这个姑娘没少跟我家老头儿吵架。你知道她一直跟着我，她就想我，离不开这个地儿呀。她叔叔给她送回来，下了火车踩着大雪半夜里走回家来。把我给气坏了，你知道吗？把我气得够呛，她进了家，我说香啊，你完了，完了，你这辈子考不上（大学）了。

我有个大学梦没圆上哪。下乡前，我在哈尔滨师范学院附中[1]读书，那是哈尔滨市重点中学。说句实在的，像我这种脑袋，你也知道，挺聪明的是不是？我在班里，在全年级都是前三名。结果呢，没上高中就全部下乡了。哈尔滨师范学院出来的全是教师，如果没有"文化大革命"，没有"上山下乡"，我现在已经是教授了，一说这个我的

1 哈尔滨师范大学附属中学，黑龙江省首批重点中学之一。

眼泪都快出来了。说句良心话，我这一辈子就是这个大学梦没有圆，真没有圆。我一打学校校门过，心里就热辣辣的，别说了，那滋味难受。这个大学没上，心里可真是难受啊，转眼年华已过，半老徐娘了，再想这有啥用啊？可是这心里头特别难受，一提这我就特别难受。

我就指望我姑娘，我说香子，我姑娘叫王春香，我说你想我，你非要回来，你妈最大的遗憾就是这辈子大学梦没圆上，在你的身上也没法儿实现了。我花那么多钱，一个月 100 块，你妈那钱就那么好挣的么？供你念书，我就是想让你念完大学以后出人头地。我就是想出人头地！

八五九有高中，我就给她送那儿去了。这个地方的教学能赶上城里吗？那是 1985 年，她 19 岁，差半年高中没念完赶上分配，她就下来当了合同工了。说句实在的，我挺遗憾的。别提这事儿，一提我就上火，你说我一辈子净上火儿了。我说姑娘啊，你别寻思了，啥你也别说了，你放牛，你妈养鸡，咱们搞副业。

买回的三头牛，两头大的带了犊，转年下了一公一母；第三年小牛也揣了犊子，我有了四头奶牛。母牛开始出奶，0.21 元一斤。不是欠人家三千五么？每月挣三百五，钱还完了，这奶牛就真的是我的了。我就慢慢还账啊，这账还得那就别提了，一色儿全还给农场了。挂账 15 万全是搁奶汁往上碓[1]，还要吃饭，供孩子念书。养牛不是还得撸奶么？我那三个儿子，5 岁跟他爸爸上山整柴禾，12 岁学撸奶。我三个儿子都勤快，这是你多少钱都培养不出来的。

1 东北话，有“捅”的意思。

后来，奶汁不值钱了，最低谷一毛五、五分钱一斤，比水都不值钱。那一年蚊子铺地，奶汁钱发不出来，欠了我们3万元，连饭都吃不上了。牛也不值钱了，眼瞅着别人的牛都卖了，我不卖。奶汁5分钱一斤我也养，多少钱我都养。哪年？我忘了，5分钱一斤。别人愿意卖就卖，我不卖，我还买，为买牛我贷了3万元的款，我有了24头奶牛。

我创业真挺难的。返城的时候走了就没这些事了。我咋不走？那年我二十九。有一个上海女知青，男的是本地人，她把三个孩子都扔给男的，办了离婚手续回了上海。还有个天津知青，也是嫁了本地人，生了一个姑娘一个儿子，姑娘比我的大儿子小七天，她离了婚，那就是一人一个，把两岁的儿子扔下了，带着姑娘回了天津。

那个上海女知青走前也问我，你咋不走呢？我那时也想走，我父亲是大庆的，父亲说一家人回来不大可能，你接班吧，一个人回来。把我的回城手续办好了，我寻思这要走了，几个孩子都得扔在

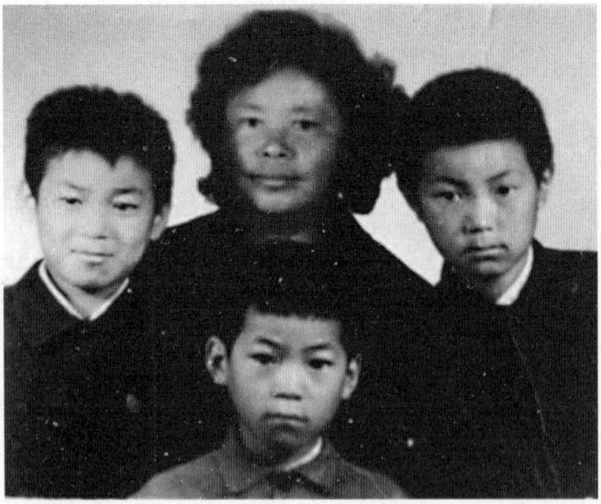

1985年，陈桂花与她的三个儿子。

这儿了。

我没像她们那么做，我看着我的孩子，我姑娘十二，大儿子五岁，二儿子四岁，小儿子两岁，三个小的肩挨着肩，三胞胎似的，整整齐齐的，在你手上拽着，腿上吊着，怀里抱着，把他们扔了？一想这我的心都颤颤着，我得在他们身边管吃啊穿啊，洗啊涮啊，缝啊补啊。我要是走了，老头儿一个人整不过来，孩子万一有什么闪失，你说你心中难受不难受，遗憾不遗憾哪？你还能活吗？

孩子是老天给我的，我的心不舍得，我就退了返城的念头。那个上海知青回去后又找了个小伙子。三年前她回来了，找她儿女，儿女不认，能认吗？那个天津知青的姑娘在天津上班了，可是儿子进监狱了。在那种情况之下我没走，你这个妈妈有正事儿，在孩子面前你能抬起头来。

后来有了政策，知青的孩子可以办回城一个，我哥哥带着手续从哈尔滨来了，问哪个孩子走，哪个都不肯走。幸亏没办回去，办回去兴许操蛋了，在城里上上不去，下下不来，不就完蛋了？

三个儿子我供一个，把我大儿子供出来了。我大儿子上了中专，两个小的我负担不了了，初中没读完就给拽下来了。大儿子中专毕业不分配工作，三个儿子都养奶牛。1994 年的 6 月，所有的账，包括农场的挂账，全部用奶汁碓完了。我买了脱粒机，我家老头儿不用一棒子一棒子打了，他打了 9 年啊。后来，又买了车，我是豁出来了，就那么硬干了。

1995 年，我有大小 24 头牛产奶，年产 100 吨奶，一个月入账 2300

元，直到 1999 年，年年这样。我成了农场最大的养牛户，农场奖励我一台挤奶器。我获得三江[1]的“妇女十大标兵”、管局的“三八红旗手”、农垦总局[2]的“三八红旗手”，荣誉证书都在箱子里呢，我算是出人头地了。

1996 年，农场畜牧科科长领了两个日本人到我家参观，说准备从养牛户里挑选 6 个人，到日本去打工，每人要交 17000 元的押金。当时我手里有点儿钱，这么说吧，两个小的小学初中文化，到那儿去能给人干啥？亏得没去，去的人没挣多少钱，在那儿给人做苦力。我的孩子不去，安心在家养牛。

我姑娘 25 岁那年结的婚，我带着她去哈尔滨旅行，去了辽宁黑山老家。1997 年大儿子成了家。2000 年二儿子谈对象了，正盖牛房呢，女孩怀了 3 个月了。我说得得，啥也别说了，赶紧结婚。儿子说："妈，让我结婚？"我说怎么不让你结婚呢？不结婚怎么整啊，人那孩子的肚子都起来了。结婚吧，就把这婚给他结了。婚后第二年，我就抱一个大胖孙子。

4

1987 年我开始养奶牛，到 2008 年，存栏最多时有 130 多头奶牛，年产鲜奶 200 多吨。一直干到 2011 年，25 年，算行了。现在奶牛整

1 指黑龙江省农垦总局建三江管理局。
2 指黑龙江省农垦总局。

个都完蛋了，全都瘫痪了。我就把牛卖了，一万四一头，拉出去一车就十多万。

我把三个孩子培养出来了，安了家，现在都安居乐业，都挺好。

我为着出人头地，身体都造完了。1998 年 12 月 7 日，我动了肠道手术，肠子里头烂透了，肠膜都没了，拉肚子硬拉了一年，拉的是绿豆蝇色，黑的，像毒似的。不怕你见笑，疼得我屁股直颠。我原来挺胖的，给我拉的，一把骨头了。一检查肠子到肛门都是黑的，肠子都变细了。那个月 24 头牛出奶，奶汁 3 毛多钱、不到 4 毛钱一斤，一个月卖 2 万多元奶汁，这钱哗哗全都流走了，怎么全流走了？有病要花钱啊。

别提这事儿，一说就上火，我这脾气不行，性格急，说完眼睛长眵目糊[1]。

2011 年，我不能吃饭，总是这个地方（指着胃）疼，梆硬梆硬的，疼得一蹦多高。有个上海知青，叫居鸿昌[2]，亏得老居，扎针一绝。他的老丈人胃癌，他给扎了 7 年，活了 30 年，把根都绝了。

我说老居，你能不能给我治治病？他说行，你来吧，我就上他家去了。你知道那一根针多长，这么长，一根针整个扎到我胃的底部。一针下去我都不知道疼，一个肚子扎 19 根针。第二天早晨 3 点半我就开拉，拉的都什么玩意儿？灰色的、土灰色的、恶臭恶臭的那些东西，给我拉得都提不上裤子。兄弟，你别见笑，肚子给我疼的，嘴里返出来的那个味，比厕所，哈尔滨老道外那个厕所底子都臭，返上来

1 方言，眼屎。

2 见本书《这四十多年，我总共回去九趟》一章。

的那个味半个月没下去。

拉到7点多钟，他说了你到我家来吧。我说我提不上裤子，他说我家有厕所，我就去了。他说你挺见效，拉吧，早呢。连续扎了2月，我那肚子消了，排便排下去了。他给我扎了3年，我捡回一条命。阿弥陀佛！我信佛，供的满堂佛，十方佛，全都请到了。你看(听)这个铃声就是大悲咒。我既然踏进佛门，这就是我的信仰，兄弟，你别见笑，有病逼的。

我现在[1]身体还可以，有糖尿病，打胰岛素，没有并发症。看我哪像有病的样子，谁看我都说不像70岁的人。今天我去给孙女买东西，人家说大姐你今年多大岁数？我说还管我叫大姐，我儿子都比你大。他说你多大岁数？我说我快70岁了，人家不相信。

哈尔滨还有什么人？我哥哥、姐姐、弟弟。我二姐去世了，2012年我回去看看大姐，那么大岁数了，快八十了，糖尿病挺厉害，眼睛都快瞎了。(她)不愿意让我走，我说不走也得走，不可能在你这个地方待着，天下哪有不散的酒席，你说是不是？后来她就点点头，含着眼泪，让走了。这一晃几年了，总问："啥时候回来啊，啥时候回来啊？"我说我什么时候回来什么时候算。我告诉我外甥媳妇，要是她不在的话就不要告诉我了，我也来看过了，不可能总回来。

兄弟，咱过眼前的，不想那些事，咱们钱也够花，我和老头儿俩退休金将近六千，日子挺好。亏得1994年我把账还完了，不然退休金都拿不着。到现在都有人没还齐的，还不上钱领不到退休金，就

1 以下内容是2015年和2018年补充采访的。

2018年春节，儿孙满堂的陈桂花夫妇。

给150块钱生活费。有的死了，人死账烂了呗，儿女能还吗？那是不可能的。

我和我老头儿一辈子没怎么吵嘴，也没打过架。老头儿身体行，70多岁的人来回悠悠卖菜，一天跑两趟。早晨两三点钟就走了，折腾一夏天，挣个1万多块。他自己整菜地，种园子，黑天白天干活，也不知道累。这么大岁数了不知道累，就算可以了，你说是不是？他身体比我身体好，我主要是累心，一点儿不省心。

我把我姑娘、我的三个儿子都抚养成人了。今年[1]过春节，我家十六口人都在跟前。我的三个儿子、孙子、孙女，加上姑娘、外孙女都回来了。我姑娘的孩子，我的外孙女学习可好了，在年级一直第一第二。全三江[2]一千八九百人考高中，她考了（前）六十名，考进了重点高中。我挺高兴，我说杨洁，你要好好学习，圆姥姥这个大学梦。你妈妈没圆，你圆。她说，放心吧，姥姥，我一定圆。我的外孙女高考时考入牡丹江医学院，现在在哈尔滨医科大学读研。大孙子今年

1 指2018年。
2 指黑龙江省农垦总局建三江管理局。

18岁了，现在在三江重点高中，明年考大学。小孙女17岁，学习不好，那就没有什么指望了。小孙子学习也挺好，14岁，是重点高中的苗子，我的希望都在这些孩子身上。

现在我家在八五九是最好的，我家四个孩子种水稻，去年都盈利了，挣了70万。你看我家大车小车，什么收割机啊，半截子[1]啊好几台。

当年我跟那个人说，你能借给我这200块钱吗？他说你搁什么还我？你不是看我陈桂花不行么？就是你有钱呗，你有钱，我比你还要有钱。我就是要出人头地，我发了誓，在二连，在八五九我是第一，我是个头子！

我出人头地了！

1 皮卡，一种驾驶室后方设有无车顶货箱，货箱侧板与驾驶室连为一体的轻型载货汽车。它是前面像轿车，后面带货箱的客货两用汽车。

自己要下乡的“将军女儿”

——黄丽萍

人物简介：

黄丽萍，1950年生，1969年10月3日由宁波下乡到黑龙江省集贤县升昌人民公社友好生产大队，1971年嫁给当地农民时，年仅21岁，婚后生育一女一子。父亲黄思深是1930年参加革命的老红军，担任过东海舰队航空兵工程部部长（副军职）。1979年，黄丽萍放弃返城，跟家人留在北大荒。

采访手记：

2009年8月20日，在集贤县采访过二九一农场的知青后，我乘车赶往升昌镇友好村采访黄丽萍。

集贤县位于黑龙江省东北部，南倚完达山余脉，称之为“三山半水六分半田”，呈三江平原地貌特征。在北大荒采访20余年，我跑的都是农垦系统，从没深入到农村采访插队知青。黄丽萍似乎是宁波知青联谊会叶小龙向我推荐的，叶小龙好像是黑龙江农垦总局国资处处长陈京培介绍的。每次到北大荒采访都有人提供线索和采访对象，我时常改变原定路线。我跟叶小龙没见过面，仅通过一次电话。

叶小龙在升昌插过队，他说那边有一批宁波知青没有返城，其中有将军的女儿黄丽萍。

将军把女儿留在北大荒实在是不容易了。在“文革”中，一大批将军

留守北大荒的将军女儿，宁波知青黄丽萍。

被打倒，审查，关进牛棚，他们的子女受牵连下乡到偏远、艰苦的地方。“文革”后期，他们官复原职或把子女送进部队，或办回城市，留在农村的可谓凤毛麟角。

跟农场相比，农村的条件相差的可不是一星半点，公路还是20世纪90年代的沙石路，住房像20世纪60年代那样，或砖瓦房，或泥草房，每家每户都有个院子，里边种着辣椒、茄子、豆角、玉米和花草。

在村民的指点下，我顺着泥土小道穿过几排房子，走到黄丽萍家门口。她家的院子挺大，一幢衰败的茅草屋面门而立，屋顶的枯草像滑坡的山上少了一块，靠近房檐的位置可能雨水丰沛长出两丛绿绿的蒿草，还有几处似乎漏雨，压着砖头和瓦片。草房边上有一幢新建的红砖房，一辆红色胶轮拖拉机停放在院中，七八只母鸡嘀嘀咕咕地觅食，不时抬起头来伸长脖子望一望，几只小鸭将喙插在水洼里，“呱唧呱唧”捞着什么吃的。

“有人吗？黄丽萍在家吗？”我冲着那幢房子喊了几声。

一位满头白发，梳着两条细细辫子的老人应声从红砖房走了出来，她穿着一件像二三十岁女人穿的粉色暗格短袖衬衫和沾有泥土的黑裤子。

她是黄丽萍？看上去似乎有70来岁，无论如何我都无法将她与宁波知青黄丽萍联系在一起。我边跟她进屋边在心里算了一下，黄丽萍已近花甲，步入老年行列。

屋里跟我印象中的北方农家别无二致，一铺贴着像床单似的花纹纸的火炕，一方方图案上印着苹果、葡萄、小猫、小狗，四个翻盖的旧木头箱子架在炕上，墙壁还是水泥的，没有粉刷，炕下横躺竖卧着一双女式白带凉鞋，旁边放双白色运动鞋，还有几个红、蓝、白色塑料袋。

黄丽萍的父亲，黄思深将军。

黄丽萍侧坐在炕沿上，双手相握放在左腿上，像唠家常似的跟我讲述着她的父亲，以及她在农村的几十年。“我爸是什么地方人？那个我不知道。我爸死时反正是有遗书的。你想看看？等一下，我拿来给你看看。”

黄丽萍说着爬上炕，掏出一份《黄思深同志简要生平》。

通过这份简介得知，黄丽萍的父亲1930年参加赤卫军，1931年参加红军，参加过鄂豫皖革命根据地第三、四次反“围剿”，川陕革命根据地反三路围攻、反六路围攻，以及两万五千里长征。1939年毕业于新疆航空队，1942年航空队主要领导投靠国民党，将他投入监狱达4年之久。革命几十年，先后担任过机要员、指导员、华北空军工程部科长、海军航空兵工程部副部长、东海舰队航空兵工程部部长（副军职）等职务。2005年10月5日病逝，享年92岁。

1

我是1969年来的，已40周年，虚年四十一。我们刚初中一年级就“文化大革命”了。下乡时才19岁。说到东北去，我们寻思好玩儿啊，那咱们也去吧。我们都是自己报名的。

我弟说，“你真傻，我去你就别去了，妹妹都还小，你在家还能照顾照顾。”我和我弟弟就一块来了。我妈那时候上班也忙，顾不了我们了，去就去吧，那怎么办呢。去了就一直没回去。

我爸爸是老红军、长征干部，当过海军工程部部长，是少将。他

1969年11月，出席集贤县“首届知青活学活用毛主席著作讲用大会”，黄丽萍（前排左二）与升昌公社其他知青代表合影。

“文革”受到冲击，打倒啦，要不能下放到这儿来么，要不俺们早就当兵啦！我家我是老大，下边有三个兄弟、两个妹妹，现在宁波有四个。我还有一个弟弟下乡了，他下乡到兵团，杭州建设兵团[1]，在那儿当卫生员，以后就当医生了。他现在条件不错，老丈人把他整到金华那边去了，在那边搞什么我不知道，也没问他干什么，反正当小领导吧。其他的弟弟和妹妹条件都一般吧，没怎么太高。

讲讲我的故事？来这也没什么好说的，反正也没回去。来时也后悔。哎呀，头一次到东北来，一看都是泥草房。哎呀，都破破烂烂的，从来没看到过。哎哟，我们来时友好这旮旯可穷了，家家都很穷，每家都该生产队的钱。后悔了，不如不来呢。

那为啥不走？没走。都下放农村了，反正没走，找了个当地的。俺这旮旯（知青）男的太多了，就两个女的，叶小龙的妹妹和我。我看都是男的，也不方便。

我爱联系人儿，大伙儿都对我挺好的，我对他们也挺好的。那时候我就会织毛衣，她们经常织毛衣不会就来找我，来问怎么织，我就告诉她们。就是你帮我，我帮你的。干活我也没有他们那么能干，反正怎么也是比他们农村的差劲。

大伙儿都说，找个对象吧，找个对象就有人照顾你了。我们那掌柜的[2]那时帮没帮我干过活？也有。

当地农民就给我介绍了一个，也是一个生产队的，他比我大4岁。

---

1 即浙江生产建设兵团。

2 东北农村称丈夫为“掌柜的”。

他家不是坐地户，是1960年来的。那时，不是有一批干部下放吗？他家就来了。他爸到农村后也没干过活，也是小干部吧。他身体不好，到农村一瞅，自己在生产队也干不了啥活儿。干不了啥活儿那就犯愁，这一犯愁两三年就没了。他是1963年走的，那咱我们还没来呢。

那时候，我们那掌柜的能吃苦，在生产队当出纳员和记工员，记工分儿的，后来还当过小队长，干活挺麻利的。

结婚时我也没要彩礼，什么也没要，就这么到他们家去了，白给他的。他们家生活状态也不太好，还该生产队的钱。那时候当地都要彩礼，通常要一块手表，还有200块钱啊，还有啥啊，我就记不住。我什么也没要，家里什么也没有。他妈那时候守寡十多年了，咱们心眼也是好呗，什么也没要。他妈对我挺好的。

结婚跟没跟家里商量？没有。1971年我结婚那咱，我爸还关在上海呢。我妈早先也是军人，后来转业到公安局。她在公安局待十来年，我爸爸被打倒了以后，就（把她）给调下来了。我找对象这事儿弟弟没反对，是支持的。他那年回家去了，回去看看。那时候回家不容易，从这儿到宁波可能要五天吧，五天四宿。坐慢车嘛，那时候没有快车。过了十多年后有快车了，那也就三四天就到了。

哎，年轻时没少挨累，那还都得下地干活儿，不挣工分儿没有吃的。全靠他一个人儿也不行哪，孩子多。那时，他那两个兄弟还没结婚呢，都很小，还有个老太太。老太太还是寡妇呢。我们年轻哪，年轻多干就多干点儿。她在家给我们哄孩子，我俩下地干活儿。我俩结婚以后两人干活一点一点把该生产队的钱都还利索了。

2

父亲哪年平反的？是几几年我忘了。他是1968年被抓的，我是1969年下乡的，他在上海关了三年，1971年后他才放出来。我爸当兵早，1931年就当兵了，也没少吃苦。

我下乡后头一次回宁波是1973年。为啥下乡4年才回家呢？没有钱啊，那时候坐火车要80块钱。那时候我爸还没平反。俺家还住在小破房。在那里待了十来年，后来搬到宁波干休所。俺们早先在部队里面住，我爸爸被打倒以后就让俺们搬了出来。

我是带着丈夫和孩子回去的，看见我们了也没说什么。他官复原职后也没张罗让我们回去。

后来，我结婚以后叶小龙的妹妹就上大兴[1]了。叶小龙他们在这儿也没待几年就调到北边的德兴大队去了，他们那儿跟这儿也挺远的。我结婚了，就没动，在这儿了。叶小龙他们在德兴待了有七八年，然后就返城了。许多知青都回去了，回去的不少。他们说走就走了，那怎么办呢，看他们回家自己就着急啊，着急也回不了家啊。

为啥没回呢？哎哟，孩子太多了。几个？那时候我27岁，孩子就三个了，一个儿子两个姑娘。我21岁结婚，结婚的第二年就有了孩子。我弟弟妹妹也多，他们那咱也都住在我爸那儿，我们回去住不下，再说也没有工作。

我爸爸从来不开后门，很正直一个人，从来不攀人家。我们姊

1 当时称为大兴生产大队，现为大兴村。

妹几个的工作，我爸都不管。弟弟妹妹的工作也都是他们自己找。

我爸鼓励不鼓励我在这儿生活？那我不知道，那我不怎么了解。现在我爸不在了，我爸要是在，你还可以调查调查我爸，我爸那人挺好……

他来过我这没有？没来过，那时候他都七八十岁了，太远，他怎么来。他有时候来信就问一下，家好不好，有困难没困难。有时候，我爸我妈给我们寄点儿钱，照顾照顾我们。

最困难的时候？那就是下雹子那年，一九八几年，也不是七几年，哪年我就记不住了。那年可真困难，没有吃的。返销粮也不够吃，我们就捡那个冻土豆，开春冻的地化了，刨那个土豆，刨出来把皮扒了以后，洗一洗晾干了磨成粉吃。就跟地瓜面儿一样，那么吃。几几年我记不住了，那时候真困难，家家户户都那样。

有一段时间户口迁到镇上了，改吃供应粮，几几年我忘了，反正吃了几年。我们掌柜的一人儿挣钱不够我们买粮吃的，后来把我们户口都整回来啦。1990 年把户口整回来的，孩子的也都整回来了。

怎么迁到镇上去的？我也不知道怎么迁的，好像 1978 年吧，迁到升昌。他们就给我们一个像职工那样的户口，拿钱领粮。他们那几年说给我安排工作，那时候孩子也小，也没给我安排。他们男青年都给安排工作了。

宁波青年还有不少呢，男的，十来个呢。他们都在福利[1]。有的有工作了，有工作的条件就好了。

---

1 即福利镇（福利屯），集贤县政府所在地。

我没有他们的电话号码,找也找不着。他们过来的时候那号码我也没留下。反正他们有通知的,福利也有一个,张哲。他媳妇是开小卖店的,就卖小食品。他住升昌,是粮库退休的。

反正我经常上升昌了,就去看看他。男的也好几个,都挺好。我们一年聚一次会,10 月 3 号。对,我们就是那天下乡到升昌的。我们是一起来的,是头一批来的。另外一拨儿是别的地方了,不是我们这儿。

还有一个人是跟我一拨来的,她结婚以后就一次都没回宁波。我那时候回家也少,七八年回去一次 。我爸去世后,我回家就多了,两三年一趟。

她哪年结的婚?她结婚挺早。她比我小两岁,她大儿子可能比我大姑娘小一岁,今年也三十六了。

她家在升昌住,她本人不在升昌,在福利。她现在给人做饭,也是打工,挣点儿钱。她丈夫在升昌,早先是木工,就是打窗户打门框什么的,现在也不干什么了,也没什么活儿了。

她下乡到大兴,她男的给人家干木匠活,给人盖房子,后来他们就搬到升昌了。我一年到头有事就去她家看看她。她三个儿子,两个结婚了,还有一个没结婚呢。她儿子都有条件,自己做买卖呢。那她还打工干吗?那咱不知道,她乐意打工就打工呗。

她为啥就没回宁波看看呢?我也不知道她什么原因。我说你回家看看,她说我不回家,一回家还得带钱。她爹妈早先是老师吧,现在都 90 来岁了。

她30多年没见爸妈了。她那时候也挺困难的，现在好了，孩子都大了。

3

那咱农村可真穷，现在改变多了，家家户户都差不多，都挺好的。有的（家庭）都有拖拉机了——四轮子，这地方叫“四轮子”，咱们那边儿叫拖拉机，差不多每家都有。年轻人能干的每家都有摩托。反正条件比早先好多了。早先我们这两排全是泥草房，现在都是大砖房了。

俺们早先住那边的泥草房，我看那要塌了，后来这房是俺老头儿自己盖的。他学的瓦匠，反正自己能干。先暂时盖这样，等以后有钱了再盖好的。没花多钱，花两万来块钱。现在盖房也太贵了。盖好点得10来万块钱，慢慢来吧。我说，两边儿弄得都挺漂亮的，就我们这儿差点儿，缓几年再盖。

现在没在家，他去上外头打工去了，去那个友谊[1]那边，就是兵团那边。他会瓦工，抹窗台水泥什么的，他都会。他年纪不小啦，今年六十四啦。

这么大年纪还干活儿？嗯哪。在家里待着也是待着，也没啥活儿，就去了。那你愿意去你就去，想干活儿就干活儿。

我妈妈还在，84岁了，今年。我去年回去了，我妈妈见我挺高兴，

---

1 即友谊农场，号称中国第一农场，位于黑龙江省佳木斯市东南。

她跟我大弟弟在一块儿。我妈现在身体也挺好的。我还跟中学的同学见了一次面,40 年没见面了。他们给我弟打电话,叫我弟弟聚会去。我说我弟弟没在家,有什么事儿啊？他们说,他有个姐姐在黑龙江…… 我说,我就是。第二天他们都来了,来看我来了。哎呀呵,真是,40 年了。(其中)有一个班长,(还)有个挨着我一块儿坐着,早先入团就他一个团员,他来看我了。还有一个男同学,还是我们小学男同学,他也来了。

他们说你还那样儿就是头发白了,还梳着两个小辫儿呐！我说,我年轻时候就梳辫子。他们说身体还挺好的？身体还可以,来这地方 40 多年没生过大病,小病很少,一年感冒也就一次两次。像跟我这么大岁数的差不多都有病,我还可以。

你问同学都干什么的？没打听,他们来看看我,待了一个钟头就走了,人家都在单位上班儿。他们说下回吧,再来。我说好吧。我说今年秋天干完活儿以后我还想回去看看妈妈。

我留在北大荒我妈妈放不放心？那她没说。我们姊妹多,两个妹妹在跟前儿,一个礼拜回去一趟看看她。

我们也没啥,孩子大了以后就好了。那小的初中毕业以后也没考上 (高中),就下地干活了。大姑娘也是,高中没考上,也下地干活了,干了几年,20 多岁才出嫁。

现在他们都成家了,最小的姑娘都 30 多了。大姑娘离我们最近。他们住在公社那边,离这儿有 20 多里地,就是升昌那边。她那也是农村,都是农村。我们没找城市的,农村还找农村的呗。

这个农家小院，处处洋溢着生活气息，黄丽萍和孙子孙女站在自家新盖的房前，铁牛拖拉机旁。

在哪儿生活都一样，反正也习惯了。东北也挺好的，东北反正夏天也不怎么太热，冬天冷点儿，冬天冷一般生火墙，屋里炕上热，一点儿也不冷。

宁波话回去也能说几句。反正跟他们能说，没几句，都忘了。

我和“哑伴”的默默相守

——刘艳杰

人物简介：

刘艳杰，哈尔滨知青，生于1949年，1968年10月13日下乡到汤原农场，1970年到普阳农场建新点，28岁嫁给当地的哑巴，为此没有返城，默默相守几十年。在连队先后担任过炊事班长、农工班长、畜牧班长，用女儿的话说，“当了一辈子班长”。先后被评为黑龙江省农垦总局宝泉岭管理局劳动模范、黑龙江农垦总局“三八红旗手”。

采访手记：

西北风封住了蜿蜒流淌的蒲鸭河，厚厚的雪将远远近近的农舍裹了起来，没裹住的是炊烟，像一缕缕白雾袅然升腾，洇向那一碧如洗的天空。炊烟给荒原和普阳农场十七队涂上一抹人烟，也让这滴水成冰的季节有了动感。

1996年，我领着黑龙江电视台的朋友走进普阳农场十七队，拍摄一部专题片。

“叮铃”一声，我推开住宅区一扇朝西的柴扉。院子里整洁而寂静，房顶是浅灰色的石棉瓦，墙面是水泥抹的，窗户宽阔，院子的地面铺着红砖，邻里间的板障子下放个凳子，上面摆着三盆花。突然，从隔院传来猪哼狗吠，鹅鸣鸭叫，乌鸦也紧跟着聒噪几声，刷几下存在感。喧嚣须臾被寂静覆盖，干净彻底。

这是哈尔滨知青刘艳杰的家。

刘艳杰是一位戴着眼镜的矮胖温淑的女性。她给人的不是姿色，是那种必要时不仅可以把钱包，甚至生命都可以托付的踏实可靠。她丰满的圆脸庞卡着一副近视镜，右侧太阳穴涂了紫药水，有五角硬币大小。也许见我注意到，她温和地笑了笑，解释说北大荒太冷，戴金属镜架冻伤了。

那次回来，我写了一篇特稿，发表在供职的期刊上。普阳农场十七队对我不再是符号或地理定位，而是一个可感可知的哈尔滨知青——刘艳杰。

20年来，我又过多次普阳，几乎每次都要看看刘艳杰。2015年秋，在老书记、上海知青周军岳的陪同下，我又到了普阳。

“这次还采访刘艳杰？”农场广播电视局长战胜利笑问。

“对，采访刘艳杰。”我笑道。

当年的电视主持人小战已变成老战，晋升好几级，已当上了奶奶。刘艳杰却没多大变化，还在十七队，还跟她的“哑伴”默默相守。我第一次采访时，她的二女儿还没结婚，第二次采访时就有了孩子，第三次采访时那孩子就拿着扫帚打扫着院子了，现在可能已中学毕业。

刘艳杰像一棵树似的默默地守着那片天空，那块土地，那个生产队，那幢房子，还有她的不会说话的“哑伴”，以及她的孩子。几乎每次采访她都说，我在北大荒也没做出什么贡献。每当这时，我就想起普阳农场老宣传部部长、上海知青欧阳吉宝的一句话：“知青大返城时，你能留下来就是最大的贡献。”

人的能力有强有弱，地位有高有低，机会有多有少，贡献自然就会有大有小。不过，刘艳杰已把自己毫无保留地献给了北大荒，“献了青春献终身，献了终身献子孙”，够得上“一个高尚的人，一个纯粹的人，一个有道德的人，一个脱离了低级趣味的人，一个有益于人民的人”，也是一个让人感佩与敬重的人。

按美国心理学家亚伯拉罕·马斯洛的需要层次理论，人类需求像阶梯一样由低到高分为五个层次，即生理需求、安全需求、社交需求、尊重需求和自我实现需求。套用中国的说法，生理需要、安全需求为温饱阶段，社交需要、尊重需求为小康阶段，自我实现需求为高级阶段。我们绝大多数中国人还处在温饱阶段，刘艳杰和大部分留守在北大荒的知青已进入小康，甚至高级阶段。

10分钟后，有人敲门，居然是刘艳杰。

她说，早晨到场部来办事，接到战局的电话就赶了过来。

她还是老样子，没有多大变化，又仔细端详一下，个子似乎矮了点儿。屈指一算，哎呀，她已下乡近50年，快半个世纪了，怎么会不老呢？

2015年8月，我再次来到普阳农场，刘艳杰听说后来宾馆看我。

1

1976 年，我 28 岁了，农场陈姐问我还返城不，我说家里条件不太好，姐妹五个，不愿意再累赘家里头，既然出来了，就不想回去了。她就给我说媒：“陈建华心眼好，干净利落，爱收拾屋子。”

1968 年 10 月 13 日我从哈尔滨下乡到普阳农场时，虚岁二十，初中毕业才一年。我 10 岁上学，不是打小个子矮嘛，我母亲说了，晚点上学，别到学校挨欺负。

下乡时，我爹妈都不愿意。我妈说这十八年我都养了，十八天养不了啦？老人有老观点，不愿意让孩子离开自己，让他们都守在爹妈的身边。我妈还说，姑娘在家吧，过两年找个婆家。我家孩子多，七八口人，我爸一个月才挣 52 元，生活条件不好。我寻思我出来了，把我一张嘴给带出来，就这么出来了。

我是 1974 年入党的，当时的想法是，在政治上咱不能混，在生活上倒是可以将就。

刚下乡时，我就想哪艰苦去哪锻炼，一心想上农工班。连长说你个子小，下农田不行，给我弄到食堂去了。在家我就不愿意做饭，现在给我弄到食堂去了，一天煮三顿饭，没有暖气，烧个大铁炉子，一捅一屋的灰，我心想上农工班多好，跟大家在一块热热闹闹的。我想改改自己性格内向、不爱说话的毛病，跟大家多一些接触，食堂八个炊事员，开饭的时候，天南海北的知青都来了，北京的、上海的、浙江的，特别热闹。

我不会偷懒耍滑，干活儿可着力气干，虽然个子小，但是胖乎乎的，身体挺壮，领导说刘艳杰你来当班长。人说三个女人一台戏，女同志不都小心眼、好面子嘛，炊事班八九个女人，有干活不卖力的，我就说她："大家都出力，你不出力，你悠着劲儿地干是不是？"我这人心直口快，逮着话儿就说，她们知道我是为了工作。

我在食堂干了三年，后来主动要求到农工班，我这个性格适合干地里活，1972 年当了农工班的班长，又到畜牧班，当畜牧班班长，再后来又干回炊事班的班长。

哪怕平平常常的工作，我都认认真真地去干，领导交给我任务，我想办法务必完成。人都说故土难离，我每次回家，一看家里人都挺好的，就着急回来。我母亲说："那边就有个破箱子行李卷儿，你有什么挂念头哇？人家都想多住几天，你怎么就着急回去呢？"

陈建华比我小 3 岁，一米八几的大个，瘦溜地高，身体好，但是不会说话，是个哑巴。他家是当地人，兄妹五个，他老二，底下有一个弟弟，两个妹妹是一对双儿。建华 3 岁时，父亲因冤假错案进了监狱，蹲了劳改。他生病打针打哑了，后来一直没上学。1976 年那阵，他爸已经从劳改队回来了，冤假错案平反了，当了连长。他爸是转业军官，他妈是农民。

陈建华在基建班，是瓦工，连里的房子没有他没盖过的。我们不大接触，可也是，他是哑巴，我性格内向，不爱说话，怎么接触？

2

1973年的时候，陈建华的母亲就托陈姐提过这事。知青来了之后，和当地人处得不错。他母亲说，我看小刘那孩子挺好的，想把她介绍给我们家的建华。陈姐说，这事不大好说，我怕小刘有想法，怪我给她介绍个不会说话的哑巴。陈姐试探地跟我提过这事："小刘你愿意吗？你要是愿意我给他妈回个话，你要不愿意就算了。"我没同意，是怕有了家以后影响工作，我这人有点儿太好强。

有人给我介绍了一位六十三团[1]的商店副主任，让我去看看，我没有去。我觉得个人问题没有必要跑太远解决，我不想离开普阳。我下乡时也在汤原农场，后到的普阳，来时这里什么都没有，光秃秃的雪地上，一堆煤上面插块牌子，写着十七队。哪有房子？就住帐篷，上野树林砍小杆搭马架子，到河里砸冰煮饭，这些都是后建的。

也有人给我介绍三十连的一位上海知青，我也没去见。

建华也是左找右找的，不是人家嫌他，就是他嫌人家。有人给他介绍九连一个姑娘，脚有点残疾，他没有同意。有人给他介绍一位健全姑娘，那姑娘说她一小没有母亲，是姐姐把她拉扯大的，结婚后每个月得给姐姐15元钱，建华母亲一听就有点儿不同意。他找了一圈也没找到。

我这个人吧，怎么说呢？自卑感比较强，我个子比较矮，一米四九，现在只有一米四五了，长得又不出众。说实在的，论个头和长

1 进驻在汤原农场。

相咱都配不上人家。反正我也不准备回去了，在这成家也一样。回城市难生活，在这不管咋的，咱能吃上喝上。他不嫌咱，咱也就不挑他什么了，就这么同意了。

我们两个没有谈过恋爱，他一句话不会说，我也不爱说话，我要是爱说句话，也不会找他。我性格内向，刚下乡那阵特怕生人，宿舍里来了生人，我一中午都不回去。1969 年回家探亲，回来下错站了，就是不敢问人家。打从 1973 年到管局去开劳模会，全农场就 5 名，这才慢慢磨练好些了。他不会说话，我也没有感到在沟通方面有什么苦恼。

我图他身体好，能干，做事干净利落。工作上我不会偷懒耍滑，在外面累了一天了，回到家里就想放松一下，你想猴皮筋还有抻断的时候呢。知青在城里时，从没干过这么多、这么累的活，来到这之后觉得能成个家，这个人能把家务承担起来就好——咱这儿外边的活比较多，比如打柴禾啦，挑水呀。那时连队的会也比较多，吃完饭就开会，一开就开到晚上九十点钟。他有那个生理缺陷，不会说话，开会什么的他可以不参加。我考虑到选择了他，家务有他操持，工作上不让我落后，有这么个家庭也行。

我妈一听就哭了，“你哪怕找个瘸子也比哑巴强啊？最起码语言上能沟通。”我说，妈，我要个没个，要身材没身材，长相也不漂亮，你城市人不知道我们农村人辛苦，不像你们买完煤就没事了，我们得拿着镰刀去打柴禾。我常常看到老职工冰天雪地地拖着爬犁去拉条子，我那时就下狠心了，等我成家之后，鸡鸭鹅狗我都不喂，女同志太累了，我怕我吃不了那个苦。我想找个男同志能承担起来，不影响我的工作。

家人哪知道，我在农村不但苦，还有危险。1973 年 4 月 25 日，农场发了一场大水，水有多大？涨到 1.3 米。黑龙江跑冰排，冰把下边的江道堵住了，那时还没筑大坝，江水就漫了上来。江水漫过我们的窗户，淹过小半截。我们住的是小砖房，睡的是砍来杨木杆搭的大通铺，对面两个通铺住 10 个人。我们 10 个人就在房顶上，骑着房顶过了一夜，转天晚上才被接走。

哈尔滨知青小袁，是连队宣传队的，一个特别活泼的小伙子。他住院回来还没走到家，水就漫上来了。那时，普阳农场路边连一棵树都没有，要有一棵树能爬上去，那孩子也不会淹死。水涨得那么高，他看不清哪是沟，哪是路，结果就淹死了。

我妈不同意，亲戚朋友也都不同意。我对我妈说，不管你们愿意不愿意，我下次回来就给你领回来。我妈说，语言上不通，你们能过到一块去吗？我说，哎呀，没事的，咋地也能过一辈子。

你要说我孝顺，我真不孝顺，怎么不孝顺？爹妈都不愿意，我爸我妈那么老实的人，被逼得没辙了，“我已把话给你说到了，到时候有啥事，你别埋怨老人不做主。”我想建华也不能是哑巴就单身一辈子，我也不能个不高、长得不漂亮就单身一辈子，人活到八十也得有个家。我经常说，建华如果会说话，他绝对不会找我的。我从来没有城里人高农村人一等的想法。

最后，我还是跟了建华。我们 1976 年春天谈对象的，10 月份结的婚。我把他领回去了，家里人不满意也得满意了。我妈说我一条道走到黑。我说走到黑就走到黑吧。

外边不知道的，以为我小刘图他家有钱，图他爸当官。我要图他爸是个当官的，我嫁过去应该有个好活儿干，我在畜牧排喂了6年猪，不管是阴天雨天都得穿着水靴子。上猪圈喂猪，挖猪粪，那活又脏又累。要是图他家有钱，结婚时差一样东西我都不会进他家的门，我们是在泥巴草房里结的婚。

成家以后，我们和老人在一起过了几年，我的工资和建华的工资全是我公公领，然后交给我婆婆。那时，我每月交3角钱党费，她就给我3角钱。我就是给家里寄封信都得和婆婆要钱。婆婆说，艳杰，你想吃啥，就和我要，我又不好意思。

有人打抱不平，“小刘的工资不应该让他们开。”我说，都是一家人，不能老的去开工资，小的也去开。别人结婚要随礼，婆婆不舍得花钱买，“艳杰，你箱子里有床单枕套，给我拿一对。”老太太都从我的箱子里拿东西随礼。

3

“小刘，你是党员，你能不能说说你是怎么想的？”许多人对我的婚姻不理解，一次指导员找我谈心时问道。

我说，建华会做家务，知道心疼人，我在外边累，回家再累我受不了。

1977年，我怀老大时，想吃水果罐头，手里一分钱没有。建华到小卖店去赊，赊回来后，他让我吃，自己一口都不动。

1979 年，我怀老二时，我们搬出来单过了。我想吃肉，那时没有卖烧鸡的，猪肉也没有，要买猪肉得去团部。建华就堵着鸡笼子给我抓，摸摸有蛋我舍不得，他就给我比划："杀吧，别舍不得。"

生老二时，他一次煮了 10 个鸡蛋，熬点粥，放点红糖，怕老大和我争嘴，就把孩子抱走。

晚上我去连队开会，孩子放到家里，他给我带着。大姑娘两岁了，我对他说，孩子大了，早晨你带她在炕上躺着，我起来做饭，做好了你再起来吃饭上班。他比划说："不用。我们这趟房都是男同志起来做饭，你带娃娃在炕上躺着，我起来做饭。"

他在基建班，装车回来晚了，我怕他饿着，就把孩子放在小车里去做饭。他回来看到孩子哭了，就比划说，以后你别做饭，哄着娃娃玩，我回来再做。我说怕他饿。他说，没事，饿点没关系，娃娃哭不行。

孩子从小到大，他没打过一下，也没骂过，就是哄。老二和老大差两岁，老二上小学二年级时，我问她，立新哪，今天考的是语文还是算术？"我不知道！"我说怎么考语文算术都不知道呢？她说，你去问问我的同学刘明辉吧，就是我们东院的。我觍着个脸去了。回来气得真想踢她两脚，打她两巴掌，可是我不敢打，我要打她，建华就能打我。他对孩子相当爱了，他跟我用手比划：不能打，娃娃小，大了就好了。他有气不拿孩子出，也不拿我出，就自个儿憋着，啥也不说。他就是这样，这一辈子就这样。

在基建班时，他装车，抱麻袋，抱得胸疼。我想他干重活儿累，好的东西多吃一点。可是他见东西少了就不吃了,给我们娘仨留着。我上工回来把脏衣服脱下来,他就给我洗。他的衣服不让我洗,他说,我的衣服太大了,你洗不动。后园子的活儿从来不让我动,要吃什么菜了,他自个儿去薅回来,拿回来给我择。老职工提起他来,都夸他,你家建华不管谁的忙他都愿意帮,特别是女同志干活干不动,他就去帮。他这人良心好。

一九八几年,我妈上我这儿住了两年。别看建华不会说话,可是心里明白,很孝敬我妈。有时他这边做饭,那边给我妈把苹果皮打了。

我妈镶的是假牙,有天早上可能着凉了,身体不太舒服。我们早上吃了饭就去上班了,院子里养了几只鸡,她烀了鸡食想喂喂鸡,结果就吐了。她的牙镶得比较早,人老了牙床收缩,连同假牙一起吐了出去。我妈不知道,一看吐了挺恶心的,赶紧拿扫地条帚扫到灶坑里了。烀鸡食、鸭食的灶坑在外头,敞天露面的那种,不在厨房里头。

“妈我回来了,你在哪儿?”我下班回家就说。我妈抽小旱烟袋,正坐那儿抽呢。我说你抽袋烟,我做饭,拿起盆碗感觉不对,我妈说话的声音不大对。有牙跟没牙不一样,没牙她说话漏风。我说,妈你怎么假牙没戴呀?晚上睡觉时,她的假牙都搁在牙缸里头用水泡着,早起刷刷再戴上。

她说,哎呀,艳杰,我跟你说吧,我的牙呀,今天早晨吃点饭吧,我吐了。完了,我一漱口,我的牙光光的,出去找牙,牙没了。刚烀完鸡食，灶坑里还有火啊，假牙是塑料的嘛，沾火就化了。

建华回来了，他跟我比划，妈的牙怎么没了？我跟他比划，扫到灶坑里烧了。他骑着摩托车就上场部了，也没给我打个招呼。连队离场部45里路，那时候还都是泥巴道，没修水泥道。我做好了饭，寻思他怎么还不回来吃饭。我们是11点下班，(下午) 1点钟上班。平时吃完午饭，他就睡个午觉。我妈说这都12点多了，建华咋不见了？

人家骑摩托车去场部商店买牙去了。商店的人跟他比划，这个牙不是买的，你得上医院镶牙。提起这事就乐，我说是不是傻？不会说话，缺心眼，牙是买的吗？你得有牙印，你还得镶。

那阵农场条件相当不好，没有镶牙的地方，得到萝北县去镶，我们不想请假。我跟我妈说，过两天把你送回哈尔滨吧，哈尔滨有镶牙的。她的牙一颗都没有，在这儿啥东西都吃不进去，每天只能吃点儿菜汤和馒头，给她换个样她都咬不动。

我想，会说话的男人也不见得像我家建华这样。他心特别细，想得特别周到。

我妈说，我自己亲儿子在身边，也不能说你今天牙没了，饭也不吃，立马去给你买，领你上医院镶牙，是不是？

我妈说，建华不会说话，妈还是后妈，也够可怜的了。我妈是2012年去世的，走的时候90岁。

4

俺家姑娘小时候说:“妈,将来我成家也找一个不会说话的。”

老大说,谁说我爸不会说话,他心里会说话。有一年八月十五,他去学校给孩子送月饼和葡萄,有位同学说,陈立平,你爸是个哑巴呀?她气得把人家文具盒给摔了。

我说,你千万别找不会说话的,语言上不通倒不那么苦恼,个别人挤兑你就会让你难受。

在连队,要说别人挤兑,我感觉也没有。有时,建华在外面办一些事,我还觉得他吃亏呢,他要是会说话绝对不会这样。比如,他和人家吵架,不怨他,还扣他的工资,那有什么办法呢?不过,建华脾气太暴躁,你就是对他有九十九个好,有一点不如意,说翻脸就翻脸。

一次,我们一家去看电影,正是麦收期间,天一阵风一阵雨的,屋子里热,老二又哭又闹,我怕影响别人,把她抱了出来。书记看到我说,小刘,你们班派个人去看场院。班里人都在那看电影,难得看场电影,不容易。我想,要看场院,我就自已看吧,我就领孩子上场院了。

建华见我出去没进来,就上场院找我去了。我这人闲不住,见水沟里有点麦子就拿锹捞,老二拿着柳条抽水玩。他一看就急眼了。那几年在工作上,我和他生过不少的气。有时厕所满了,我见了就深更半夜去掏掏干净。为什么半夜掏?怕影响人家上厕所。我从来没和连里要过报酬。建华不让我把掏厕所穿的衣服带到屋里,他嫌有味儿。

我总觉得趁年轻多干点，老了干不动时也不后悔，作为党员不能落在群众后面。我姑娘说："妈，说实在的，像你这样的党员实在太少了，心眼太实在了，傻得几乎都找不着了。你咋还像那个年代那样呢？"

我说："不管谁在，咱得凭着咱自己的良心，吃苦在前，享受在后。"

我想，一个人活一辈子也不容易，可是活在这个世上，起码让人说这个人还不错，别让人说这个人不咋着。

建华看见我不看电影，跑这来干活来了，一急眼就冲过去抓着我的衣服一抡，就把我的眼镜给抡掉了。我理解有生理缺陷的人，他翻脸就会动手，过后却啥事没有，该和你好还和你好，建华就这样。他有时跟别人打架，连里罚他一百块两百块的，我就瞒着他，偷着摸着往外掏钱。怕他去找领导闹事，我就跟他说，大（领导）对你好，没罚你，没扣你，再别和人打架了。

有一次，他跟别人打架，让连里给停工了。那时，我父亲刚去世了，想回家回不去，心里挺痛苦的。同事说，小刘，你也够不容易的，建华不会说话，他要会说话还能安慰安慰你。你们家建华和孩子一样，你还得哄着他。

"你和人家打仗了，大让你在家休息两天。"我不仅得不到安慰，还得忍着内心的痛苦去劝他。我不敢说领导给他停工了，怕他去找领导。他在家打闹我不害怕，就怕他在外边跟人家闹。

家有一个不会说话的，这个会说话的就得把所有的痛苦都忍受下来。

还有一次，他挺让我伤心的。我们家的日子过去总是紧紧巴巴的，没什么存款。在生活上，我尽量满足我们家那个不会说话的，先可着他来，钱少了我宁愿自己不花。他要钱买摩托车，我觉得孩子越来越大，得攒点儿钱。他不干，他就到外面去借钱，把摩托车给推来了，然后就和我要钱。我把存折给了他，生气地说，你就跟摩托车过去吧，等我熬到退休就回哈尔滨，再也不回来！后来，老二考上济南卫生学校，要交 3000 多块的学费，没有钱就没念上。

我那次心里那个恼哇，生了七八天的气，我想不行我俩散伙算了。他也害怕，包了饺子端到我跟前。别人都劝我，你家建华是心疼你，而不是真心打你。如果他真心打我，我可受不了，他那个大手可大了，手指比常人的粗多了。

那些年，见那些会说话的夫妻吵架，我好羡慕，为什么呢？人家会说话，能沟通，我们这个不会说话，我就得多担待。我和他也生过好多气，不过我从没又吵又闹地让领导给我们两口子解决矛盾，大事化小，小事化了就拉倒了。会说话的人说不明白都叽隔[1]，我们不叽隔，他生气他不吱声，我生气我不理他，现在的词就是“冷战”，到最后他还得上赶着跟我说话。

几年后，有几对会说话的夫妻离婚了，他们怎么离婚了呢？他们不是都会说话么？怎么还不如我们这对没法沟通的呢？

我 1972 年当炊事班长、农工班长、畜牧班长，后来又回到炊事班

1 东北话，拌嘴的意思。

当班长。

一天，我和班里的赵姐说："我好多天没和我们家建华在一起吃顿饭了，我想回家吃顿饭。"那段时间早晨起来晚一点，我就不能在家吃了；中午我在食堂，他自己在家吃，晚上也这样，总不能在一起吃顿饭。

赵姐她们说："赶紧回吧。"晚上发面时又走不了，我不能说把活儿扔给别人干，回家跟建华吃饭。发好面回到家，我问他，你吃饭了吗？他说吃完了。他问我，你吃了吗？我说我也吃了。

我们成家时，他一句话也不会说。他跟他爸他妈、弟弟妹妹生活了二十多年，从来没说过话。人家都说年轻人谈恋爱，说个悄悄话，那时候我们没有。那一阵我也挺内向，话特少，不像现在。因为有家了，过这个日子，他不会说话，我再不吱声，我总觉得这个家也没法过，总得有个人跟外头沟通是不是？久了，我的话也多了。

我跟他原来都是连说带比划，他让我给拿东西，我摸这个不对，摸那个不对，他索性就不用我了。我们在后园子里栽茄秧，他问我这是什么？我跟他比划，黑的，他就知道是茄子，跟他比划圆的、辣的，他就知道那是辣椒，那阵一色儿都是比划。他举举大拇指，我知道是老大立平，举举二拇指是老二立新。

老职工跟我说，刘，你别跟他比划，你慢慢跟他说，慢慢练着就会说话了。

1982年往后，我才知道跟他讲话，慢慢地练着，练着说话。他陆陆续续能说话了，叫我"胖胖"，叫两个女儿"娃娃"。

现在你要让他写自个儿的名字，他照葫芦画瓢，也能画下来。手机用得比我溜，会微信聊天啥的。他很聪明？对，反正跟我比他是聪明，电工活儿、木工活儿都能做，我家那个立柜就是他自个儿打的。

5

不是夸我自个儿，你到普阳农场问问，提起刘艳杰，农场老的少的全认识。我从打年轻就当“五好战士”，被评为优秀共产党员、萝北县人大代表、农垦总局的“三八红旗手”，这辈子想不到的荣誉都有了，证书我都留着呢。

从下乡就在这个连队，一直到退休。一年一年的，我也习惯了，忙忙碌碌地过得还快。

知青全走了，就剩我一个。我妈活着的时候总念叨，咱家好几个孩子下乡，都回来了，唯独你没回来。以前返城知青回来，我心里也挺酸的，总觉得人家有本事回去了。老头不会说话，把我给赘到这里了，要是他会说话，或者带他回城，或者他在这块儿，该咋干咋干，我们城里农场两头走。他不会说话，自个儿不能单独来回走，放不开手，我就这么陪着他一直在这里。

1979 年大返城时，有人为回城办了假离婚。什么叫真离婚？什么叫假离婚？每个人心里都有一杆秤，开出了离婚证明就没有什么假的了。有的知青在这个地方和人家处得好好的，一回家就把人家给甩了。我觉得做人就应该真诚，你不能糊弄人家，那不是做人的道理。

那时候，我父母都健在，有人说让建华回他妈家，你带着两个孩子回城吧。家人问我，艳杰，你能回来么？我说我不能回去，要回去我和建华一起回来。又一想，一起回去也不行，他不会说话，把他整到哈尔滨干什么呀，他在这里已经生活惯了，到了城市他怎么办？会说话的回去工作都不好找，别说这个不会说话的。

说句实在话，谁愿意留在这儿？靠天吃饭，老天爷照顾你了，打粮多了，你分点钱；老天爷不照顾你，打不到粮，就得挂账。农场挂账的有的是，办家庭农场那边挂账的也有。我们队没有承包，还是大锅饭。当时，我心里着急，家里两个孩子小，建华又不会说话，要是包地，谁要我们这样的？没人要。我心里头可苦恼着呢。

没有想到中央政策好，下乡知青可以办回城去一个子女，我弟弟在哈尔滨帮着办了手续。我对两个孩子说："陈立平、陈立新，你们哪个回去？"那阵老大十四，上了初中；老二十二，读小学。老二赶紧说："妈，你在哪儿，我就在哪儿。"我说我就在农场，为了你爸，我肯定不回去。她说："妈，那我就跟着你。"我说："陈立平，那你得走。"我不想把我的两个孩子都窝在农场，农村太辛苦，太累了，面朝黄土背朝天的，还都是小女孩，是不是？

陈立平说我也不愿意走。往哈尔滨去的路上，她走一路哭一路，哭得我也伤心。那时候交通不方便，我们从普阳农场赶到鹤岗，没赶上去哈尔滨的火车，找了个小旅馆，想着明天坐大客走。晚上，老大说："妈，你应该理解我，我现在读的中学都是过去小学的同学，熟悉，能聊天，能玩到一块去。我到姥姥家呢，同学都不熟，是不是？”我说你跟同学头一天生，二天熟，三天慢慢就打成一片了，不就好了吗？就这么的，孩子哭着闹着，我把她送回了哈尔滨。

老大在哈尔滨读完护校，分到哈尔滨第四人民医院，在儿科当护士。现在调到办公室，管病人档案。老二留在农场了，包了18晌地种水稻，以前你来的时候是旱田，有大豆、苞米，现在没有了，都是水稻。也不是种得最好，也不是种得最孬，在场部开了个小超市，她家的房子就在我们后边，互相有个照应。

两个女儿都成了家。老大从打她处对象就说，谁能接受我爸我妈，对我爸妈好，我就嫁给他。老大说，你跟我爸退休了，必须接到哈尔滨来，因为你们年纪大了，农场医疗条件终究不如城市，你待那儿兴许少活几年，到我这儿多活几年。

1999年年底，我的退休金345元，过得挺难，老大每月给我邮300块钱，这些年一直慢慢地涨，有人说一年就涨那么一点，我说哎哟，别嫌少，国家不给你涨，咱也不能死，还得过不是？你看，现在涨到5200块，他开2800多，我开2406块，挺好。

2010年，两个孩子合伙在哈尔滨给我买了一个小户型，6000多元一平方，面积挺小，才38.85平方米，一个厨房一个卧室。每年10月底，我们去哈尔滨，起码供热不用你买煤劈木头，在这里掏灰扒灶不像样。

夏天就不愿意在那儿了，一到开春他就问我：“多咱回来？”我说快了。我们4月中旬往回返，回到我们这个家，种种园田地，喂20

多只鸡。他们说你喂鸡干什么，到冬天就走了，养不到下蛋。我说反正有点乐呵吧，咱自个儿喂的鸡总比买的鸡要好些，不拿什么东西催肥，一色儿喂苞米、水稻粒儿、青菜。秋天杀了带回家去，姐姐弟弟妹妹，一家一只。我两个姐姐、一个妹妹、一个弟弟，都在哈尔滨。

连队没剩几户人家了，有的去宝泉岭，去场部买了楼，奔着姑娘或者儿子走的也不少，扔下好多空房子。

我们两口子什么也不干了。前几年往回带老头打的鱼，他喜欢打鱼摸虾，打的鱼冻起来，拿回家给大伙儿分。现在不让他打了，打鱼太累了，他身体不好。他有扩张性心肌病，三度心衰，心脏里头有积液，

刘艳杰（前右一）、"哑伴"陈建华、小女儿、小外孙在自家的小院

不能感冒，不能生气，不能累。我寻思着，他这个病跟年轻的时候出力过猛有关，那时候农场机械化程度低，一色都是人工干，体力劳动相当厉害。老大从哈尔滨给他寄中草药，一次十包，我用文火熬三遍，给他服用。前几年，他还能下地帮女儿一把，有人从他身边过就能闻到一股中药味。现在不让他干了，老二的地里有草，就雇人拔。

刘艳杰和她的“哑伴”陈建华

跟返城知青的联系？有。2013年，我记得最清了，2月9日，他们找到我，通知我聚会，我正在哈尔滨呢，我家大姑娘开车把我送过去。到那里一看，哎哟，都是我们连的，都是哈尔滨的，畅谈了好一阵子，都挺兴奋。最后有人说咱们年年聚一次吧，我说行啊，你们还找我，没把我忘了，他们说哈尔滨的家人能忘了吗？忘谁也忘不了你！挺好，他们真能想起来我。

我跟他过了43年，有的人不理解，说图个什么？我啥也不图，话说回来别管男的女的，到老那天都得有个家。我从来没有后悔,我觉得挺好！放心吧,我们会一走到底！过去,返城知青回农场,我没有觉得自己还在食堂干,在他们面前就抬不起头来。我在畜牧班时回家探亲,人家问我在那干什么呢？我就说喂猪呢。啥活儿都得有人干,没啥。

这四十多年，我总共回去九趟

——居鸿昌

人物简介：

居鸿昌，上海知青，生于1950年10月18日，1969年5月13日下乡到黑龙江生产建设兵团第六师辖二十三团，即八五九农场。1977年，娶当地姑娘为妻，生有一女。女儿户口没办回上海，成为“当地姑娘”，嫁给了当地人，生有一子，已读高一。他在北大荒当过农工、班长、排长、农业技术员、联户家庭农场场长、副队长。下乡四十九年来，回上海探亲仅九次。

采访手记：

第一次采访居鸿昌大约在2009年初秋。那天傍晚，橘黄的街灯一盏接一盏点亮，街道被染成一片温柔。

刘加祥把领我到一家酒店。加祥在当地是名人，八五九农场的人很少有他不认识的，即便他不认识人家，人家也会认识他。我每次去八五九都要先联系他，有他再难办的事也会迎刃而解。

那家酒店叫“蒙古大酒店”，说是“大酒店”，其实不过酒馆而已，开在随街的住宅楼内，想大也大不了哪儿去。进去是个厅，不大，约20平方米，迎面墙上是一望无际的草原和白云似的羊群，一位蒙古美女挥舞着飘逸的长袖，永远不知疲倦地跳着。酒店似乎有着取之不尽、用之不绝的小肥羊，享有无尽的欢乐。老板娘年过半百，身着天蓝色蒙古绣袍，头戴尖顶蒙古帽，犹如从那幅画上走下来，不过行了八千里路云和月，把人走苍老了。

厅里摆两张圆桌，十来位五六十岁的半大老人边吃边热火朝天地聊着。菜肴丰盛，除羊肉之外还有东北的豆角、茄子、辣椒和粉条。酒是必不可少的，在北大荒，“有酒没菜，不算怠慢；有菜没酒，不够朋友。”一位古铜色脸庞，两鬓花白，穿件藕荷色旧衬衫的男人站起来，激动地说了一番，一仰脖，缸子里的酒干掉了。

加祥过去，在他耳边嘀咕几句，拽了过来。加祥介绍说，这就是我要采访的上海知青老居，居鸿昌。居鸿昌不像东北人那么壮实，浑身却散发着东北人特有的豪爽、豪放和豪气，丝毫没有上海人特有的“门槛精”。他解释说，这些是从上海来的回访知青。也许老乡来了，也许喝了酒，他有点儿小激动和小兴奋，说起话来眼睛瞪得大大，特别有神。他操持着一口纯正的东北话，不过语速极快，犹如冲锋枪，一梭子接着一梭子，从不卡壳。给我的印象是此人仗义，可以为朋友两肋插刀。

果不其言，连队有人登门借钱，那人上有年过古稀老娘，下有年仅8岁侄女，家里种7亩水稻仅够糊口；弟弟病逝，弟媳妇改嫁。居鸿昌清楚这钱借出去注定是肉包子打狗，却爽快地说，需要多少，1000元？行，给你，拿去！

数载过去，对方见面都不好意思提了，他大手一挥，“你没钱还那就算了。”

“对穷人不能瞧不起，该帮时还得帮。”提起这件事，他总结性地说道。

居鸿昌说，下乡40年，回上海探亲只有7次。我大为惊诧，平均五年一次，匪夷所思。在我的一番追问下，看上去非常男人的居鸿昌哭了，哭得一塌糊涂。

6年后，我又到八五九，再次采访居鸿昌，他没什么变化，还是那样风风火火，说话也还那么快，那么爽。他说，他在五年前已退休，日子比过去好多了。

上海让他又爱又恨，那是心灵最柔软的地方，又是他的伤心地。

2018年3月，我们通过电话进行了补充采访，跟他核实了一些事实。他热情而且充满活力，每次都像亲人似的问一句："你什么时候过来？今年夏天过来吧。"

他现在建三江陪外孙子读书。许多老知青不会打字，不会微信，他却玩得很溜。

2018年7月，居鸿昌听说朱晓军和杨丽萍过来了，热情地赶到场部附近相见。

下乡时的居鸿昌

1

下乡四十多年，我总共回去九趟：1970年逃回一次，1971年探亲，1973年母亲死回去一次，1974年父亲死回去一次，1977年回去结婚，1989年回去一趟，1994年回去一趟，2009年回去一趟，2014年回去一趟，总共九趟。

我是1969年5月13日到这个地方的。失望？失望啊，一片大荒原啊，不习惯，不习惯。吃，吃不习惯，大葱蘸大酱，生的大蒜头，上海人不吃那些东西。7月份苞米下来了，烀青苞米给我们吃，没主粮，就苞米，那就是饭，吃不惯。吃馒头不习惯，馒头里还掺苞米面，一天只能吃一顿，晚上吃大饼子窝头，不习惯。受不了，哭啊，非要离开北大荒，那年我20岁，很伤心哪。

第二年5月，天暖和点了，我们8个人逃跑了，都是上海知青，有两个女的。

我们从这儿走到十七连粮库，躲了

一宿。没敢走，怕被抓回去。那一宿男的女的说说笑笑，谁都没睡。我们8个人有一个带表的，三四点钟吧，差不多天亮了，我们出发，走到胜利[1]。那时候咱们这条路还没修，土路。从胜利坐车到福利屯，然后坐火车到佳木斯。

我是1967年初中毕业，二哥是1967年高中毕业，三哥是1968年高中毕业，上海是三个走两个，我跟我二哥说："你在家吧，我走。"我说走却没想走，就拖拖拖。那时候，我母亲在杨浦区挺红，我又拖不过去，只好报名去黑龙江生产建设兵团辖二十三团，我三哥报名下乡去兵团的十六团，也就是黑龙江的新华农场[2]。我弟弟是1969年初中毕业生，他去江西插队了。他们苦不苦？也苦，特别是我弟弟。

我们折腾了4天才回到上海。7月份，打电报追到家里去了，问有没有见到这个人，让他赶快归队，军务股拍来的。我们没办法了，眼泪掉下来了。8月份回来的，回来时哭，不想回来。

到1971年就有探亲假了，我是11月份回去的，30天探亲假，眼看要过年了，怎么会回来？不能回来，泡病号！过完年回来写检讨，光写检讨还不行，班里要开批判会：为什么要超假？那时搞得紧哪，冬天搞战备，抱着枪睡觉，一人5发子弹、2颗手榴弹，天天拉练，行李都不打开了，背包打好，到时候背起就走。

有没有表决心，向高崇辉学习，扎根边疆？没有。我这个人不好出风头。我这一辈子，只想当个普通人。普通的人难做，为什么呢？

---

1 即胜利农场，位于饶河县境北部，挠力河北岸，原和八五九农场同隶属建三江农垦分局。

2 位于黑龙江省三江平原腹地，小兴安岭南麓，与佳木斯、鹤岗两市毗邻。

全靠自己，我这个人不图别人救济。

2

1977年年底，我回上海结婚，我家属想旅游一下。父母已经没了，二哥一家和妹妹把六个多平方米的小房间让给我们结婚。结完婚待两个月就回来了，为什么回来了？回去的时候我带了400块钱，结完婚，我哥看我穷啊，看不起我，不给我妹妹钱买米买菜。我妹妹那时小，在家待业，做做饭，干干家务。

我说不用你买，米我买，菜我买，伤心！我父亲母亲死后，兄弟姐妹分家产，我说我什么都不要，你们该分分你们的。

我结婚时已出现返城的苗头，我三哥给我打电话说："咱们回去吧。"

"不回！"

为什么不回去？我家上海的房子很挤，两间才17.6平方米。小的时候可以挤在一起，大了不行。我回去的话就要跟他们抢房子，我二哥结婚了，孩子都挺大了，还挤在那17.6平方米，弟弟妹妹也在那17.6平方米，三哥返城后也要在那17.6平方米，怎么办？我考虑到这些决定不回去了。

想不想回去，想回去。我父亲是上海市公交公司工程师，他的顶替名额给了我弟弟。我弟弟在江西插队，有机会先可着他。我妈在上海浦东弹簧厂当会计，她的名额给了我妹妹。我回去能干什么？

顶替是顶替不了，你说怎么办？

我考虑回去咱们一没资金，二咱们也没啥技术，我在这儿学的用不上…… 我想了半天，不回去！我说你们尽管往回办，自己想办法（解决）怎么住，我不参加任何意见。

原先的对象是上海知青。为啥黄？我跟她说我不回去了，两人就分手了。

她是 1971 年来的，1972 年我们就好了，一直好到 1976 年秋天，谈了四年。她 1978 年返城的时候，我已经结婚了。又找一个？对，现在这个，从谈对象到结婚也就一年时间吧。她是本地姑娘，比我小三岁，我要找的就是她这样的，朴朴实实的，能干。她父亲是 1958 年转业官兵过来的，农工，烧酒的。当时她家条件不算太好，挺困难的。我就喜欢这样的，我不喜欢高层次的，我就要通过自己努力，我都能达到。

她有没有担心我把她甩了？没有。我当时明确告诉她，我坚决不走了。对，谈恋爱时候告诉她的，只要你跟我，我坚决不走……我对这个男女问题看得挺淡薄的。我说句不好听的，年轻的时候小姑娘跟在我后边，帮我洗衣服的有的是……

一天，我们收到 1000 块钱，老丈人 600 块，朋友 400 块。我写信给一起下乡的朋友，他那时还没返城，我说给我邮 400 块钱来。我家属已经给我老丈人写信了，我不知道。我哥知道我有钱了，脸上露出笑容来了。你不是看不起我吗，回家！

接下来 12 年，我没回家。我穷啊，我没钱啊，回去干啥？ 一个月工资 47 块钱，我俩加起来才 90 多块钱，还得供我小舅子上学。几个小舅子？俩，她大哥供一个，我供一个。我自己还有一个孩子。我说怎么办，养猪！一年养 7 头猪，当时猪肉便宜，8 毛一斤，一头猪卖一二百块。

上班不耽误，起早贪黑，中午回来喂，晚上回来烀猪食，猪也一天三顿饭。我家属在后勤伙房。成家以后，我俩关系一直很好，从来不为经济吵架，也从不会我打你一下，你骂我一句。41 年了，从来没有说句不好听的。不痛快的事有没有？也有，有时候翻翻小脸，那是正常的。现在来说，我还是挺知足的。

3

1989 年年底，我回上海了，好像带了 17000 块钱，不对，18000 块钱。我不住家里，住宾馆。到我哥家，打车，到我弟弟家，打车！我非要跟你们争这口气，我看你们怎么样。

他们怎么样？对我好啊，我说你们对我好都是假的，一旦我没钱，你们会对我怎么样？

在 1985 年，农场搞承包了，承包好啊，对我路子。赚到钱就能争口气，就可以回上海了。

我一个人要了 500 亩地，二十四连五号地。那是全连最洼的地，好地让大组要走了。那块地种豆子不收豆子啊，种小麦又不赶趟儿。我多晚都要把小麦播上，赔也要种，5 月 21 号把小麦播上了，选的是老品种,早熟的。打多少粮食?印象不太深了,一亩地400多斤吧,总共20多万斤,盈利六七百块钱。

那年全连都亏损,只有我盈利。再加上养猪,我有了二十四连第一个万元存折。

有个联户家庭农场亏损9.8万,干不下去了。连队来找我说:“你去,你不去散摊了,没人干了。”我不干。你不干那500亩低洼地也不让你包了。硬架到我头上,逼得我没办法,只好接手。这一接手他们亏损的9.8万就落到我头上了。那时,谁领头干,账就挂谁名下。

我想,你们干不好,我领着你们好好干。他们有6000多亩地,只要有土地在,我就不怕,我这人肯干能干。我在农工排当排长时,雨水大,机械下不去地,麦子都收不起来了。连长说,怎么办?得赶快想办法放片[1]啊。我跟连长商量,打5亩地一个工,10亩两个,15亩三个工,行还是不行,行我就领人干,不行咱们就拉倒。当官就是领着干活。连长说,行!我说,还有一条,吃的你得供上,一天四顿饭。

第二天,我一人发一把扇刀,农工排二十二个人,二十二把扇刀。早上吃完第一顿饭,九点半左右开始打,早了打不了。打到中午吃第二顿饭,处理一下扇刀。干到两点多钟,吃第三顿饭。吃饱喝足休息一会儿,继续干。干到五六点钟吃第四顿饭,然后就不干了。一把扇刀一天放了32亩地,22把扇刀放了3120多亩地,都是俄罗斯式扇刀,九寸刀,只有两个小个子用七寸刀。我跟连长说,多了也不跟你要,一天给三个工就行。

---

1 方言,即把麦子割倒。

联户家庭农场，有 11 户，我领着他们干了一年，又亏 8.7 万，利息滚利息，算下来 24 万。压力是有一些，我没感到太沉重。我相信只要我付出努力，不会有太大问题。

那年有灾害吗？有，灾害不大。那怎么赔的？一是机械设备不行，再一个是人心不齐。在一起合股操心事多，你叫他管材料，他就偷着卖零件，你叫他管油料，他就偷着卖油。卖了油，卖了零件，钱揣进兜儿就是他自己的。12 户也吃大锅饭，你没办法，看不住。

抓住过没有？也抓住过，抓住你能怎么办？说句良心话，都在一个连的，他家也要生活，你怎么办？

还有一个就是领导施加的压力太大，你种什么，怎么种，怎么收，怎么卖，自己说了不算。我的九号地，承包费我掏了，种了豆子，领导非要毁掉种树，种松树，把那 200 多亩地改成树林。我的费用没人管，这是我最害怕的地方。合同？签了，正式签的，土地承包期 30 年，种什么，怎么种都你自己说了算，最后什么都说了不算，当时就是这样。

1986 年亏了，没事儿，继续干。1987 年，我种了 3700 亩小麦，2600 多亩大豆。我的小麦长势好啊，八五九农场许多连队都过来参观，测产 1000 斤，一亩地。跟我干的那些老百姓看了高兴。

7 月 26 还是 27 日，印象应该是 26 号，麦子刚成熟嘛，农场要求统一放片。我看看天说，不能放，坚决不能放！

那天，他们叫我去二十一连参观放片机，咱们这不是牵引放片机吗？他们是悬挂的。我过去还没等看完，农场调来 24 台车，进地了，放片了！那时哪有手机，我手下把信息发到我 BP 机上：“放片了，赶紧回来！”怎么回事？不是头两天催我放片我没放吗？他们调虎离山，把我支开了。我急忙骑着摩托车赶回去，到地里一看就傻眼了：1700 多亩地全躺下了。

我一急，汗就下来了，像下雨一样。那时拦也没用了，基本上放完了，还剩几百亩地，放不放无所谓了，好的都放了。24 台车，1700多亩地，每台车 100 亩地都合不上，一会的工夫就放完了。手下那些人在干什么？在围观，看你笑话：你不是技术员吗？你不是包这个摊子吗？为什么这样？原先大家是合伙儿的，我是挑头的，盈利三一三十一，平均分，我不多拿一分钱。1986 年亏了 24 万块，有人不干了，说眼瞅着亏死了，不跟你合伙了。按照合同退出得把挂账中自己那部分带走，我说多了也不要，你带 2 万元的挂账就可以走，结果走了 7 户，挂账没带走，还都计在我头上。他们退出以后还跟着我干，不过性质变了，变成打工的了，相当于我是地主，他们是雇工。

放片两天后就下雨，这一下就没谱了。小麦在水里要长青龙。长青龙，你不一定明白，就是麦粒儿长出了绿芽儿，不能吃了。下雨机械下不了地，1700 亩麦子得赶紧拾禾，在这紧张时刻，那些人不干了，罢工了！

早上 6 点多钟该上工了，该干什么前一天晚上都安排好了，结果没人来，空空荡荡的，罢工了。全连所有组都罢工了，不光我这组，三个大组都已经合伙商量好了，我在连队人缘还比较好。

你想是什么心情？小麦给你放片了，泡在雨水里了，手下罢工了，没人干活了！不管怎么样，在共产党的天下，遭受罢工心里难受啊，这给共产党丢脸啊。我就挨家挨户做工作，他们把工资抬高，一天5块钱不行，要10块！你出10块钱我们就干，没10块钱我们就不干，一下就给你翻番。

我说了不算，农场掌控经济大权，我们买个拖拉机零件也得农场点头。农场不给我钱，我没法给老百姓开工资。那时，我想办法偷偷卖点儿粮[1]，卖点儿机械零件，把废铜烂铁乱七八糟的处理些，发点儿他妈的小工资，发点儿生活费，先渡渡小难关。说句不好听的，那是干了违法的事。为什么？让他们安心跟我干。我找农场说，你们定的5块钱工资他们不干了，罢工了，你说怎么办吧？那段时间农场也好几个月不开工资了，最困难的时候16个月没开工资。

1700亩放片了，还有1500没放片的，罢工了，没人干活了，没割的麦子掉粒了。我看着地里麦子收不上来着急啊，一宿之间白头发就拱出来了。罢工了4天，我们整个一个连队啊，都不干了，停了。小麦长青龙了，雨还没停。麦子没用了，一把火烧了。我站在麦地里哭啊（说到这里，他忍不住哭了）。真的，我就站在麦地里哭。那是麦子长得最好的一年，也是收成最不好的一年。

那年我亏24万。农场管不管？他把你麦子放倒了，不管。我的一切费用（损失）没有人管。我挂账48万，加利息50万。这下压力就大了，睡不着觉，得了心脏病，那心怦怦跳，严重时说犯病一下子就倒下了。

1988年没有盈利，平了。其他人看也没什么戏了，还混个啥？不

1 当时农场不许家庭农场私自卖粮。

干了。我说，你们要是不干，挂的账全部算我的，你们轻手利脚出去。

1989年，通过努力我赚了18万。收成相当好，但是到年底结账时，没有我的钱，没有我的账。盈利18万，不知哪儿去了？

我是一个人回（上海）去的，回去看病，1987年放片时落下的。我姐在南京医院，我去南京看心脏病，顺路去的上海。

我从上海回来时还剩5400多块钱，没用完。伤心，掉眼泪啊，钱没用完我也不给他们。我自己在上海过得好，出门我就打车，高兴就在家里吃一顿，不高兴我去朋友家吃，上馆子去吃。

4

1994年夏天，我还是自己回去的，带了1万块钱。我知道一个人花不了那么多钱，我得维护我“小富人”形象。

心脏病？好了，一个是吃药，一个是自己调养。吃药吃了三年。

1990年，两个承包户跟我说，咱们这么干也不行啊，得交掉。我跑去问农场，我要交掉，挂的账怎么办？他们说这50万就挂在你头上，但有一条，可以不扣你工资，还说要给我500亩地。我一赌气，我说，“我不找这个便宜，我穷得起，活得起！”对不对？我不要地。他们要给我一台55，我也没要。55是什么？铁牛55胶轮拖拉机。任何东西没要，我就净身出户了。到现在那账还挂在我头上，还是50万。

1991年开春，农场来人说，你还挂账50万。我说，1989年我的18万账目你给我查清楚了吗？最后不了了之。怎么没去找农场？

找了，没人理你。农场的门都让我踢碎两个（扇），没人管。

交掉后，叫我当副队长，管后勤，干了 7 年。后来，叫我去其他队当队长，没去。为什么不去？一是考虑家里情况，家里养的猪啊鸡啊，我不放心，让家属一人在家我也不放心；二是那个连队是新建的，路也不好，还远。我这个人吧，讲实在的，不考虑政治前途，也不会溜须当官拍马屁什么的。我就讲实实在在的，咱们老百姓要生存，要活着就需要钱，就要自己干。

后来，农场不给开工资，一年到头就开两个月的工资，这我怎么生活啊？我提出不干了，下来自己搞点副业，租点地种。结果连亏两年。租得少，只有 200 亩地，没赔多少，一年万八千。

不行，抬钱，两分利算是低的，高的时候三分。我缓过来是在 2002 年，种了 5 年地才缓过来。

到了 2003 年，农场给了我一些羊。下岗职工嘛，下岗工资不给你了，直接给羊。我的下岗工资一年 7000 多块钱，连病羊带老羊分到 21 只，绒山羊，一只合三百七八十。有人分到手就卖了，80 元一只，90 元一只。我搞过畜牧，当过好几年副队长。我跟我家属讲，羊是好东西，一本万利，养！坚持养下去。连养羊带种地，日子好起来了。

现在地是我和我姑爷两人种，就我们俩。我姑娘 1997 年还是 1998 年结的婚，男方没花一分钱。我就这么一个姑娘，花过的钱没数了。现在，地给他们种上，车给他们买上，还给他们开了油坊。我的生活条件还可以，是不是？咱们也不是特别好，作为老百姓来说，我能过得去。

人这玩意儿吧，我总结出来一点，有困难不要紧，穷不要怕，只要肯干走到哪儿都不怕。人不管什么时候都要勤奋，要靠自己的努力，获得劳动果实是最开心的。只要肯干，果实永远是你的，别人抢不去。

那次回去我哥他们对我热情呀，1994 年的 6 月中旬回去的，那天太热，受不了，正好赶上上海高温。

5

第八次回去是在 2009 年，在北大荒下过乡的三哥病了。他在上海中华造船厂当工程师。我带着银行卡回去的，给他留了 1 万块钱，让先治着，对不对？他当年装修房子，我还给掏 2 万呢，有病该看病看病，我在那儿伺候他八天八宿。

他感动了？死了，去世了。他的后事处理完，我给我嫂子 1 万块钱，上海人讲究到冬至才买墓地，让她用这钱给我三哥买墓地。

我二哥也去世了，前两年去世的。他去世时我没回去。

我二哥去世前想不想我？想。他给我来过电话，那时我已经有电话了。他说希望我回去。不回！我这个人有志气，我发过誓，干不出成绩，永远不再回去。我还告诉你，1989 年我要是没这个条件的话，我也不回去。不回去，别说 12 年，22 年也不回去。

说句心里话，你说我对我二哥恨不恨？恨。想不想看？想。你说想不想家？想！尤其父母去世以后，哥儿兄弟一个一个地接着走了，心里难受啊。为什么不回家看他？他当时对我态度怎么样？

我女儿回过上海没有？没有，一趟上海没去。她到南京去过。1986 年麦收时候，我女儿的胃大出血，我都没回家。我家属带她到八五九看，看不了，到三江看，一个月也没止住血，到南京我姐那儿去看，毛病检查出来了。我马上电话打过去：回来！不看了。咋还不看啦？不看了，毛病检查出来了，我有办法，我学过中医。回来以后，我给她配一副药吃，好了。两块钱就治好了。

那我为什么不让她去上海呢？已经眼看着就到上海了？我就是不想让她去。

孩子的户口办回去没有？没有。我 1989 年回去给她办了，准迁证开出来了。我说，你回不回去？她说，你不回去我就不回去。现在准迁证还在我手上呢。过期了，过期我也留着。

她现在后不后悔？哈哈哈，只要有她老爸在，她就不后悔。她

居鸿昌与妻子、女儿

哪年生人？1978年，她也有孩子了，男孩。

她不想到上海看看？也想，现在条件好了，也想。我说，我会找机会带你们一起去的，等着我房子整完了，钱充足一点儿，带全家过去。

有没有想过在上海买套房子回去养老？没有。上海好不好？环境是好的，这我承认，可是我不去，没我这儿好过。上海的吃喝赶不上我们这儿，牛奶不好喝，我在这儿天天喝现挤的牛奶。上海的豆浆也不好喝，不像我们喝的是原汁豆浆。我家里有磨浆机，黄豆一泡就可以打浆。我在这儿喝的豆浆都是纯的。哪怕上海吃的青菜都不好吃，西红柿啊、青菜啊、冬瓜啊都不行。

那21只羊？当时就死掉3只，剩18只羊。现在，我每年都要卖羊，卖了大羊，留下小羊。你看我现在100多只羊，到年底以后我就留70多只，卖掉三四十只。羊绒剪下卖钱就是养羊的费用了，它要打针，要吃药。一年纯挣2万块钱。不不，我不雇人，全靠我和我家属，自己干！你要指望别人来可怜你，或者天上掉馅饼下来，不可能！只要建立一个信心，别怕苦，累点儿苦点儿都不是问题。现在也是自己放，我不在家我家属自己放。我家属退休，一年退休金一万多块钱。我的自留地一年挣一万多块钱，这一年就四五万块钱了。

上次上海知青上我家，跑我羊圈抓了羊，抱着照相。他们一看，你家怎么还种冬瓜啊？我家冬瓜这么大！上海人看着稀奇啊，东北怎么还有冬瓜？我自己种的啊。他抱着大冬瓜照个相。

这帮知青哪年来我都接待，2008年接待了三四批，2009年这是第二拨了。

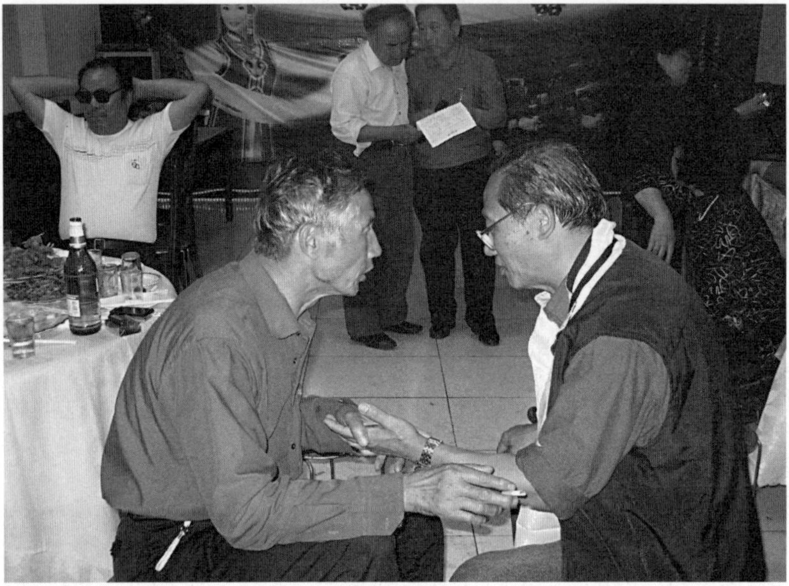

又一拨知青回访北大荒，两鬓挂霜的老居见到多年未见的战友有点激动，喝了不少酒，拉着对方的手回忆起当年的往事。

2014 年第九次，她们惦记让我回去，上海就剩下我姐和我妹了，我妹妹买了一套房子，挺大，三房一厅。上海的老房子还在，没有动迁，我弟弟他们住的时候以房子兑房子，换了个面积大一点的，给换出去了。我妹妹不让我回来，叫我留下。我说我不留下。

我的上海亲戚有没有来看过我？没有。他们遭不起这个罪，呵呵。

50 万挂账，过去扣过，扣工资的 3%，200 多块钱。我想，愿意扣就扣吧，不耽误我吃喝。后来，又不扣了。

有没有想家的时候？也有。结婚后也有想家的时候？也有。有时过年过节想家，一个人在那喝闷酒啊。但是有一个什么呢，各个家的情况不一样，你像我这种情况呢，我总觉得人没有钱是不行的！

我必须带着钱回家！

我想家想什么？想上海？想黄浦江？

想亲人？对，想亲人。

失恋让我铁了心离开上海

——裴磊

人物简介：

裴磊，上海知青，1952 年 6 月 19 日生，1971 年 9 月 26 日下乡八五九农场，当过农工、通讯员、拖拉机手、电影放映员。1979 年 3 月返回上海，两个月后因失恋，不顾父母和返城知青劝阻，毅然决然地重返北大荒。1981 年娶当地姑娘为妻，生有一子。农场推行“两自”——“自己给自己开工资，自己掏钱种地”后，电影市场萧条，收入锐减，供不起儿子读普通高校，只得让儿子报考军校。儿子毕业分到东海舰队，转业留在宁波。2012 年，裴磊正式退休，如候鸟往返于北大荒与宁波两地。

采访手记：

八五九农场位于三江平原沿江三角洲亚区，拥有一江、四河，十二山，依山傍水，群山围绕，江是乌苏里江，与俄罗斯隔江相望，山为完达山系的余脉，东边是低地平原，良田辽阔。

1957 年，铁道兵 8509 部队在这里点燃开荒的篝火，为尊重那些老兵对部队的感情，以部队的代号命名了这个农场。

我去过四次八五九农场，第一次去的时间已记不清，不过每次去都要见上海知青裴磊。裴磊是八五九农场的知青联络人，凡跟知青有关的事都得找他，找别人不行。裴磊个子不高，一米七左右，不胖不瘦，精精神神，一看就是知青，跟当地职工不一样，有几分文化人的气质，既没有像居鸿昌那样大碗喝酒的豪爽，也没有那像一盆火炭似的热情，不过绝不会让你受到冷落，感到困窘。

第一次，裴磊没接受采访，也许记者和作家见多了，司空见惯，一句“你先采访他们”就把我给打发了。我想，裴磊也许没什么好讲的，犹如江南的树苗移植北方，水土不服或病病歪歪活下来，或慢慢死掉了，水土服的则该开花开花，该结果结果，没受什么影响。裴磊也许属于后者。再去八五九，再邀请一下裴磊，又婉拒了，我既不坚持，也不觉得失落，反正留下的知青还有不少，这本书不可能“一网打尽”。我手里有一份《八五九留场知青一览表》，记不得是不是裴磊给的。表上记录的截止日期是1998年8月18日，各城市留在八五九农场的知青共计67人，最多的是佳木斯知青，有20人，其次是哈尔滨知青，19人，再次是上海知青，18人，北京知青有4人，天津知青有3人；年纪最小的是1957年生人，最大的是1943年生人，相差14岁；下乡最早的是1965年，最晚的是1976年，相差11年；有25人在生产队，其他人在农场机关、医院、幼儿园、学校、公司、工厂。

第四次去时，对葛柏林、林莉、居鸿昌和陈桂花等进行过第二次或第三次采访后，我准备第二天一早离开。裴磊到宾馆小坐，我想也许是不失礼节，记得一次走时，他特意赶到汽车站送行，似乎车票挺紧张，他还帮忙找了人。我想，这就是上海人的特点，既要跟你保持一段距离，留有腾挪空间，又让你在情理上挑不出什么毛病。

2008年，朱晓军与裴磊（左一）、居鸿昌（右一）在八五九农场蒙古大酒店合影。

八五九宾馆的条件不错，窗外就是公园，有湖有桥有喷泉，规模和气势不亚于省城哈尔滨的兆麟公园。裴磊就坐在窗前的椅子上，操持一口纯正的东北话，语调平稳地讲述了他的故事，爱情、亲情、友情交错，跌宕起伏，即便小说家也难以构思得如此精彩，我渐渐听得入迷，忘记了采访。

2018 年 3 月，对在宁波的裴磊进行了补充采访，他非常配合，通过微信发来了图片。

1

知青大返城时，我也返城了，在1979年3月份。后来我又返回来，因对象跟工作的原因。

裴磊（前排右一）与知青战友在团部合影

返城前，我有一个对象，是上海的。我1971年来的，她1973年来的，我是杨浦区的，她是闸北区的。

我下乡后，当了两个多月农工就被抽去当通讯员，干了七八个月，又让我开铁牛55。铁牛55是胶轮拖拉机，在当时很吃香。1973年11月份，营部组建电影放映组就把我调去放电影了，我等于找到一份好工作。

好工作咋来的？说来也挺有意思。我师傅下放到九连，我就在那儿当通讯员，负责连队的报纸。当时的报纸有《人民日报》《前进报》《兵团战士报》，《前进报》就是沈阳军区的报，还有一份《参考消息》。《参考消息》不是随便什么人都可以看的，因为属于内部的。我师傅是城市人，就是不一样，不像这儿的老同志吃完饭就睡觉了，他爱学习啊，到我这儿来找报纸看，特别爱看《参考消息》。指导员是有话的，《参考消息》一概不让外借。我们都是南方人啊，他是江苏泰州人，我说拿去看，别让别人知道，还的时候偷偷摸摸还回来就行。1973 年，各个营组建电影放映组，我师傅是 1958 年转业官兵，原先是南京军区放映员，让他回二营组建电影组，他第一个要的就是我。

我当初怎么看上她了？我有几个朋友在后勤，我经常上后勤去玩，她也跟着在一起，我觉得这个女的长相可以，挺朴实的，说话和脾性也都挺好，就这么看上她了。没经过别人介绍，我俩属于自己看上的，彼此都有好感，但是第一次是我约的她。

1976 年的一天晚上，我借了一个小学的教室，晚上外面没有灯，我叫别人传张纸条。纸条说约你上小学哪一个教室，等你，我想跟你聊聊。她接了纸条以后去了。她要是不想跟我谈她就不去了，是不？我们彼此心里已经有所那个什么。去了以后，我就跟她摊牌了，我说我发现你这个人不错，我想跟你谈对象，不知道你是什么想法？今天就两个人，咱们就开诚布公地说一说，你同意也好，不同意也好，给我一个意见。那时候谈对象都是秘密的，偷偷的，不敢告诉别人。她说对我也挺有好感的，不过这个事儿是大事，她一个人在外做不了主，这个事儿得写信跟家里说一声，把情况介绍一下。我说这可以，必须的，我也得把你的情况跟我父母说，就这样。

过了一个多月以后，她约我，也是通过别人给我一张纸条，说家里不反对，不反对就是同意，说先处着，但不能结婚。家里人想得挺远，将来不知道什么形势。我说行，先处着，谈对象不一定一谈就成，通过谈咱们互相了解，如果谈两天不合适咱们就拉倒了；谈了还不错，就谈下去。我们谈了三年就到了大返城，1978 年就开始返城了。

她 1979 年 1 月就回去了，那时候还是冬天。我告诉家里，我母亲马上办退休手续，那时候是带接班的，我母亲退休我可以接班。我是 3 月回去的，比她晚了两个月。她接父亲的班，进了国营企业——上海仪表木壳二厂。我接母亲的班，进了街道小集体。那时小集体不如大集体，大集体不如全民。我跟她差了两个层次，差别一下就大了。

回去以后，第一次见面还可以，第二次见面就有了微妙的变化。感觉出来了，那能感觉不出来吗？她那个妹妹，是同母异父的，要结婚了，那个时候家具要多少条腿，电视要 12 寸的，什么三卡一响。那是 1979 年，“文化大革命”结束没有几年，三中全会以后改革开放，生活水平开始往经济发展这一块走。

我在上海正好待了三个月，形势急转，哈哈哈。我那时候既没有房子，也没有钱，啥也没有。我母亲在街道工厂每月赚 30 多块钱，我父亲 90 多块钱，那时候不止 90 多块了，反正也不高。

在北大荒，我放电影，她在后勤养猪，我俩关系处得不错；到了上海以后，正好反过来，我俩不行了。到了上海，选择对象的标准、眼光起变化了，她跟我说这个东西那个东西，给我提了不少要求。我说我啥也没有，咋整？她又说，你不能在那个单位，必须调到全民。

我刚回去，什么办法都没有。对我来说，从小集体调到大集体，从大集体再调到全民是不太可能，除非我爸当局长、区长，也许有这可能，像我们这种普通老百姓——那时候我父亲都不可能把我调到他们单位去。

后来，谈了几次就崩了，我挺来气，心里一股火。一个是觉得自己挺冤的，在北大荒，我的条件比她优越，好多人仰慕我，说“他是放电影的，我们去场部看电影找他买票”。那时候，她是后勤排养猪的，我没有嫌弃她。她什么事儿都求我帮忙，回来时带的东西，打的包装箱，都是我给她整的。回城后，她变了。我这个人比较直爽，特别不习惯，看不惯，我觉得真不如北大荒这些人那么质朴。

当时我痛苦有两点，一是她对我感情的背叛，二是我在北大荒没有吃过什么苦，回去以后在街道的一个施工队里面盖房子，盖一栋五层楼加地下一层的服装厂，9 毛钱一天工资，在室外工作一天补 3 毛钱。

室外非常晒，水泥和沙子全是人工搅拌，拿两轮的手推车拉，哐一掫[1]，哐一掫，我这个体力哪受得了？现在回想起来，我这个人意志上不太坚强，多少人回去以后跟我一样处境，人家都咬牙挺过来了，我没有咬牙挺过来，当逃兵了。

我家还有谁下乡？我家兄妹五个，我下乡到这儿，我下面有一个弟弟，他下乡早，从小就让我母亲给送到山东老家。我弟弟跟我差一岁，我 1952 年，他 1953 年。当时，我父亲在上海外贸公司上班，工作比较忙，带不了了，怎么办？爷爷奶奶说你们也看不了，赶紧送

1 东北话，指从一侧或一端托起重物，有掀的意思。

一个孙子回来，送谁？送小的，大的毕竟好带一点儿，家里省一点儿心，就把我弟弟送回去了，不知怎么回事户口也落在那了。他下乡早，一岁多就下乡了。

跟家里商量了吗？商量了。我是这么说的，我说咱们家14个平方的房子要住6个人，我走了能给你们改善一点儿。我下面一个妹妹、两个弟弟，我家那个房子是14平方，5户人家用一个厨房、两个卫生间。

他们不同意，我执意要走。这个事情我父亲对我的想法挺大的。我母亲说，你要回来我才退的，早知道你要回去我就不退了，现在我又不能再回去做了。我父亲说，你一定要坚持你的想法，有一天你别后悔。我说肯定不后悔，你放心。

我跟农场联系，农场说欢迎。这个地方[1]当时通讯设备很落后，长途可以打到佳木斯，佳木斯转总局，总局转管局[2]，管局转农场，一级一级转过来很不容易通上的，通上了通话效果也相当差。写信，农场回复说欢迎我回来。那时，知青都走了，一下子把这个地方搁空了，好多岗位都没有人，我回来特别受欢迎。

我到派出所要迁户口，人家愣了。

“你真迁？”办户籍那个人问。

我说：“真迁。”

他说：“我这章盖下去就注销了，你就不是上海人了。”

1 指八五九农场。

2 过去黑龙江省农垦总局被称为黑龙江省国营农场管理总局，下边的分局被称为管理局。管局为管理局的简称。

我说："不是就不是了，只要有户口就行。我不是上海户口，黑龙江户口还不行？"

我回来才三个月。

"你是不是好好想一想？你别那个什么。"

上海人确实对上海户口相当看重。

我说："我没什么好想的，你就给我办就是了。"

我父亲特别善良，在上海外贸公司当领导那么多年，办事特别通情达理，他说虽然这样我们还是尊重你的意见。没说你要走了我们不乐意你了，这个没有。

以前一个连队的好朋友都来送我。没劝我？哎呀我的妈呀，劝了，那时候也没有手机，人家上完班下班了，骑着自行车到我家，那时候住得比较集中，我们都在杨浦区。他们跟我谈，不让我走。我那时候也怪了，铁了心就要走。

再次离家是什么心情？当时我心里特别放松，我总算是离开上海了，当时我觉得上海的感情、工作对我来说影响太大了。

2

我跟我媳妇过去就认识，我们是一个营的，她在隔壁的总机班，以前办公、住宿在一起。放映组两个人，我是组长，原先跟我搭档的是上海人，我们一起来的，他也返城走了。有的时候我找她打电话联系到连队放电影。我们下去放电影了，冬天不都是烧炉子烧炕吗？

20 世纪 80 年代，裴磊与妻子、儿子合影。

我们就把钥匙给她："晚上你给我们把炉子点上，烧烧炕。"我们回来暖暖和和的，一来二去地就好上了。

谁先提的？还是我。我俩经常在一起，我没事了，她值班了，我俩吃完饭就坐在一起唠嗑。她父亲是 1959 年山东支边青年，她家在十一连。她讲他们连队，我讲上海，互相之间就有了好感，形成了恋爱关系。

我媳妇那人长得挺漂亮，个头跟我差不多，一米六九左右，大眼睛，场部有不少人骑自行车到营部[1]找她谈对象。好多人哪，场部机关的打电话跟她唠嗑，明显跟她说要谈对象，她最后选择了我。我俩 1981 年成家，1982 年有了孩子。

1 即分场场部。

工作上一帆风顺，直到 1985 年全面改革，那时候提出“两自四到户”，“两自”就是自己给自己开工资，自己掏钱种地。“四到户”是什么？地分到户，还有什么我忘了。放映组自己创收，自己挣工资，当时我们有任务，平均每个连队一个月两场，一年一个连队不低于 24 场，12 个单位一年得放 288 场。放一场电影多少钱忘了，十几块钱吧，电影机属于农场的固定资产，耗材算农场的，放一场电影交给电影公司 8 块钱片租。

冬天条件差一点儿，在大食堂放，太冷了，零下二三十度，什么也不烧。换片子的时候就得把羊皮袄脱了，穿羊皮袄不得劲操作。我就得了肩周炎，双肩都是肩周炎。都是放 3 个片，一个片 1 个半小时，两个片就得 3 个小时，有时候加上一个纪录片。冬天 3 点天黑了，收工比较早，4 点就吃完饭，好说话的连队五点多就可以放电影，这帮人炒点瓜子，拿着瓜子就去了，放 4 个小时到 9 点。

放完电影，有时候在那儿住，有时候回来。后来，农场要求每个放映组自己配车，配车怎么配？买一个柴油的小三轮，跟现在的电瓶三轮车一样，那时候是柴油机的。小三轮大概三四千块钱、四五千块钱那样，自己掏一半钱，农场贴一半钱，这个车是你放映组的运输工具，油你自己买。

白天没什么事儿，我当组长主要是联系业务，今天七连，明天八连，后天九连，有的连队一给他打电话：“我们不看电影，你们不要到我们连队来放。”连队为了节省开支，不像过去那样欢迎放映组了，只好凭关系求人家：“今天来了一个好片儿，到你那儿放一场，改善改善老百姓的文化生活。”有头脑的买台镭射放映机，一个连队一个连队去放。镭射放映机方便，在你家里就可以放，对放映队形成冲击，我们有了失业的感觉。

很多人问我，你回来后悔不后悔？我那时候嘴挺硬，说我不后悔，其实也有后悔的时候，自己创收后，经济上挺落魄的。后来上海大集体、小集体都没有了，全部重新分配，全是国营，你这个单位小一点，工资待遇往上提一提，返城那些人基本平稳了。一看他们都不错，这时后悔了。

还有两件事儿我后悔，一个是上海有个政策，知青小孩的户口可以落到上海。我回去跟我父母谈我儿子落户口的事儿，我父母特别是我父亲生气，当年你母亲为了让你回来接班提前退了休，没想到你在上海待了三个月，上海户口不要了，又回了东北。当时不让你走，你非要走，现在把儿子户口弄回来干什么？你要不走儿子不是铁定上海户口吗？生气就不同意。父母后来同意了，又有人不同意。谁？我小弟弟跟小弟媳妇。他说我儿子户口一落回来以后怕有房子的问题。我跟他们说，只落户口，别的什么不牵扯，你以后分房子我们不跟你争。那也不行，说你现在说得好，上海这种情况太多了，说得好好的，这个不要，那个不要，最后这个要，那个也要，为了房产、遗产，打不完的家庭官司。

我们想把孩子户口迁回去，让他在上海念高中。上海录取分数低嘛，就我儿子那成绩在上海考复旦、交大绰绰有余，在外省考那太难了。这事我挺生气，挺伤心，上海户口落不上，把儿子耽误了。我媳妇倒没埋怨我，埋怨的是我家里人，说我家里人不通情达理。还行，埋怨归埋怨，毕竟是大儿媳妇，埋怨也是在背后跟我说，没有直接跟我父母说。我想，我当时咬咬牙挺过来，就是不跟她[1]谈对象，最起码在上海，儿子也是上海户口是不是？我说："儿子，咱们也别埋怨别人了，错在我身上，你这个父亲回来了，当时若在上海结婚有了你，就不至于到今天这步，咱们还是靠自己努力争取吧。"

裴磊与儿子在东海舰队留影

裴磊在宁波儿子家里与二孙女合影

我儿子学习挺好，挺听话，挺孝顺的，还挺争气。他是2000年毕业的，当年考了560多分，可是我家经济状况不好，当时算了算，要供他上大学大概要8万到10万块钱，哪有钱啊？那时候我在机关，机关不发工资，工资就是到生产队去种地不要地租。我每年多的时候能拿回六七千，低的时候只能拿五千块钱。我媳妇早就下岗了，接线电话改成程控电话，程控又改成无线的，总机取消了。没有地方安排，只能自己找，哪个单位都在精简，后来组建街道办，她在那儿干两年，还是临时的，没有转正。

我儿子第一志愿报的是上海华东理

1 指他上海的女友。

工，第二志愿是上海理工，在杨浦区军工路。他向往上海？对。我说你填一个表，意思是让他报军校，军校不是省钱么？他不愿意，最后还是填报了，最后被解放军理工大学网络专业录取了。

他到部队两年就入了党，毕业分配时，被分配到东海舰队司令部。

儿子还算争气，分到了宁波。2013 年转业，他去了宁波的一个街道办。我说宁波跟上海也不相上下。他现在挺喜欢宁波，宁波整个环境比上海好，别看上海是国际大都市，它只是一个名义，真正生活还是宁波比较理想。

儿子现在成家了，有两个小孩。儿媳在一家上市公司做行政，跟我儿子是三江一中[1]同学，从高中一直谈到结婚。他们在镇海买了个单身公寓，在宁波市中心买了 99 平方米的房子，我给拿了 10 万元，东拼西凑把首付交了，剩下的按揭款，他俩的公积金基本够了。

3

回来后，还有一件事儿，我最后悔——父母有病时，我不在身边，没有伺候他们。

2001 年，美国世贸大厦被恐怖袭击那一年。家里给我来电话说，医生说我父亲不行了，让我赶紧回去。

8 月底，我带我儿子回去的，他那时候已经上大学了。我好几年

1 即黑龙江省建三江第一中学，系黑龙江省农垦总局重点高中和示范高中。

没有回家，上次回去我父亲还挺好的。我回来以后不到一年的时间，我父亲检查出了肺癌。两年后，转移到脑子。回去看到父亲的时候，我特别难受，哭了。我父亲的个头跟我差不多，挺壮的一个人，没想到躺在床上瘦得跟那什么似的。

他认识我，笑笑，点点头，不会说话，你要是跟他说话，他听懂了就给你点点头或者摇摇头。一看到大孙子来了也是那个表情，挺高兴，也不知道是看见我了还是看见大孙子了，精神状态好了。有的时候，我就给他喂喂饭，也吃不了什么，就吃一点水果，拿个匙子扤[1]。我几乎天天陪我父亲，我觉得挺愧疚的，父亲病成这样，两年多一直是我弟弟妹妹和母亲照顾，我回去得尽尽孝。

探亲假 24 天，加上来回路上 6 天就是一个月。我就问大夫，我假期到了，你看我父亲还能挺多久？医生说这个没法断定，也许一两年，也许你今天走明天他就 …… 我跟家里人说，你看咋整？探亲假也到了，该回去了，我还上着班呢。他们说，你就回去吧。

走时告诉我父亲了，他那种感觉挺木讷的，也没有点头摇头，躺在那里望着天棚。我有点忐忑不安的感觉，放心不下，真怕走了以后没有多长时间 ……

我走有半个多月吧，10 月 20 号左右，家里给我来第一个电话，说父亲不行了，你速回；第二个电话说父亲走了，还是速回。我是老大得回去张罗这个事儿，赶紧又请假回去。那次跟我妻子一起回去以后，我请事假又待了一个月。我儿子也去了，他在南京离得近，赶

1 东北话，有刮的意思。

上了我父亲的葬礼。

父亲当兵时才17岁，赶上抗战最后一年，在山东鲁西南游击中队，跟铁道游击队都有来往，他跟我讲过那些故事。父亲对我管教挺严，我对他一直有种敬畏的心情。我写过一篇纪念我父亲的文章。我下乡是9月那一批，上海还挺热，棉袄和大衣都是发的。父亲说想给我买一条围巾，下班骑自行车到商店买，在我临走的前一天才买到，是棕色格子的。我感受到父亲的关爱，这条围巾现在还保存着，原来还有下乡时的乘车证，后来乘车证捐给三江知青纪念馆了。

我母亲得胃癌的消息家里开始没有告诉我。今年[1]1月底，正好下了一场大雪，雪后两天还是三天，我弟弟妹妹打电话说老娘不行了。我说，怎么那么快老娘就不行了？你们怎么不告诉我？他们说老娘得了胃癌，住院三年了，告诉你有什么用？你是能来看还是能过来照顾？告诉你心里成了负担了，不告诉你还会以为她一直挺好的。你做好思想准备，我们问过医生了，怎么怎么样。

公路全封了，下完雪后一化全是冰，全封了，完了。我弟弟妹妹说，我们看了天气预报，知道你那儿什么情况，家里的事儿我们先处理了。骨灰在殡仪馆，没有送到公墓。他们说，母亲的骨灰得跟父亲殡在一起，这是最后一步，你必须得回来。我说这个肯定要做到，3月底4月初我就回去了。

4月20号，那天上午我跟我爱人、儿子、孙女去了上海。上海的弟弟妹妹都在，山东那个没有回去。那天，我捧着骨灰盒，去了以后

1 指2015年。

就那套仪式。因为是双人墓，打开一侧收拾一下，把母亲的骨灰放进去。我说父亲，今天我把母亲给你送来了，你们在阳间是夫妻，到了阴间以后怎么怎么样，就这些话，思念、怀念的话。

我小时候做过一次很对不起我母亲的事儿。因为逃学，父亲打我，用皮带抽，用鞋打。我那时也挺来气，凭什么老这么打我，我就不上学，我不回家了。没吃的怎么办？有一天我母亲在外面晾衣服，我就窜到屋子里，把家里的钱匣子打开了，拿了一张 5 块钱。那时候一张 5 块钱能买多少东西？ 5 块钱叫我一天就花了。我母亲看见我进屋了，晾完衣服一看钱少了，晚上我父亲回来就告诉了我父亲。

多大？十二三岁。我小时候太淘气，经常我父母一打我就往外跑，跑了我就不回家。学校不是有放体育用品的库房吗？我就拿跳高跳远用的垫子当被褥。那 5 块钱花了，第二天又没有饭吃了，就在我们小商店门口逗留。那天我父亲去打酒，一下把我堵那里了。我想，完了。父亲把我领回家，先让我吃饭，完了开始教育我、开导我，打那以后，父亲再没有打过我。

父母没了，上海的房子还有个小插曲。6 年前，我母亲突然给我打电话，说老大，我跟你商量一个事儿，你看你父亲走了好几年了，房产证还是你父亲的名字，我想过户到我名下来。我说行，我也不太懂这些东西。我母亲说，你要开一个证明人家才能给办。我说需要哪儿的证明？我母亲也说不太清楚。

我打电话问我小弟弟，他说是去公证处开证明。我就去农场的司法科，司法科长给我说："这个事儿你听明白，你父亲不在了，这个房子有一半是你母亲的，另外50%是包括你母亲和你们兄弟姐妹几个人的。你要是同意了，说明你把你这一份东西就放弃了。”我说，“啊？这怎么回事儿？”给我造蒙了。他说，你这个要慎重考虑，等于同意把你的给人家了，你想再要房子要钱就没有了。这么大的事儿，我得跟我媳妇说。我媳妇说，你得问问清楚，这个房子到底是不是过户给你母亲？真要过户给母亲了，母亲有一天老去，这个房产还是你们兄妹的吗？

我又跟我母亲说，结果我母亲无意当中就说漏了，她说要把房产证改成我小弟弟跟她的。

我就问我妹妹和我上海另一个弟弟。他们说，老娘要把房子给小弟弟。当时我有一种什么感觉？受欺骗了。

过了没几天，我小弟媳妇给我打电话，她跟我直说了：“这个房子我就想要，你同意也好，不同意也好。”我说，哎呀，怎么说话那么横呢？她就说你过两天就知道怎么回事儿了。哎呀，我当时挺纳闷，这怎么回事儿呀？过了一段时间，我收到法院一张传票，传票是这么说的，我母亲跟我小弟弟联合起来，把我、我上海的弟弟、我上海的妹妹一起告了。

我一看收到传票了，这咋整啊？得回去呗，就回去了。回去了以后，我上海大弟弟特别有想法，我父亲是抗日战争离休干部，除了我们住的房子，还分了一套房子，我家就一个女孩，我爸就把第二套房给我妹妹了，那是一室一厅的房子，不到30平方。

我回去以后把全家人召集起来，我说作为老大，我不赞成老娘在的时候分房子，我也不同意一个房产证写两个人的名字，这以后说不清楚。小弟媳妇说，这个房子当时买下来的时候他们出了3000块钱。小弟媳妇又说，我们跟父母生活在一起，父母亲有病的时候都是我们照顾的，你们同意把这个房子给我，我就象征性给你们一点补贴。我说还有这话？什么叫象征性补贴？本来这个房子有我们的权益，又不是你给的，对不对？成了她恩惠我们了，最后闹得不亦乐乎。

我母亲出了一个主意，说那就按48万分吧。这48万不是到房产公司评估的，是她随口说的。我在我家跟前房产中介看了，跟我们一样的房子最起码应该是60万。我没有计较这些，我说实在要分也没有办法，48万有一半是老娘的，24万。

这里面还有一个插曲，不是要到公证处公证吗？公证处说你家应该是5个子女，那个子女呢？在山东老家，他不算。那能行吗，他是不是你父母亲生的？是亲生的就有他的份，这是法律规定的。后来，我山东的弟弟知道了挺生气的，他说父亲有病的时候，走的时候我来没来，我尽没尽孝？现在有好事了就没有我了。

山东的弟弟一看那几个都在上海，他一个人在乡下。他还好一点儿，关键他的子女想不开，上海那么好，你们都在上海凭什么叫我父亲回山东老家？有一点耿耿于怀的那种心态。毕竟这个儿子也是自己身上掉下来的肉，还有一个孙女、一个孙子，我父亲退休后回老家了，拿出一部分积蓄帮助他们发展，结果没有发展起来，我父亲还落了一身病，得了关节炎，也治不好，没办法了，回到上海。

小弟媳妇说这么分，24万平分给6个人，一人4万。我妹妹说，她那4万块钱给我母亲。剩下4人，我对小弟说，你们跟父母住在一起，照顾父母比较多，我也不能要那么多，我就要2万块钱。我上海的大弟弟和弟媳妇不行，一分钱不能少。山东的弟弟也是统一口径，少一分钱也不会签这个字。

我的假期到了，我说你们几个商量，什么时候商量妥了，我再来签字。

这次我母亲去世我回去，没有说这个房子的事儿，当时我们几个跟小弟弟说，房子你先住着，该装修就装修，我们也不打算分这个房子，等你要过户那一天再说。为什么我们这么说？这个房子肯定有我们一份，将来小弟弟有条件给几个，拿着也行，如果我们条件好觉得一分钱不拿，我们不要这个房子归你也可以。我跟我媳妇那么说，我媳妇挺通情达理的，我们要这三万五万富不到哪里去，没有这三万五万也穷不到哪里去。

我在上海的大弟弟条件特别好，最近买了260多万的房子。现在他不用的东西都给我小弟弟。有时候，他给弟弟打个电话，今天家里做俩菜，你上我这里来吃饭。他姐条件也不错，住得远，在宝山，不方便，有时候到市里也去看看他，给他拿一点东西，他觉得还是自己哥哥、姐姐对他好。

4

我上海那个对象？有联系，不过是20年后了。

我以前回上海跟知青聚会都打听有谁参加，明确告诉大家她去我就不去了，她听说有我去也就不来了。

1999 年过春节的时候，我到一个好朋友那聚会，她也去了。我是带着读高二的儿子去的。他们特意安排她坐我边上。她有什么变化？也老了，20 年了。震惊？对，特别震惊。我们两个没有说话，我跟别人聊天，她也跟别人聊天。

"你看方便的话，给我打一个电话。"临走的时候，她跟我说。

她给我一张纸条，我就拿着了。

"你看啊人家主动跟你那什么了，你也别太那什么，该打招呼就打招呼。"过几天，朋友跟我说。

"行。"我说。

我就给她打个电话，问候一下。

"你要有时间，我请几个朋友，上我家聚一聚？"她说。

哎呀，这个时候我就觉得挺尴尬的。我就跟我那个朋友说了，我朋友说，"去，大家都去。"我再三考虑，那就去吧。

她告诉我中午吃饭，让我上午就去。我就领着我儿子去了，她家住在闸北区，不是我跟她谈对象时住的老房子。去了一看就她和她姑娘在家，她姑娘比我儿子还小三四岁。我觉得挺尴尬的，不知道说什么好。后来才知道朋友们都回避了，他们说："你们做不了夫妻，不还是荒友吗？毕竟都是上海一起下乡的，不至于见了面跟不认识似的。"

她跟她姑娘说："这个哥哥是从黑龙江来的，你领他去玩玩。"她姑娘挺听话，小孩一见面，说两句话就跟朋友一样了。过一会儿，她姑娘就领着我儿子走了。

家里就剩我俩了，我拿着杯子转啊转，也不知道说什么好。最后还是她先开的口，“那时如果我不这么做就觉得身价低了。你走了以后，我心里挺痛苦，别人给我介绍对象，我全拒绝了。”她母亲说，“你老是沉浸在这样一种情绪里面不好，岁数也大了，还是应该成家。”别人给她介绍一位崇明农场回来的青年，比她大一两岁，也就结婚了。

我也挺同情她的，我觉得她这个人本质上来说不是很差的，可能受上海环境所迫，发生了改变，不是她的本意，我也能原谅。我说事情过去那么多年了，我也不想谈这些事儿，一说起来你也伤心，我也悲痛，没有必要，咱俩做不了夫妻，这次既然有这个缘分和机会，咱们还是朋友，大家谁也别嫌弃谁。

恨过她没？肯定恨过。那次以后，我俩的关系就改变了。我把当年那些事儿跟我儿子说了，我儿子倒挺理解我，挺同情我的。后来，她提出认我家儿子为干儿子，我儿子也认了她干妈，特别亲的那种感觉。

我每次回去，她都叫我上她家去吃饭，把这帮朋友全叫来，一个大圆桌坐十多个人。她家日子过得挺不错，她老公在外资企业，一年连工资带奖金、外捞，那时候就是十几万，家庭的经济状况不错。

我媳妇知道这事，感觉就不一样，她俩以前就认识。哎呀妈呀，没少吵。我说，你这太小心眼了，我们还能咋地啊？以前是谈过恋爱，现在人家也成家了，我也成家了，她在上海，我在黑龙江，顶多过

2007年去采访时，裴磊打电话帮忙联系留下的知青。

年过节打个电话，问候一下。

2007年，我内退了。1968年老高中那一届下乡的也到了退休年纪，陆续地来回访第二故乡。领导说，我给你一个工作，来知青的时候，你出来接待一下，平时就在机关大楼值班室帮通讯员干一点活儿。

我内退的工资特别低，700多块。他又给我400块，相当于增加了50%多一点的工资。后来成立保安大队，我就离开那儿。我是2010年年初到的这个单位，具体干什么？就是打扫卫生，一个月1000块钱。我不住老房子了，住楼了。本来没有打算住楼，我觉得我的经济条件不够，我媳妇非要住，毛坯房不到10万块钱，装修带买东西花了5万块钱，68平方，够用了。

后来，正式退休了，退休金2400块，比上海拿的少一点儿，上海的物价也高，买一斤菜，我们花 2 块钱，上海得 4 块、5 块。我觉得我们这个地方好，不管是空气、水，还是生活环境。有钱了，出去溜达溜达玩玩，两三个月后再回来。

常在一起的上海知青有 11 个人，加上周围的，有二三十人，除了有一个身体差一点，得了脑梗还是脑出血，剩下的还都可以，没什么大病大灾的，生活很普通，哈哈哈。你见过葛柏林[1]没有？咱们八五九的知青基本上以他为核心，他是全国十大种粮标兵，在全国也小有名气。

八五九建得相当不错，像个花园。今年有一批知青来，说"哎呀，我们都后悔走了"。

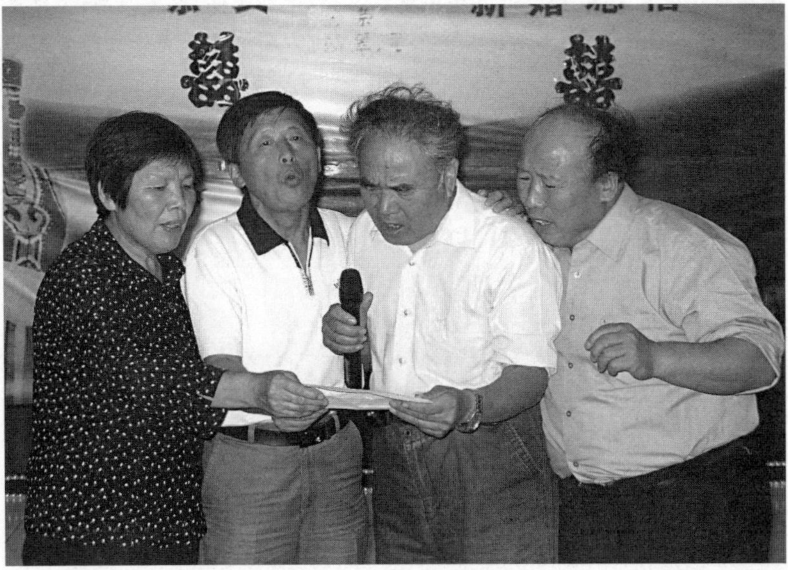

裴磊（左二）、刘加祥（右一）与回访知青高歌一曲

1 见本书《我们是中国最美的家庭农场》一章。

今夜我不是想家，是想起你两鬓的白发
——张玉林

人物简介：

张玉林，哈尔滨知青，1950年1月28日生，1968年10月13日下乡到北兴农场。当过农工、拖拉机手、统计员、副连长、指导员，在黑龙江省农垦干部学院学习三年，担任过农场团委副书记、党办主任、纪委副书记、纪委书记、党委副书记、党委书记。1979年任黑龙江省农垦总局红兴隆管理局纪委副书记兼监察局长，1999年任《北大荒文学》杂志社主编，并随黑龙江农垦总局迁回哈尔滨。张玉林是北大荒著名诗人，先后荣获第三届丁玲文学奖三等奖、第八届丁玲文学奖二等奖、第九届丁玲文学奖二等奖、第三届东北文学奖二等奖。

采访手记：

张玉林是通过一位文学编辑认识的，大约1997年。那位编辑对张玉林赞不绝口，说他诗写得如何如何好，人也如何如何好，如何如何仗义，最重要的一点，他是哈尔滨知青。她知道我在采访留在北大荒的知青。

初次见面是在北兴农场，我陪夫人的同学去买粮食，究竟是水稻还是小麦已记不清了。

北大荒有9个管理局，114个农牧场，北兴农场是其中一个大型农场，位于完达山北麓的丘陵漫岗地带，三面环山，西部为漫岗台状盆地，场部

20 世纪末，张玉林在朱晓军的书房接受采访。

所在地过去是日本开拓团的开拓点，原名为北星。北兴农场隶属红兴隆农垦管理局，全场土地面积 116.5 万亩，主要农作物为玉米、大豆和水稻。张玉林就是这一大型农场的一把手——党委书记。北大荒的国有农场均为县团级单位，党委书记相当于县委书记，不过人口远没有县里多，仅两万余。

张玉林一言九鼎，该拍板就拍板，毫不拖泥带水。从下属的举止和目光即可断定，他在农场的威望不是高，而是非常之高。晚上，张玉林热情款待，那时北兴农场的招待所、食堂还很简陋，包间局促，不过酒喝得痛快。张玉林似乎没怎么喝，他的属下喝了不少，我也没少喝。北大荒有点儿部队的作风，首长让喝必须得喝，即便喝吐了，也要保护好首长。

次日一早，张玉林亲自把我们一行送到火车站。临别时，我为没采访他而遗憾。那时黑龙江农垦总局还在佳木斯，张玉林在哈尔滨的家早已没了，能去哈尔滨的机会少之又少。我去红兴隆管理局的机会还是有的，下农场也是去离管局较近的友谊、五九七、八五三，北兴是不大容易去的，除非专程跑一趟。想想这一别说不上什么时候见面，就有了几分伤感，几分失落。

一两个月后,张玉林突然出现在我的面前。饭后,他去了我家,在书房接受了我的采访。我们聊得比在北兴喝酒还要畅快。

没过多久,张玉林调任红兴隆管理局纪委副书记,兼监察局局长。过两年,他出任《北大荒文学》杂志主编。那是一本创刊于1958年的老刊物,发表过许多转业老兵和知青的作品。又过两年,《北大荒文学》杂志社随黑龙江省农场总局迁到省城哈尔滨,张玉林也跟着回到了故乡。

同住一城,偶尔饭局相遇,他已没了当年的气势,变得相当地文学,聊聊文学期刊的艰难、办刊经费的短缺、拉广告的艰辛,只有谈起他的诗作,眼睛才星星点灯似的亮了起来。我开玩笑说,玉林兄,你这辈子算是让文学给坑了,要是不离开红兴隆没准早就当局长了。他苦笑了笑,不置可否。

2008年暑假回哈尔滨,小说家袁炳发请酒,张玉林领他的公子去了。几年不见,我们已不年轻了,这部书得抓紧完成。酒后,我对他进行了补充采访。他兴致不很高,谈得不多,也比较低调。

2018年3月,初稿完成后,杨丽萍跟张玉林通电话,进行了补充采访。

几天后,张玉林打电话给我,聊聊近况和孩子。《北大荒文学》在他退休后不久就停刊了。

1

1978年，知青返城高峰时，我在连队当指导员，管着四五百号人。别人都在削尖脑袋往城里钻，我却把母亲接到北大荒。

那一年，我母亲71岁。我是1968年秋天下乡到黑龙江生产建设兵团三师三十二团[1]的。我下乡10年，母亲一个人在城里生活了10年。我是独子，父亲在我15岁时就过世了。按说我完全可以不下乡。我想到农场去锻炼锻炼，母亲听了只说了一句："你去吧。"我下乡那年，母亲61岁了。你想想我走了以后她多难呢？是吧，一个人，孤苦伶仃一个人，我没想那么多，那时我还是孩子，不大懂得这些东西，说走就走了。

我家住在哈尔滨太平桥下的黄家大院，后来拆迁，改为皇家花园了。母亲是个裁缝，新中国成立前学过女子洋裁[2]，开一间小服装店，给人家做衣服。日常衣服、款式简单的西服，母亲都会做。我父亲是个木匠，生病多年，家里是靠母亲维持的，她从来没有任何怨言。

男孩子大多调皮，我不调皮，没时间调皮。10来岁吧，就靠帮我妈做衣服赚零花钱了。放学回来，我妈在那边裁裤子，裁上衣，有时

1 现在的北兴农场。
2 指运用西式服装的裁剪方法。

活多，她忙不过来，我在这边踩缝纫机，将裤子缝好。上衣没怎么做，也就做一两件吧，不大敢做。我缝裤子缝得很好，一条裤子收7毛钱，缝一条给我3毛钱，那几年挣了不少零用钱。现在想起来我都得意，我比别人家的孩子强多了。

我有一首诗，叫《养》。“母亲的缝纫机嗒嗒嗒的，缝纫机的嗒嗒嗒的声音养活了我”，写的就是这段生活。经常母亲在缝纫机前赶工，我在缝纫机嗒嗒嗒的声音中入睡。

刚下乡时，在连队当农工。冬天连队盖房子，我们从采石场往回拉石头，三台拖拉机、一台小型车来回拉。我们负责装车，城里的孩子哪干过这活儿啊？很快我身上穿的妈妈做的小棉袄就湿透了。

车装满了开走了，我们钻进没有炉火的帐篷里休息，不一会儿棉袄的前胸和后背就结了两片白花花的霜，就像古代士兵身上缝的“兵”“卒”字样。车来了，我们钻出帐篷接着干，身上的霜又化了。

为了加快装车速度，我跟副班长一商量，弄了块跳板，泼上水，冻成一块冰板。我那副班长是女的，叫汪彩芹。她个高力大，干活像男人，我们也把她当男人看。车来了，找一块半吨重的大石旁停下，冰板一头搭在车上，一头插在大石下，三个男生再加汪彩芹一边站两人，四人合力将大石推上车。多大？足有八百斤，抬也抬不动，一车顶多装两块大石，再抱些小石块扔进去，将大石缝隙填满，车就开走了。你说艰苦不艰苦？吃啥？馒头。盛在方形的笼屉里，一排八个馒头，我能吃多少？一顿九个到十个。这叫啥？一行带拐弯，一行不够，还得拐个弯才能吃饱。

后来，我当拖拉机手了，零下三十多度的冬天夜晚，跟着师傅上山拉木头。回来时，十几个人坐在装满了原木的爬犁上，我在驾驶室里回头看那些人，头发上、帽子上结满了霜。已经看到连队的灯光了，突然车停在结满了冰的路上，怎么回事？原来输油管冻了，里面的柴油凝住了。

车坏了得修啊。师傅卸一头，我卸一头，把油管卸下来，卸时不能戴手套，手一触到零下二十度的柴油管，哧啦一声，我的眼泪哗就下来了，手刷一下就变白了。再看师傅，也是光着手卸油管，跟没那回事一样。油管卸下来后，将路边的干草棍、枯草、枯叶拢成一堆，用打火机燃着，将油管放在火上烤，里面的油烤化了，装到车上，车才启动了。

连队给我们准备了饭菜，热了白酒，师傅跟几个人在那儿说说笑笑，我很惭愧，刚才我居然哭了，可见我没师傅那么坚强啊，我将一大缸白酒全喝了，白酒将我眼角辣出一滴泪，那泪花也许不是被酒辣出来的，也许在那一瞬间，我想起远在城里孤单的老母——

“少年又冷又湿，渴望与在城里的白发母亲相偎依。”多年后的这句诗，是我那夜心情的写照。

2

到北大荒以后，请假难批，经济上也要考虑，来回一趟两个月的工资就没了。工资多少？ 32 块，每个月给母亲邮回去 10 块钱，作为孩子远在外地，也就能给母亲做这么多了。

1972年，我下乡的第四年，临近春节了，接到一封电报：母病重速归！我拿着电报去找指导员。

“母亲病了，我得回去。”

“不行。”指导员不批。

一到春节，北京、上海、哈尔滨知青家里的电报就来了，各种的借口，要回去探亲。

60多岁的母亲，孤身一人在哈尔滨，她若不是病得很重，是不会拍这封电报的。我了解母亲的性格，她一辈子不愿麻烦别人，更不愿拖儿子的后腿。

“哎呀，快到春节了，家里来电话电报都是正常的，什么生病，都是假的。”指导员很不屑。

“我妈这人从来不撒谎！”我愤怒了。这个指导员居然是农场的道德模范，他怎么能是道德模范呢？冬天没什么活儿，他宁可让你待着，也不允许你回家看望生病的母亲。

母亲不撒谎，我也从没为回家撒过一次谎，虽然我是那么思念母亲，我写过：“荒凉的今夜很白，像走了千里路的月亮那么白，感伤的是白色的河流，白色的石头，空旷的田野麦子遍地生长，城里的母亲，今夜我不是想家，是想起你两鬓的白发。”

有月亮的夜晚是白夜，白色的河流，白色的石头，连麦子都是白色的，这是我真实的生活体验，月光下的麦子不是绿色的，也不是黄色的，是白色的。从北兴农场到哈尔滨正好1000里路，月亮替我去看我妈了。我写的这首诗，记录了我的知青生活，也记录了我对城里母亲的思念。

我跟他说："今天我必须走，等我回来，你给我处分吧！"

当天晚上，我坐车回哈尔滨了。到了哈尔滨工人医院，我看到母亲躺在病床上，扑通一下跪下了，我说孩子不孝，回来晚了！我心里愧疚啊。

结果这事叫谁看在眼里了？同病房四床一个女孩看到了，她给我母亲打饭、擦脸，守吊瓶，她看到了。她后来跟我说，你个大男孩，哭成那个样儿。后来，我在诗里这么写的："男孩泪打在女孩心……"

母亲抢救过来了。母亲的病情稳定了，我要回农场了。母亲站在瑟瑟寒风里送我走，四床女孩替母亲送我很远，我才注意到，四床楚楚动人。这是我一生中最后悔的事，我没有向她表白，连她的名字都不知道。

那次母亲生病，让我意识到，她一天天老了，不能再一个人生活了，得有人在她身边照顾她。

下乡前，母亲就叮嘱我，到了乡下好好干。我真的干得很好，我当过农工、拖拉机手、统计、副连长、指导员。25岁我就是指导员了，就凭自己干起来的，那时的风气不错，没有送礼这一说。

1978年，我批了很多知青返城，他们返城了，我返不返？1975年招工，我没走。看着邻居家的孩子都回来了，母亲也没说，孩子你也回来吧。她没说，她认为那是我的事。她是一个对亲人没有任何要求的人。

至于我不在她身边这10年，她是怎么生活的，一个字没提，从来没提过，偶尔写信也不说。我不在家，她就靠做衣服维持生活。

3

回到哈尔滨，我跟母亲商量，您岁数一天比一天大，要不我回来，要不您跟我走，跟我去北大荒。无论怎样都不能让她一个人生活了。

我说妈你不能再这么干了，你岁数这么大了，眼睛也上不去了，你到我那儿去吧。

知青都走了，北大荒更需要我。我跟母亲商量，我可以回来，但是我回来干什么？北大荒有我的事业，我不想回来。您岁数一天比一天大了，您干脆来北大荒吧，将来哪一天你没了，起码还能留座坟呢。

母亲只说了一句："你说了算。"

我的母亲是个伟大的母亲，在我小的时候她一直鼓励着我两点：第一怎么做人，做好人；第二的话呢，我热爱文学，这是她给我播下的种子，在我五六岁的时候，我母亲就开始让我背唐诗宋词和其他一些文学作品，就让我接触这些东西了。

我母亲是什么性格呢？我现在总结，就是有夫从夫，我爸在的时候完全听我爸的；无夫从子，我是儿子，她从我，我想怎么干，她听我的，我叫她来，她就来了。

哈尔滨的住房是很简陋的平房，索性卖了，家具连同锅碗瓢盆送了人，跟了母亲多年的缝纫机也被留下了，母亲的视力不行了，跟不上去了，做不了缝纫活儿了。母亲的户口也被我迁了出来，迁到了农场，我这是将哈尔滨的家连根拔起了。

我和母亲只带着换洗衣服，来到北大荒农场。我和母亲团聚了，我们团聚在北大荒。

连队给了我一套房，是那种一栋住着四户、每户三四十平方米，大小一样，两室一厨，每家门前有个小菜园。买点儿家具，我和母亲过起了日子。

我把母亲接来，名义是为照顾她，实际上是母亲在照顾我，照顾这个家。早晨五六点钟，我就起床走了，忙到深夜才回家。白天忙着管生产，管连队几百号人，职工闹矛盾，两口子打仗都得管。

一天，有人跑到麦场，告诉我："指导员，有人要打炊事班长，闹起来了。"我说这小子谁啊，怎么这样呢？麦收的时候多忙啊。我就从麦场往食堂的方向走，路过一片荒草地，看到有人从食堂里面匆匆忙忙跑出来，是炊事班的班长老赵，两个眼眶哗哗流血，后面一个人，手里拿把菜刀追赶。那小子姓啥我忘了，出了名的蛮，到什么程度？伙同别人把女生宿舍床的四个腿锯掉半截，这事刚处理完没几天。

他们俩围着我转圈，老赵躲，那小子追，我就生气了，上去一脚，把他踹地下了，一把夺下菜刀，他哪知道我会摔跤。我身高一米七六，挺黑挺壮，他也就一米六五，他不是我的个儿。我母亲也就是中等个儿，一米六二这样的。我随我爸，我爸个儿高。

我急眼了，你拿菜刀吓唬谁呢？你说咋回事？"老赵不给我吃饭。"上来就告歪状，你说他歪不歪？麦收的时候，饭菜都不错，怎么可能不给他吃饭。老赵说是这么回事,负责运粮的是农场车队的车,连长嘱咐中午给司机包点饺子吃。这小子到食堂看到饺子了,“老赵,你给我下点。”老赵说,哎呀不行啊,连长有交代,这是给汽车驾驶员吃的。他们还没回来,这样行不行,他们吃完了,我再给你包。

“你不给我吃是吧?”一拳头上去,老赵的两个眼眶就流血了。

我听明白了,饺子不给你吃没毛病啊,你打人,还拿着菜刀追砍,凭什么呀?

我真火了,你小子给我徒步走到十五连,那里的派出所所长姓张,你找张所长,说你来投案了。你现在就去,你要不去,你看看什么后果!

那混小子听了没招了,十五连离这有 20 里地。蹶达蹶达往前走,不到五六百米,翻身上了一部路过的车。天黑了,还有狼,他遇到狼出事,我也有责任,我就是吓他一下子。我就给十五连的派出所所长打电话了,我说老张啊,有个小子给我惹事,你给我教育教育,今晚别让他走了,管顿饭。他说行。混小子到了派出所,所长先把他训了一顿,说按照你那个行为,应该拘留 15 天,你们指导员真好人呐,他给你求情了,不让我拘留你,还怕你晚上出事,让管你顿饭。一通教育,第二天打发回来了。

这小子回来还吹牛,他说我是哈尔滨知青,指导员也是哈尔滨知青,看在老乡的份儿上我才罢手,不然我早把他家的柴禾垛点着了。

打架闹事的总有。我这个指导员，除了管生产，还得管打仗，有那么几对知青，两口子总打架，我一个20多岁的大小伙子，还没成家，还别说，我说话他们真听。我当指导员的二十连年年是模范连。每天的事太多了，到家吃完饭就睡觉，早晨爬起来就走，还要开会，应付各种检查，天天跑东跑西，顾不上照顾母亲。

连队会计告诉我，我家园子有一段没夹上，母亲搬来几根木头，又在上面插了几根条子，想夹上，也夹不好。我挺生气的，没见我忙吗？还讲这些没要紧的事。转而又挺难受，找两个人，帮忙把园子夹上了。真没时间，家里什么都顾不上，也不知道为什么那么忙。

整个农场，就一个跟着孩子“上山下乡”的母亲，他们管我母亲叫知青的母亲。北京、上海、宁波的知青都往我家跑，哈尔滨的更别说了，经常到我家去，跟我妈唠唠嗑，拉拉家常。有些知青闹小别扭了，或者是想家了，就找我妈，跟她说说心里就好过了。知青最爱在我家吃饭，母亲给他们做简单的家常菜，包饺子，打卤面，吃得挺好，挺热乎。知青回城里探亲，母亲往他们的行囊里塞几只鸡蛋路上吃。知青探亲回来，带回来糕点、糖果送给母亲，爹妈不在跟前，他们拿我妈当亲妈了。

冬天做化肥，出化肥的铁筒子总堵，只好让一个人坐在铁筒子上，拿根棍子可劲儿捅，母亲到那儿溜达，看到晒场边一个四面透风的大凉棚下，大小伙子坐在铁筒子上，就问：“干啥呢，冰天雪地的，孩子你坐那儿多凉啊。”母亲看着心疼，回去拿棉花絮了个大厚垫子，让我送过去。

母亲在北大荒待了三年，她来到北大荒喜欢不？我没问过她喜欢不喜欢，只要到儿子身边了，她一切都满意了，满足了，就啥都有了。

4

1982 年，我调到北兴第一中学任团委书记，也上课，教孩子们历史。我对历史这块很熟悉，读了很多历史方面的书。

我带着母亲搬到学校去住。春节前一天，母亲跟我说："小林，我感觉头不大舒服。"

母亲从来没说不舒服，我说赶紧上医院，那时她已经走不了路了，她这病来得非常快。也没找车，翻出一个大被，让我妈躺在被上，学校的教导处主任，两个干事，还有我，四个人一人拉一个被角，走了一里半地，将我妈从家里兜到医院。

医生一检查，她这病和肾有关系，属于肾衰竭。我之前都不知道，我妈不告诉我，她一直忍着。你说肾衰竭得多难受啊，她根本不跟我说，不能动了，不行了，才告诉了我。

她得多疼，多难受，估计已是尿毒症晚期，这才送到医院去，去了当天晚上就没了。

北大荒的报纸发过我的文章，一个儿子的愧疚，就说的这事。一个男人心不细，一天光忙工作的事了，母亲也不跟我说，整天乐呵呵的，她不想让我有心理负担，洗衣、煮饭，该干啥干啥，只是行动迟缓了。

我妈应该有症状的，但我不知道。她的腿会不会肿起来，胖头肿脸没？我当儿子的，别再让我说这个事儿，说我就难受了，应该是有症状的。她不跟我说，我也没注意到。我妈这个人特别安静，没什么动静，干啥也不吱声。我就没见她吃药，她从来不吃药。

母亲的坟地，选在我办公室西南方向的山上。

张玉林与母亲

母亲，肃立你坟前
不能不想那个碧水边城
……
当我无意回乡
你无怨而来随我定居荒原
母亲，你守着我。
……
你圆圆的坟是关注的眼，
母亲，母亲，你守着我

母亲在世时，我没有给她写过诗，我从下乡开始写诗，写的第一首关于母亲的诗，就是这首《母亲，您守着我》，是母亲过世后写的，场部机关很多干部都会背。

二十连的副连长去农垦局宣讲过我母亲。农垦的人都知道，有这么个知青的母亲，跟着儿子来到北大荒，支持儿子建设北大荒。农场党委书记到连队来，他端起酒来说，“这杯酒先敬张玉林的母亲。”他跟我说，我敬佩你的母亲，老人家让我很感动。

母亲过世那年，我上了黑龙江省农垦管理干部学院。学校离市区很远，我最常去的是学校图书馆，开始还登记借了什么书，后来干脆连书名也不登记了，20本、25本、30本，只登记借了多少本。

在哈尔滨十二中学读书时，我就经常去图书馆借书，看着看着入了迷。父亲喊我，我没听到，喊了五六声，见我没理他，火了，过来就把我的书撕掉了。我爸文化较低，不大能理解一个人对书的热爱。他晚年身体不好，好几种病。有没有脾气？有脾气，也没脾气，生活遇到难处了，他往床上一坐一耷拉脑袋，这事就过去了。

我挺怕我爸的，那个年代孩子很少不怕父母，我只有哭的份儿。我妈出去办事回来，问我：“小林，”——管我叫小林——“咋哭了？”我说：“咋办啊，你看我爸把我的书撕了，我得赔钱呐。”母亲读了6年私塾，她爱好诗文，喜欢绘画，我家隔壁的山水花鸟是她画的，画得非常漂亮。我对书的痴迷，得益于年幼时母亲的影响。我妈说多少钱呐？我说你看看，得赔双倍的。大约要赔三四块。那年头三四块不得了，我妈说，拿着钱，你别声张。我妈这人吧，从没见她发火，吵架从来不会的。

这段时间最大的好处是看了大量的书，到 1985 年毕业，我读了 1000 多本书。

从管理干部学院回来以后，我就当上党办主任、纪委副书记、纪委书记、党委副书记、党委书记，进步得很快。现在有些人说当官得送点礼什么的，我讲实话一分钱没送过，就凭自己干，那时候风气还是不错的。

我当农场纪委副书记期间到煤矿办案，进去不到半个月，一天晚上，突然窗玻璃被砸，亏得床上没有人，有人的话就被落下来的碎玻璃划伤了。

晚上，我看窗外红色的烟头一闪一闪，有人站那儿抽烟，我出去了，是煤矿派出所的老孙，在这儿干嘛呢？他说你碰上这事儿，我们都紧张，我在这儿蹲着，看看到底谁干的。

第三天，还是晚上，煤矿的一个副矿长闯进来了，啪，把一个东西放在桌子上，是一张图！我明白了，说你还带送成语的啊？图穷匕首见！用手一拨拉，图里面是一把刀。

我跟几个工作人员说，你们不要害怕，是冲我来的。对副矿长说，你有什么招就使，再者说了，玻璃肯定是你砸的。他脖子一梗，是我砸的。

我说："好，原来办案对象不是你，从今天起，我就立你案了，我不相信你没问题。"

结果一查，真有事。后来这人给判了两年。此案收回贪污和挪用公款 16 万，处理了 10 个有问题的干部。

出来后，他找到场长，说还想留在北兴农场，他说我不敢找张书记说这个事。场长乐了，有啥不敢找的？人家张玉林是工作，又不是私人恩怨。他后来找到我，我说行行行，让他好好干。我没想把这仇结到底，他就去了制材厂。

不到半个月，他送来了一麻袋松明子，加工地板块的废料，他说张书记这东西点火很好使，我也不敢给你送别的。我从来不收东西，这一麻袋松明子我收下了。我说你干好活就行了。说明啥呢，说明他没恨我。

我在北兴农场待了30年，我没什么可骄傲的，唯一值得安慰的是没有愧对母亲。

5

我一生有两个母亲，一个是亲生的母亲，教会我怎么做人，做好人，母亲一生从不占便宜，做衣服价格公道，做衣服一定要做好，我就没看到找她返工的，包括我小时候做裤子她也很严格，从来没人挑出毛病。我做农场书记，管着一万多人，从来没贪过一分钱，所以我现在活得这么安生，母亲的善良、本分影响了我一生。这一生我写了6000首诗，有40多首写母亲的，没给我爸写过一首诗，对我爸的感情没到位，还是跟我妈近。

还有一个母亲就是北大荒，北大荒培养了我，鼓励了我，我思考问题的方式，我的社会责任感都是在北大荒形成的。当年没有返城，完全没有遗憾，工作上我有成就，文学方面我写了6000首诗。

2009年新中国成立60周年，农业部科技司想组织晚会，到北大荒来了，找到了我。我五天写出一首长诗，马上采用了。建党90周年他们又找来了，张老师，上次你写得特别好，部长特别表扬了您的诗，想请您去北京再给我们写一首，从建党角度写农业科技方面的变化。我一想，那我就去吧，去了写了一首，反响特别好。

1997年，上级征求我意见，将我调到《北大荒文学》杂志社任主编，一干10年，直到退休。离开了北大荒，特别想念母亲，心里对母亲有一个歉意：活着的时候没有能力让母亲过得幸福，后来有了条件母亲又不在了，子欲孝而亲不在，就是这个意思。

儿子在太平洋保险公司黑龙江分公司工作，他的牙不好，我的牙也不好，我说随了你奶奶了，老太太的遗传。儿子出生时奶奶已经过世了，我家客厅挂着母亲的一幅画像，请一位画家画的，老太太特别文雅，特别慈祥。我跟儿子说，她是你奶奶，老人不在了，但她保佑着我们。我想让孩子永远记住她。

今年春节前，儿子说老爸，跟你商量个事呗，总部的意思让我到黑河工作一年。我说你去，无非孩子小点，不是有你媳妇、你丈母娘管着呢。我说你得去，我下乡在一个农场待了30年，我怎么过来的？对吧，你这才一年。我要不下乡，还找不着你妈呢，就没你了。是不是？儿子他妈是我在农场找的职工子女。

他管车险这块，容易得好处，车坏了，送个三千五千的，走个后门多赔点。我说这事你千万不要干，一点都不要干，你老爸在大农场当过党委书记，为啥我现在活得这么安生，没有任何人来找我，因为我没收过人家一分钱。咱要干，就把工作做好。果然这孩子干了不到 4 年，升得可快了，公司一再给他加担子。我儿子随他奶奶，什么事吧不张扬，像奶奶那种很本分、很朴实的做人。

母亲影响到我，我影响我儿子，母亲用她的朴实善良影响了三代人。

走自己的路，让人家说去吧

——周军岳、于延尔夫妇

人物简介：

周军岳，上海知青，1949 年 2 月生人，1969 年 5 月下乡到黑龙江生产建设兵团二师十七团[1]工程一连，先后当过农工、班长、司务长、副指导员。知青大返城后，担任过农场团委书记、宣传部长、组织部长、党委副书记、书记，2000 年 10 月调任宝泉岭垦区工会主席，2009 年 3 月退休，现定居于上海。

于延尔，哈尔滨知青，1948 年 2 月生人，1968 年 11 月 4 日下乡到黑龙江生产建设兵团二师十七团工程一连，担任过农工、炊事班长。1978 年 1 月 5 日与周军岳结婚，生有一女。知青大返城后担任过环保科长，2000 年内退，2003 年正式退休。

采访手记：

三江平原腹地有一条蜿蜒的小河，全长 35 公里，源于大莲花泡，上游无明显河道，中下游河道若羊肠细而蜿蜒，被称“蒲鸭河”。在共和国的水系中，蒲鸭河无足轻重。蒲鸭河畔有座农场，叫普阳。普阳是蒲鸭的谐音。据说，农场刚创建时，有人提出以“蒲鸭”命名。大家都觉“蒲鸭河”好听，“蒲鸭河农场”，或“蒲鸭农场”却不好听。有人想到它的谐音——“普阳”，

1 当时在汤原，仅有耕地 10 万亩，且与公社土地“插花”，发展遭遇瓶颈。1971 年，黑龙江生产建设兵团决定将十七团迁至蒲鸭河地区开荒建立新场——即普阳农场。

阳光普照是多么美好的愿望，于是乎这个农场就被称之为“普阳”。

1994 年，大地银装素裹，西北风呼啸，我在两位北大荒作家的陪同下，乘车数百里前往普阳农场采访参加过上甘岭战役的老兵。

1958 年 4 月，15 军的 1260 名上甘岭老兵集体转业到北大荒汤原农场，其中有黄继光的指导员、邱少云的营参谋长和一等功臣。他们回国没几年，身上硝烟味儿还没退去，体内还留有弹片。他们表态要像坚守上甘岭那样坚守在北大荒。这些人都是军官，多数是少尉，而且以南方人居多，听说北大荒比朝鲜还远，雪虐风饕，滴水成冰，男人撒尿得拿棍子不停地敲打，不敲就会冻上。他们认为此去就像牺牲在朝鲜的战友再也回不来，于是渴望探一次家，跟父母和家人告一次别。军部怕他们回去不再回来，最后军长秦基伟拍板给了他们十天探亲假。

4 月 29 日集合时，1260 名官军一个不少。上车前，有几位军官寻找一下方位，然后跪下，庄重磕三个响头。家乡太远，只怕这一去再也回不来，只得以这种方式跟父母告别。

这支已没有了番号的队伍开赴到衰草寒烟的北大荒，他们在“天苍苍，地茫茫，一片衰草枯苇塘。生者死，死者烂，为下代，作食粮”的北大荒播种 8.4 万亩，当年收获粮豆 151 万公斤 ……

北大荒精神的内涵是“艰苦奋斗、勇于开拓、顾全大局、无私奉献”，他们就是北大荒精神的真实写照。他们建设了汤原农场，1971 年又开赴浦鸭河畔，创建了普阳农场。

1988 年作家魏巍来到普阳，深有感触地说：“来到这片土地仿佛又回到延安。”上甘岭老兵在这里“献了青春献终身，献了终身献子孙”。我第一次去时，他们已在北大荒坚守 36 年，多数已经退休，有的已经过世，仅存四五十人，他们的第二代留在了北大荒，已成为农场的骨干。我采访了担任过秦基伟作战参谋的普阳农场老书记张靖宇，荣立过 6 次战功的老英雄佟心良，退学参军的复旦大学高材生、老中尉于治国等七八位老兵 ……

我还采访了周军岳、欧阳吉宝、臧步龙、陈立浩、刘艳杰[1]等留下的知青。采访过老兵之后，也就不难理解这些知青了。他们是在老兵的身边成

---

1 见本书《我和“哑伴”的默默相守》一章。

长的，老兵担任过他们的排长、连长和指导员，有些农活还是老兵手把手教会的。提起老兵来，他们滔滔不绝，说老兵对他们的关心和爱护超过自己儿女。一年发洪水，仿佛淹没地平线，新建点房屋仅露尖尖的房顶，知青们坐在房脊上唱起《国际歌》，突然一条柳叶似的小舟漂过来，船上坐着老兵，那是一条随时都会沉入水底的漏船。还有一年大年初一凌晨两点多钟，浑身上下挂满了白霜的“圣诞老人”敲开知青宿舍，这位老兵在除夕下午 4 点多钟就用步枪挑着猪肉和酒离开了老婆和孩子，深一脚浅一脚在茫茫雪野“打印”了几十公里脚印，去新建点跟远离父母的知青过年。知青见到他那一刻像见到父亲似的哭了[1]……

在周军岳等知青的身上，或多或少都有着老兵的影子，有着革命传统。第一次去采访时，普阳农场已连续16年赢利，在宝泉岭垦区各农场中，他们拥有最好的医院和学校，拥有国家一级幼儿园，还拥有各种各样进口的现代化农机设备和 M18 农用飞机 …… 可是场部和招待所还在建场初期的矮趴趴的小平房里，桌椅还是 20 世纪 70 年代购置的。

在招待所那局促而简陋的房间，周军岳坐在对面床上，专注地看着我，讲述着他为什么要留在北大荒。透过他的眼镜，我看到的是真诚、宽容和智慧。

从那之后，普阳就像一张底片不时在我的记忆里显影，搅起心底的激情。有段时间，每有烦恼，我就背起背包去一趟普阳，看看那些老兵，看看周军岳他们，烦恼就没了。我至今还记得于治国的话：“我的复旦大学同学有当部长的，有当市长的，有当教授的，可我还是农场小学的校外辅导员。后悔？不后悔，一我参加了抗美援朝，我的那么多战友都牺牲了，可我还活着；二我参加了北大荒的建设。遗憾？有的，至今我的孩子都入了党，我还不是党员，我要入党[2]。”

普阳是我去过最多的农场，没有之一。我离开黑龙江后，周军岳也离开了普阳。在这之后，我去过普阳四五次，一次是周军岳的夫人、哈尔滨知青于延尔大姐陪我去的，有两次是周军岳陪我去的。

“老书记来了，军岳回来了。”2015 年，周军岳已离开普阳十五载，从宝

1 这是普阳农场老干部科长张永明讲给作者听的，讲完后两人的眼睛都湿润了。

2 于治国在临终之前加入了共产党。

泉岭垦区工会主席的位置退下来已六年，可是在普阳仍然受到热烈欢迎，群众拉着他的手，像见到亲人似的跟他唠着，请他到家坐坐。

我想起第一次采访时，周军岳说的一句话："我是普阳培养起来的，我应该在普阳干好，让群众满意。"他还说，"在我离开时，一要留下个好单位；二要留下一支好的干部队伍；三要留下一个好环境；四要留下一份好感情。"

现在看来他做到了，群众对他是满意的。让群众满意的干部才是真正的共产党干部。

不忘初心，是的。

1

周军岳：知青大返城时，知青和家里都活跃起来，什么招儿都使出来了，挖门子，托关系，还有办假离婚的…… 我们两个人都是知青，是有条件回去的，起码有两种选择，一是我回上海，她回哈尔滨，然后再想法调到一起；二是我跟她去哈尔滨。

上海知青周军岳

没想返城？想。不过，我那时在工程连当副指导员，我们想如实申请，不走那歪门邪道。大道不如小路快，有时还有关卡。主管知青返城干部也许见我们不按他们的“规矩”出牌，也许舍不得让我们走就拖着不办。等他给办时，政策变了，不让已婚的两地知青返城了。几位没走了的知青非常恨他，一次喝酒时要打他。他哭着说：“我不欠你们的，要说欠只欠一个人，那就是周军岳。”他最欠的不是我，是于延尔。

我是 1969 年 5 月下乡到十七团工程

周军岳（右一）下乡后跟战友合影

一连的，当时 20 岁，在那批上海知青中年纪最小。我家兄妹五个，下乡四个，哥哥和一个妹妹下乡到上海的崇明岛，我和一个妹妹下乡到东北。二妹有病，气管炎，她留在了上海，病故了。我是技校毕业生，不该下乡，可是上海搞“一片红”，所有应届毕业生都要上山下乡。我出身于资产阶级家庭，响应号召才能成为“可教育好的子女”。

到北大荒后，我给家里写信说：“这里的环境很好，这里的老同志都是上甘岭下来的。到的那天，我和三个同学吃力地抬着一个箱子，一个老同志过来把箱子接过去，扛在肩上就走 …… 我跟他们一定能学到很多东西。”

因家庭出身不好，连里忆苦思甜报告会让我作记录，有人阴阳怪气地说,资本家的儿子怎么配记录?我为了证明自己是“可教育好的子女”专找脏活累活干,有时干着干着就累晕过去,醒过来继续干。

1971年,二师决定十七团从小兴安岭东南麓的汤旺河畔迁至蒲鸭河地区开荒建点,把老农场移交给六十三团,老职工留下三分之一,知青全部随十七团迁移。10月10日,我随着工程一连来到沼泽连天,芦荡深锁,野鸭栖息的蒲鸭河畔建点,住的是帐篷,吃的是苞米面窝窝头,喝的冰雪化的水,干的是最繁重的活——打柳条。北大荒的西北风像蒙古刀似的割在脸上,一下刺透了棉衣,坐在爬犁上转眼间就冻透了,到了河套僵硬得站不起来。

活动一下四肢就开始玩命地割柳条,人就像刚出锅的馒头热气腾腾。汗水顺着脸淌,棉衣湿透了,这就不能休息了,休息的话就得冻成冰棍儿。回来时可就惨了,汗水浸透的棉衣冻硬了,人冻得直哆嗦,上下牙一个劲地打架。可是太累了,在爬犁上睡着了,掉下去都不知道。

冬天盼着春天,谁知春天比冬天更难挨,和泥脱坯盖房子,东北“四大累”——“和大泥、脱大坯、养活孩子、拉大犁”——这占了两个。累还好说,蚊子一团团的,拍一巴掌满手是血,身上咬得像起麻疹似的。没有干净水,只得从泡子里舀水吃……好些人得了痢疾。我也病倒,拉痢疾拉得浑身软绵绵的,躺在床上起不来,脏衣服堆在床上没力气洗。生病时是最脆弱的,想家想父母和亲人。老兵不仅给我端来病号饭,还把我的脏衣服划拉划拉抱走,洗干净送回来。

我望着他们的背影和那满头的白发，泪情不自禁地流下来。

冬天犯愁了，下乡时发的黄棉袄在一次救火中被烧了，没法穿了，从上海带来的棉袄太薄，想买一件又没处买，这个冬天怎么过？一位老兵知道了，把那两件棉衣拿回家，让老伴拆洗后改成一件。那件棉衣特别暖和，我穿了好多年，穿破了也没舍得扔。

1986年冬天，我父亲病故了，我母亲想跟我过来看看。那时，我在农场担任党委副书记，工作挺忙，离开上海时没买到坐票，我母亲一路坐在行李上。那年，我母亲已经62岁了，患有慢性气管炎，一路很辛苦，好不容易才达普阳。那时家已从30多平方米的青年婚房调到老少间了，那是老职工住的房子，已经不错了。不过，不像现在这样集中供热，要烧煤炉子。我母亲煤球炉子烧得挺好，那个炉子却始终烧不好，着急就捅一捅，捅来捅去就把炉子给捅灭了。冬天，农场家里都是封闭的，屋里空气不好，有煤烟味，我妈就有点儿气喘。她在普阳待了还不到一个月就感到不行，像是被关在鸟笼子里似的不适应，还有我工作忙，经常出差开会、下队检查工作什么的，顾不上照顾她，她回去了。

我母亲对我妹妹说，你要想方设法把你小哥办到城市，我看你们的生活都可以了，只有你小哥还挺苦。她怕我哪天返城没地方住，就给我在上海留了一套房子。

老同志不让我走，1979年我在工程一连当副指导员时，农场要把我调到文教科，指导员刘永泉说："让他留在工程连吧，将来接我的班。"

指导员在上甘岭就是工程兵少尉排长了，他们那些人很纯粹，没想过工程连指导员也就是连级，去场部会怎么样怎么样，总觉得把我留下来接他的班是对我最大的信任。

我要回上海探亲，老同志就会找上门来："军岳，别办回去啊，你不能走哇，我们希望你留下来。"还有人说："军岳，老领导没几个了，你要走了，我们连说心里话的人都没有了。"我跟他们患难与共过，需要我留下来，感情是真挚的。

有一年，我患了鼻中隔损伤，犯病时鼻腔流血，面部浮肿，住进了医院，医生怀疑是白血病。我对同志们说："现在是农忙季节，大家要干好本职工作，谁也不要去医院看我。谁去看我我就批评谁。"一位上甘岭老兵在下大雪纷飞的夜晚赶到医院，见我鼻子塞着药棉，脸变了形，哽咽着说："军岳，你可要保重！"说着从怀里掏出4瓶罐头。我看着他什么话也说不出来了。

知青大返城之后，我们也是可以走的。为什么没走？对普阳还是有感情的，尤其是当了领导以后，看到农场丰收了，一栋栋楼房起来也感到自我价值得以实现。我从下乡时连饭都不会做的学生，成为农场的主要领导，后来又成为宝泉岭垦区工会主要领导，这是普阳父老乡亲们培养的结果，北大荒培养的结果。我们农场还有一部分老大学生，有北京农大毕业的、南京农学院毕业的，他们还留在农场，有一位办回安徽了，留恋农场，又办回来了。我们与老同志相比算不了什么，他们是奉献的一生。他们的报酬和待遇还是比较低的。

我说，这片土地很值得留恋，我要本本分分做人，清清白白地做人。在我还能够干的情况下，为他们做点实事，只要普阳的父老乡亲还需要我，领导还信任我，我不能离开。

于延尔：刚下乡的时候，我总觉得我能回去。结婚后，我就得跟我们家老周了，他不回去，我就得在这待着，我得陪着他。

兵团战士于延尔

2

周军岳：1973 年，我被提升为司务长。我在家时不要说做饭，连菜都没买过。司务长要管全连的柴米油盐酱醋，要管 100 多人的吃吃喝喝。为让全连吃上青菜，我领着几位“犯错误”的老职工开荒种菜，为让大家能吃上肉，养了好几口猪。在十七团提起工程一连穿着油脂麻花[1]的黄棉袄，赶着牛车的司务长许多人都知道。

连里上上下下都是熟人，抬头不见低头见，有人过来称油称粮时就想占点儿小便宜，我这个人比较死板。他们说：“那东西也不是你家的，你管这么严干什么，大

1　北方方言，形容衣物上油垢很多。

家东西大家吃呗。”

我认为那是公家的,既不能少付,也不能多付。我多付了,送了个人的人情,全连人就得少吃。有人拿公家的东西我不让,他就对我又恨又怕。他去食堂偷东西时,看见我“哧溜”一下子就跑了。为此,我也挨过打,挨过骂,饭盒被尿过尿,晾在外边的袜子不翼而飞……

于延尔:我是1968年7月份来的。记忆最深的是有一年冬天,我们去江边卸煤,用小麻袋往船下背,人得下到底舱,把煤背上来。我累得往梯子上爬的时候腿都直哆嗦,只得咬着牙干。卸完煤时已经是晚上10来点钟了,上车往回走的时候,我泪流满面,那时候恨不得一下子就能返城,真不想在这干了(哭了)。

我家老周是1969年5月份来的。我们工程一连那拨来了10个上海青年,他们都是技校毕业的。有人告诉我那个(长得)挺瘦的、戴眼镜的是年龄最小的,这是我家老周给我的第一印象。

后来,我家老周当了司务长。我看他干活任劳任怨,负责种地,负责食堂,负责买粮卖粮,还负责记账。他地里活儿干完了就到食堂干,一天到晚除了睡觉那一会儿,有时睡觉时别人干活儿他也去,一天干多少活儿啊?他那时很瘦,体重才105斤,麻袋是200斤,他背起来就走,累死累活地干,可是有些人还不理解他。我比较同情他,觉得这个人挺实在,也挺成熟,比较勤奋,就这样很自然地走到了一起。

周军岳:她是一个好姑娘,把蒸好的馒头端给别人吃,自己吃粘在屉布上的;把新做的饭给别人吃,自己吃剩饭;别人当面骂她,她还笑脸相迎；有人钻进厨房抓几个馒头就跑，她追上去把馒头要回来。她还花15元钱买了一窝鸡崽子，养大后让全连的同志吃蛋吃肉……

她替我受了不少累，也挨了不少骂。她性格直爽，总站出来为我说话，于是恨我的人也恨她。他们吃口饭骂一句司务长，再吃口饭骂一句炊事班长，就这样把我们连在了一起。

她父亲是哈尔滨一家医院的五官科医生。我们谈恋爱之后，领导找我谈话，说她父亲在日本留过学，在运动中被打成“反动学术权威”和“日本特务”，你可要认真考虑啊。还有一位领导说得很直白，只要你跟她断了，马上就提拔你。我回家探亲时，家里一听说她父亲的情况也都反对，“你出身资产阶级家庭那是没办法的事，再找一个‘日本特务’的女儿，还能有前途吗？”一天吃饭时，妹妹讲起一个姑娘，她因失恋精神失常了。我一下就想到了延尔，她要是不跟我谈恋爱，父亲的问题可以瞒下去，返城也是有希望的。恋爱后，她放弃了返城的所有努力。

探亲回来后，领导见我们没中止恋爱就把她调离了工程一连。这也没有阻止我们相爱，有人说我傻，我说傻就傻；有人说我跟她是一丘之貉，我说一丘之貉就一丘之貉。我的座右铭就是“走自己的路，让人家去说吧”。

1978年1月5日，延尔放弃了决不在农场成家的决心，跟我结了婚。那时她30岁，我29岁。第二年，我被提升为副指导员。

我取得成绩跟她是分不开的。

3

周军岳：为什么后来我当书记的时候，对一小一老比较重视？小的是幼儿园和学校，老的是医院，我们要让农场的孩子和老人享受到幸福。

我们来的时候那些老兵的孩子从小拴在窗户拉手上，大小便都在炕上。我女儿一岁左右时，托儿所不收，老人又不在身边，也在床头上拴过。她上托儿所时，我们家老于在炊事班，接孩子时正赶上饭口[1]，她要给职工打饭，不能去接。我在团委工作，对自己要求也比较严格，每次接她都是最后一个。送孩子时，女儿就奶声奶气地说，“爸爸，今天早点来接我。”这时候我心里就挺酸的。

那时，六七岁的孩子没什么玩的，就把垃圾桶推倒，扒拉垃圾玩。当我走上领导岗位后，知青基本都返城了，留守知青的孩子大多送回去了，老兵的第二代、第三代还留在这里，我们应该为他们创造好的学习和生活条件，让他们有好玩的地方和好的读书环境。

于延尔：在知青子女可以返城时，上海文件规定要满16岁，我们女儿才10多岁。

我跟老周商量，我说我怕孩子将来回不了城，想先把她的户口迁回哈尔滨，等满16岁再迁回上海。

老周说，没必要。他说完就上班了。我给他留个纸条：“我回哈尔滨了，给女儿办户口去了。请你理解一个母亲的心情。”

我把女儿的户口迁回了哈尔滨。1993年，我和老周把女儿送

---

1 东北话，指吃饭的时间。

周军岳夫妇和女儿

回了上海，她还不到14岁。我希望她能够在好的环境下成长，也希望孩子能在身边长大，这对留下来的知青来说是多么难的啊。分别时，我忍不住哭了，把她留在上海我很担心，她毕竟还是孩子啊。女儿却装作不在意……

我吃了很多苦，不希望女儿也吃苦（哭）。一年后，我婆婆身体不好，被我小姑子接去了，女儿就一个人在家，要自己做饭，我特别担心。我打电话问她怎么样，她说挺好。她有时来信对我说，你多想点开心的事。她离开父母时比我们离开家还小，她比我们懂事，那么小就善解人意。

周军岳：我母亲跟我们兄弟姐妹都说过，谁的孩子也不给看，她身体不太好。女儿小的时候，我们从来没想让我母亲给带，也没考虑把孩子送回上海。我母亲从普阳回去后跟我哥哥说，想把女儿接到上海。我哥跟我说，妈妈说她就带你的女儿，别的孩子都不带，你把女儿送回来吧。妈妈觉得你生活艰苦，让孩子改善改善生活条件。你不用考虑其他的，妈妈教育孩子是比较严的。

女儿回去以后，我母亲身体不好，不久就被妹妹接去了，没几年就病故了。女儿就一个人了，她只有十五六岁。我家住的房子过去是日本人开的医院，原先是有电梯的，后来拆了。那就变成了放杂物的地方，招来好多老鼠。那时没有空调，晚上要把门开道缝，耗子就东家串西家串。我们想把她接回来，她不干。她说，不回去，我回去算怎么回事？她在普阳读初中时，学习成绩很好，是班里前三名。

我家老于也不能过去照顾她，还没到退休年龄，没办法，只能让女儿一个人在那边生活。有位上海知青回去探亲回来说，你女儿太可怜了，别的孩子回到家父母给一个拥抱，她开开家门，屋里没人，有时就大哭起来了。人家说你们应该经常回去看看孩子。可是，我们哪里能常回去看看。女儿也懂事，从来不跟我们提这些事。那时候不是有部电影《莫斯科不相信眼泪》么，我们就写信给她，说“知青子女不相信眼泪”。

周军岳夫妇和女儿

女儿也很努力，也很要强，工作以后又读了在职研究生和参加了 CMA（美国注册管理会计师）考试。她是个工作狂，在日本企业干过，在美国企业干过，在咱们温州人的企业也干过，现在是在一家法国人的企业当财务总监，她爱人是一家外企的管理人员。

我饱尝过被歧视和不被人理解的滋味，我感到当领导后应尽量理解别人。一次，我在城市里见到几位当年高喊“扎根边疆”的知青，他们很不好意思地说：“你们留下了，我们当了逃兵。”

我们这些留下的知青当年都没说过

“扎根边疆”之类的豪言壮语。

我说：“别说了，我们大家都理解你们。不过，要有报效北大荒的机会，可千万别忘了啊！”

一次，农场来了一批版画家，一位上海的版画评论家看到了我之后说：“你不用介绍，我到农场转一圈就对你的工作有了了解，感到你干得很有意思。我们以前以为留在北大荒的上海人不是残疾的就是缺心眼的，要不就是犯错误的，要不怎么可能留在那里。现在我对你们有了充分的理解，回去以后，我要把所见所闻告诉其他人。你们需要理解，也应得到理解。”

4

周军岳：我是2000年10月份离开普阳农场，调到垦区[1]任工会主席的。那时，普阳在垦区已很有影响，是垦区的三面红旗。我不想离开普阳，跟我搭档的丁场长也不想离开。他跟我说，军岳，我们都别走了，就在普阳干到底吧。他跟我同岁。老同志听说我要走就找上门来，“你去那边干啥，去哪能有在这儿顺心？”

管局领导说：“军岳，你就服从组织需要吧，要在农场继续干，过不了多久就要退二线了，到管局还可以多干几年。”

于是，我也就没再坚持。不过，毕竟故土难离啊。

于延尔：我是2000年2月份内退的，晚退八九个月就能调到管

1 即宝泉岭垦区工会。

局了，进了事业单位，退休金比现在多一倍。那时，管局有文件女同志 50 岁可以内退，老周顾全大局，不能因为我其他人都不退，就从我这儿“咔嚓”了。

周军岳：我认为那批 50 岁女干部还可以干一段时间。可是，场里行政领导搞“一刀切”。“一刀切”后，有些人又返聘了。可是，我调到管局了，她不可能在农场返聘。有人劝我找一下局领导，她毕竟是内退，还没办理正式退休手续。我不想给领导添麻烦，也就这样了。

后来，总局[1]分管局长知道了，说军岳你当初怎么不说一声呢？说了马上就可以解决，现在过了那村就没了那个店了。我跟她说，你也别抱怨了，我的退休金都是你的。

于延尔：那可不一样，一家子的总和没增加，是不是？不过，事情已经过去了，再说什么也没用了，就得心情愉快点儿，高高兴兴的，身体好比啥都强，过去了就翻篇儿了。

周军岳：刚上任时，工会风气不好，有一套嗑：“一楼吃，二楼睡，三楼打麻将，四楼收会费。”我刚去时，老搭档过来看我，“军岳你有什么困难吗？”我说，就是钱紧。他开玩笑说，你看你们的地板都冒油，还能缺钱？我陪他从一楼到四楼走一圈儿，地板没擦干净，有点油污。

工会的人说，有普阳的条件，我们也能干好。我说，行，改善条件在我，改善服务在你们。我开始装修，把地砖改为木地板。像我

1 指黑龙江省农垦总局。

2007 年，周军岳和于延尔在黑龙江农垦总局宝泉岭管理局的家中。

们这些人感恩组织上对自己的重用和信任，不负期望。可是，要干好也不易，一认真，一严要求那就得罪人。报到时，管理局书记、局长提出很多具体要求，为做好工作我就采取紧逼政策，进档达标。这样抵触情绪就上来了，有的公开说："你紧逼啥，我都这个岁数了，我就这么干了，你还能让我干啥。"

我去时工会 16 个人，不管得不得罪人，分流出去 6 人。人少了，业务却多了，一个人干两三个人的活儿，要拳打脚踢。不过，过一段时间工作顺了，人心也顺了，环境也改变了，上上下下也都认可了。

2008 年 7 月份，我退到二线，2009 年 3 月正式退休。退休后搞了一个工程一连的老战友微信群，基于几点考虑：一是老战友天南海北，哪儿都有，想唠唠嗑，了解一下近况；二是老同志对过去很怀念；三是微信上有不少养生保健知识，可以共享。

我们谈来谈去都离不开普阳。普阳有一群雕，有转业军人、知青和知识分子，底座上写着："普阳人是由大批转业官兵、支边青年、知青分子及京、津、沪、杭、哈等地的知识青年组成的一支拓荒铁军。他们沿着南泥湾道路，发扬上甘岭精神，经过三战荒原的艰苦历程，开拓出这块沃土、净土、乐土……"

我在普阳待了31年，它是我人生的一片净土与沃土。

这里重情重义，我不会离开
——孙绩威

人物简介：

孙绩威，双鸭山知青，出生于1948年4月，1967年高中毕业生，1968年10月28日下乡到八五三农场四分场，当过农工、炊事班长、中学教师。1977年成家。在八五三农场担任过党委书记、场长。1998年调任黑龙江省农垦总局红兴隆管理局党委委员、组织部长兼人事局长。2008年退休，现定居青岛。

采访手记：

2007年8月2日，我给孙绩威打电话，问他在不在，我在开往友谊的车上。

“几点到？”

“晚上10点多钟。”

“我去火车站接你。”他爽快地说。

友谊到红兴隆管理局还有二三十公里。我说，我在友谊住一宿，次日早晨再过去。

孙绩威坚持接，我发现自己办了件蠢事，陷于被动。凭我的了解，孙绩威注定不会跟局里要车的，那只有打车。

晚上，我在友谊一下车就看见了孙绩威，转眼9年未见了。不出所料，他没跟局里要车，朋友开辆旧夏利来的。

2007 年，孙绩威（右）在家中与作者朱晓军合影。

这是我跟孙绩威第三次见面，第一次在 1995 年春，那时在他在八五三农场当党委书记。

八五三是我向往已久的农场，是铁道兵 8503 部队在 1956 年 10 月创建的。那里被称之为“北大荒精神的摇篮”，电影《渡江侦察记》侦察英雄的原型之一、荣立 12 次战功的侦察英雄王树功和他的战友 1958 年转业到那里，根据那里的真实故事拍摄过电影《北大荒人》，朱德的孙女在那儿种过地，贺龙的亲侄儿在那儿流过汗，那里还是《我是北大荒人》的宁波知青陈越玖生前战斗过的地方……八五三是中国第三大现代化国有农场，总面积为 1228.6 平方公里，相当于新加坡的 1.7 倍，马尔代夫陆地面积的 4.1 倍。

孙绩威那年 47 岁，生命的舢舨已远离青春码头，却还有着勃勃朝气，谈起垦区和农场，他滔滔不绝：“每年全国有 1000 万亩耕地在消失，人口以每年 1500 万的速度在增长，所以在农场真想干一番事业的话，还真是大有前途……”

我请他谈一下这几十年在北大荒的经历和感受，他却谢绝了："不要采访我，要采访那些留在基层的知青……"

傍晚，我去了他家，在半山坡上住宅区的一幢平房里，陈设简陋，除桌子上摆着政治学和哲学的书之外，跟寻常人家没有什么区别。他的夫人邵颖和在读高中的儿子在家。她不大健谈，不过还是讲了一些故事。

离开八五三的那天，我清晨4点就醒了，要赶5点多钟的车。收拾好旅行包，觉得有点儿早，喝杯茶，在沙发上坐了一会儿。4点半钟，我走下楼去，一下愣住了，孙绩威、邵颖，还有农场组织部长站在门外。

"我们早就到了，看时间还来得及就没上去，想让你再多睡一会儿。"孙绩威说。

前一天晚上告别时，我诚恳地说，到哈尔滨一定给我电话，给我机会尽地主之谊。我来八五三不大容易，你们去省城的机会较多。孙绩威像打赌似的说，我要离开八五三就去哈尔滨请你喝酒！这是空头支票，他说过多次，只要还在北大荒，我就不离开八五三。他对八五三感情太深了，以至于放弃一次次返城机会。

孙绩威他们起这么大早来送，我非常意外，哪怕亲人也难以做到，眼睛不由湿润了。

出宾馆不远，张云翔骑车赶过来，满脸歉意地说，本该早些过来，煮几个鹅蛋给你路上吃，怕煮不熟，多煮了一会儿。云翔是农场宣传部的副部长，那几天陪我采访。我接过热乎乎的鹅蛋，十分感动。

到了客运站，组织部长把云翔拽到货摊低语几句。我意识到他们想给我买路上吃的食品，急忙赶过去，已迟了，一大串香蕉、一袋点心和一包小菜装进袋子。不过，我看到终身最难忘的一幕——农场已20多个月没开工资，他们手里没有现款，只得记账。

感动、感激、感慨涌上心头，商品经济下，人与人感情淡漠了，利益成为亲近和疏远的砝码，在八五三情义是如此浓厚，如此真挚，难怪有些人离开后又回来了。

车窗外，客运站渐然远去，孙绩威他们还站在那儿招手。

1998年7月的傍晚，我突然接到孙绩威的电话，说来省城参加为期半年的国家工商管理干部培训。我急忙赶过去，在约好的路口见面。三年未见了，找家酒店坐下，他说："我说过，我离开八五三时请你喝酒，管局调整农场领导班子，决定调我到管局工作……"

离场前一天晚上，农场设宴为他送行，他眼含泪水对大家说，我当年作为"可以教育好的子女"来到八五三，组织和父老乡亲没嫌弃我，把我培养成农场的领导干部，八五三让我感恩不尽……

那天晚上，他和夫人住进宾馆，因为家已搬到红兴隆。他想次日大早悄然离去，没想到下楼时，宾馆服务员站立两旁。"这小子尽整景！"他在心里嘀咕道。宾馆经理是他教过的学生。走出宾馆时，他惊呆了，门前人头攒动，数百名群众赶来为他送行。大家纷纷涌上前跟他握手话别，他的泪水决堤而下……

在八五三干了31年，值啦！

那晚，孙绩威心情有点儿沉重，菜没吃多少，酒也没喝几杯。他给我讲了一位留守知青，那人叫赵承志，也是双鸭山的。这人性情内向，少言寡语，被称为"赵老蔫"。"赵老蔫"满脸皱纹，看上去就跟土生土长的老农没什么差别，谁也不会想到他是知青。他当过三分场机务副场长。农场改革后，弱化分场职能，把他派下去当队长。他很耿直，谁想占生产队的便宜门儿都没有，不管是谁。为此，他得罪很多人，有人说，他把生产队当成自己的了；还有人说，队长是个土皇帝，一年捞个十万八万那是轻松加愉快的；也有人说，他在装廉洁。

1996年，年仅46岁的赵承志病逝了，这时大家才发现他家什么也没有，唯一像样的是沙发，还是他自己做的。他当了十多年队长，为队里创造那么多财富，却没给妻儿留下什么财产……

孙绩威说，这样的知青是我们的骄傲，值得你写。

我到红兴隆管局的次日早晨，他到旅店找我吃早点，然后，把我领到他红兴隆的家，那是一套三室一厅的楼房，装修简约，跟八五三的家相比只能算是与时俱进。邵颖也退了休。儿子毕业于哈尔滨工程大学，留校了，成了家。

我走时，他说什么也要把我送到长途汽车站，还非帮我拎包不可。到车站，他抢着买了票，又把我送上车。他站在下边，目送车开离很远。12年前的情景又浮现在我眼前，不过这次乘坐的已不是破旧的大巴车，而是豪华的沃尔沃了,公路也变成平坦的柏油路和水泥路。

2018 年 3 月,补充采访时,他留给我的两个手机号一个变成空号,另一个没人接。我往没接听的手机发条短信,没有回音。记得他上次说,退休后去哈尔滨,跟儿子一起生活。他还给我留了儿子的电话。我拨打他儿子的电话,也是空号。这怎么回事?想补充采访他的近况,却变为惦念与牵挂。

这怎么办,找谁打听?想起红兴隆管局史志办原主任褚建平。建平是老朋友,什么时候认识的,在哪儿认识的已想不起来。这些年给他添过不少的麻烦,他领我去过两次友谊农场,还去过五九七农场。建平说,他也没有孙绩威的电话,不过可以跟八五三的朋友打听一下。

几天后,收到孙绩威的短信,给了我一个青岛的电话。

1

我和妻子都是双鸭山知青。在大返城前，她家找到农场领导，想把她办回去。当时，我和她已确立恋爱关系，我不想走，她也就没走。

我是1968年10月28日下乡到八五三的。我父亲因政治历史问题被劳教，1958年就死了。我和母亲跟哥哥生活在一起。在“文革”中，我大哥被打成“走资派”，二哥成为“臭老九”，我是作为“可以教育好的子女”下乡的。

小学二三年级的时候学校排节目，小孩子嘛比较调皮，我没按老师说的做，教导主任把我从教室里拽着扯着穿过整个学校的操场，骂道：“是不是你的反革命的父亲教的？”那时我也就八九岁，最多十岁，懂得什么叫反革命？回家问母亲，母亲只是叹了口气，没说什么。这个事情，是我心中难以磨去的阴影。

我在省重点高中双鸭山一中读高二时，正赶上“文革”，我是校学生会的学习部长，后来又当班长，被认为是“保皇派”，当时市里要求毕业生上山下乡的压力比较大，听到八五三农场组建兵团就报名了。初中毕业那一年，我就差一点儿下乡。学校组织到笔架山农场参观，我受董加耕、邢燕子影响，热血沸腾地要求下乡，老师和家里都反对，认为我学习不错，应该升高中考大学，所以没走成。

下乡那天，我们是早上从双鸭山出发的，浩浩荡荡，客车坐着人，卡车拉着行李。我妻子跟我是同一趟车来的，她跟我是一个学校的，下乡时刚读初一。我们在学校并不认识，下乡后才认识。

到雁窝岛[1]即八五三农场四分场，已是晚上8点多钟。我被分配到二队。我们五个男知青分到一间低矮的土坯房，那炕可能刚刚掏过，抹的三大块泥还没有干。行李没法儿铺开，第一个晚上，我们把背包放在炕的干燥处，靠在上面度过的。

孙绩威初到北大荒

冬天，炕又堵了，别的知青去外面找宿，我和崔广波在扒开的炕洞里烧木头柈子。炕烧热后，我们就睡着了，半夜热醒了，一掫[2]褥子，我说不好，着火了。小崔一下子跳到地上，地上正好有一滩泥，准备抹炕的，他呼哧一脚，将褥子踹到了泥里，我急中生智，从木箱里掏出剪子，将褥子着火的地方连剪带拽扯下去。忙活了大半宿，还得接着睡。他一脚泥没法儿上炕，

1 在八五三农场境内，由挠力河、宝清河和镜面湖环抱的荒岛，方圆200平方公里。

2 方言，从一侧或一端托起来。

屋里没有水洗脚，我说，你把袜子穿上吧。就这样我们又睡了后半宿。

我在农业生产队待了20个月，主要在晒场和伙房干。那时雪下得比较大，要将埋在雪地里的玉米棒子用手抠出来，装车拉到场院。冻实后才能脱谷，不到春节边上是脱不完谷的。

孙绩威在自己住的草房前

那天儿冷到啥程度？第一次脱谷，晚上回来去食堂吃饭，走了不到二三十米，觉得鼻尖“嗖”的一下子，像被刀子削了一下，火辣辣的，然后就没什么感觉了，第二天发现鼻子冻破了，就那一股风。

刚来时，说“野鸡飞到饭锅里”真差不多，晒场边野鸡成群成对，拿大扫帚都能拍着。

下乡不久组建兵团，青年人被分为两种，根红苗正的是兵团战士，家庭出身不好或父母有点“问题”的是兵团职工。我虽然家庭出身不好，但不仅被定为兵团战士，还被任命为职工班班长。北大荒人确实好，没有歧视我，衣食住行，老职工没有不关心的，有病了送来热乎乎的病号饭，干活手把手地教，后来把我调到连队炊事班当班长。

我干得不错，要提我为排长，报到营里没有批。指导员想让我当会计，也怕不批，就让我到专清领导小组清账查账。结果，我在那儿没干几天，就把我调到分场商店干了一段时间，分场部团支部改选，大家推选我当团支委。个别领导认为，我是“可以教育好的子女”，没有批准。

下乡第三年吧，双鸭山来招煤矿工人，我哥哥找人托关系，带着名单来的，要调我走。我母亲不同意，认为下煤矿太危险。我没回去。为什么？那样的大气候下，农场 99% 以上的干部和群众对我没有任何歧视。

1973 年，我被调到雁窝岛中学教书。我递交了入党申请书，1962 年读中学时我就递交过入党申请书。指导员是抗日老干部，他说：“小孙哪，像你这种情况不是不能入党，但确实不容易，你要经受住长期考验。”我一听这个老同志够实在的了，心里很感动。

那时，每个班都订报纸，有个学生找我说：“老师，报纸要不是丢了找不到，要不就被人撕巴了。”我说：“找个专人管理，就不会丢了撕了。”三四天后，有个学生跑到我家说：“孙老师，不好了，有人给你贴了大字报。”我说：“贴什么大字报？”“你去看看吧。”上班一看，果然教室外墙上有张大字报，说什么“一只无情的黑手，封锁了毛泽东思想”。一看落款，是班上几个调皮的学生。

“文革”中这可是个事啊。学校有个老师，是上海知青，会拉小提琴，组建了一个乐器队，和几个女孩子接触多一点，当时的舆论可不得了，个别“左”的想往死里整他，老指导员硬顶着，要求实事求是，别扣帽子，就这样还判了7年多。

指导员和驻校工宣队一调查，说孙老师做得对呀，没毛病。这算是救了我。

2

1977年，我和妻子结了婚。

我进农场领导班子后，同学想帮忙把我办回双鸭山。副市长中有三位是我同学，其中有一位是常务副市长。他们想把我调到市政府政策研究室当副主任。我想来想去，我岁数偏大了，已适应不了双鸭山的社会风气了，回去还得重打锣鼓另开张，在农场这么多年，大家了解我，我也了解大家。农场有山有水，空气还好。这么一想，我又没有动。

农场最吸引我的是什么？人好，风气好，人与人之间的感情真挚。三年困难时期，农场人守着粮囤子，自己得浮肿病，国家粮食一粒不动。

八五三农场平均海拔才60多米，低洼易涝，20世纪90年代后期大规模旱改水之前，经常遭受涝灾，好不容易打点粮食，要先交给国家，国家要粮要得紧，一粒不能少交，给我们的价格小麦每公斤八毛，大豆不到一块二，还得先交粮后付钱。当时的市场价多少？大豆一块七八，小麦什么价格记不太清了。如果把粮食拿到市场上卖，能多卖多少钱你算算。反过来，化肥、农药得先交钱，交了钱还不知道什么时候给，给的平价非常少，垦区人毫无怨言。

八五三是“企业办社会”[1]，一年给宝清县上缴900多万元，给管局、总局上缴200多万，办的文教卫生公检法司一年还得1000多万，养活8000名离退休的职工，一年得2000多万，仅社会负担一年就得4000多万元，还能有多少效益？

农场效益不好，拖欠职工工资，上上下下拖欠一年半年的非常普遍，共欠职工3400多万。这些人一不上街游行，二不静坐示威，仍然艰苦奋斗，埋头苦干，充其量给上层领导写个上访信，反映一下自己的实际困难。农场有钱先给老干部、教师、退休老工人、基层职工，然后才是我们总场机关，拖欠机关干部的最多，拖欠了26个月的工资。当时社会上有句话：“要找党，上农场。”总局开会时，一位老场长说：“北大荒的干部是最可爱的干部。”

学校一位29岁的女教师生病了，需要去北京手术，得3万元。她弟弟找到我，吓我一跳，农场这么困难，一下哪能拿得出3万元？我跟她弟弟说，你别急，我跟校长沟通一下。校长说，学校已经给她解决了7000多元。7000多元什么概念？城里人不大清楚，当时总场财务科账上不要说7000元哪，700元也没有。没办法发动大家捐款，竟捐了5万多元。一个孩子回家说：“爸，我们老师有病了，得捐款。”他爸问：“捐多少？”孩子说：“有多少捐多少。”生产队的一个孩子

1 当年农垦体制“四不像”——是农村还建工会，是企业还办社会，是政府还像军队，是军队还要纳税。

家里很困难,他哭了,把自己手里仅有的一点儿零用钱捐了出去。

有人给二分场领导提意见,对职工不重视,医药费不给解决。我去二分场调查,一个老太太气愤地说,他那是瞎说。一个老工人在医院去世了,二分场书记亲自给抬到太平间,家属当场给书记跪下了,咱书记是好人!

三分场过年前后,给离退休职工发了500元钱,说过年了,大家搞点活动吧。结果离退休职工把钱给退回来了,说农场这么困难,这钱应该用于生产,我们搞活动不用花钱。

六分场三队一个退休女职工,队里买农药化肥急需要钱,她把儿女寄给她的3000多元钱拿了出来,说你们先用到生产上吧。

有个老太太去北京看儿子,病了。为啥病了?心情不好,住那个楼也不习惯。她儿子当律师,她想吃什么儿子给买什么。她说,我就是要回去,一回到八五三我的心就透亮多了。

还有个老太太去了城里的儿子家,白天儿子儿媳上班了,农场有个人去看她,敲门,报上姓名,她要开门,小孙子说什么都不让开。她开了,儿子儿媳回来后都埋怨她。城里不像农场,住一栋楼谁也不认识谁,谁也不理谁;农场夜不闭户,不单治安环境好,人际关系也好。

山东日照有位年轻人来农场,在一个养牛点养牛,不知怎么得了破伤风,送他的人把他放到医院走廊上就跑了。医院发现时,人已昏迷不醒。他的表哥来了,医生问是什么关系,表哥说:"我们没有关系,只是街坊邻居。"他怕花钱,按理住院得拿押金。医院尽力抢救,免费给他治疗。他住了一个多月的院,脚截掉了,医院的干部职工为他捐钱，给他买饭，伺候他大小便。他能拄着拐下地了，生活能自理了才回山东。这事我估计在城市里是不易见到的。

有的知青办走了又办回来。机械厂厂长，一个30多岁的小伙子，办到山东烟台了，去一个单位当厂长助理，说啥都要回来，说只要能回来，当工人我也干。医院有个五官科副主任，30多岁，非要走，我卡了半年，农场培养他不容易。他说老婆已经走了，为调动工作在那边已花钱了，我就同意了。他走了不到半年又回来了。粮食料的副科长、中学副校长，都去了山东，三五个月又回来了。[1]

3

1998年7月，我离开八五三时，管局书记在会上对我评价很高，什么复合型干部，德才兼备，等等。领导说点儿好话很正常，难得的是群众鼓掌，群众不管那个，他对你不满甚至给你喝倒彩。群众鼓掌，表示对我很认可。

我的信条是：一要当清官，把握好自己，不贪不占；二要给老百姓办点实事。老百姓能有多大的事？不就是衣食住行吗？大事办不了，小事再不办，还要我们干什么？

我在农场时，一个人拎着一把斧子，路过我家门口时，对我妻子说，这把斧子给你。我妻子说，给我斧子干什么？他说，你得保护绩威。我妻子说，他还用保护么？他说，不保护不行，这年头什么人都

1 前两部分根据1995年采访录音整理。

有。过几天,他又去了我家,问我去哪儿了。我妻子说,到六分场挖沟排水去了。他说,这咋行?他本来够操劳的,你再让他干体力活,不是把他累完了吗?

后来一打听,原来这人结婚不久妻子就病逝了,精神受了点儿刺激。他写一手好字,篮球打得好,棋下得好,是个电工。我很尊重他,没为他办过什么事,他也没找过我。有人说,他对你怎么那么好?我说,我也不知道。

六分场一个姓杜的,到我家来过两趟了,开始我还不知道他是个精神病。我妻子说,你怎么尽和这些精神病打交道?我说,这些人本来就有毛病,我不能歧视他。前后有三个精神病找过我。

1983年我走上农场领导岗位后,跟妻子约法三章,第一不入党,第二不提干,第三不晋职称。她当过农工、话务员。她在分场当会计时,一个离休老干部的孩子从八一农大毕业,当时我在分场当书记,就让她下来做出纳。后来,她调到总场工业科、农场社保分局,还干出纳。那时候没有严重的不良之风,为避免不必要的麻烦,她听了我的话,牺牲了自己。

我在八五三待了31年,从农工这么一路上来,中间写过检讨,挨过处分。1996年,我当农场党委书记时,那一年遭遇大旱,小麦只有一拃高,结七八个麦粒,80多万亩仅收获7万多吨粮食,按正常来说,怎么也收个十三四万吨。完不成粮食上缴任务,把我和场长免职,改为代理书记和代理场长。管局也没招儿啊,也想帮咱的忙,可能是上面有交代。

1997年7月，我由书记改任场长没几个月，有人举报山上有人盗伐木材，管局纪委和司法机关都介入了，抓了几个干部，有人怀疑我也有问题，查下来，我没有问题，一分钱问题都没有。给我记了一过，说你得承担领导责任。抓起来的后来都放掉了。

管局书记讲完，接着我讲，我也讲不下去，强忍着眼泪。我说，我是“可以教育好的子女”下来的，八五三把我培养成这么一个领导干部，这是八五三养育培养之恩，我的能力和水平有限，有做错的地方，有对不起大家的地方，给大家赔不是了。我讲了5分钟，没多讲，再讲眼泪就得哗哗掉了。

我跟家里说，走时要低调。走的前一天晚上，我跟妻子住在宾馆，那时家已经搬完了。我想早点走，农场7点半上班，7点钟我们就下楼了，发现服务员站一排，我愣了一下，宾馆经理是我学生，我想这是他整景[1]呢。出来时才发现，宾馆门前的广场全是人，这可怎么整？握手也握不过来，我真有点儿控制不住了。

门口挤得满满的，我估计至少有一二百人。从宾馆门前到办公楼，大道上全是人，也不知道从哪儿冒出来的。机关也就百八十人。我只好谢谢大伙。

离开八五三之后，不管因公因私，那几年只要回去，领导班子全体来见我。我尽量不回去，免得给人家添乱。也有人给我捎点儿东西，没什么目的，就是一份感情。当然，求我办事的也有，正当的无论如何都要办，咱大事办不了，小事再不办，这怎么行？

1 东北方言，意为故意整事情。

4

我在管局干了10年，担任过局党委委员、组织部长、人事局长。2008年，我退休了。我退休金7400元，农垦机关享受公务员退休待遇，在企业也就三四千，多了一倍，非常知足了。我妻子退得早，2000年春节办了内退，拿四千来块退休金。她属于事业单位的科员，如果当个一官半职，现在又不一样了，是我堵了她升职的路。

2012年，我和妻子搬到了哈尔滨。怎么去了哈尔滨？儿子高中毕业后，考上了哈尔滨工程大学自动化专业，当时他不太乐意，招生的老师找到我，希望他能报考这个学校，我没征求他的意见就答应

1998年，作者朱晓军第一次到八五三农场采访时，在孙绩威家拍下这张全家福。

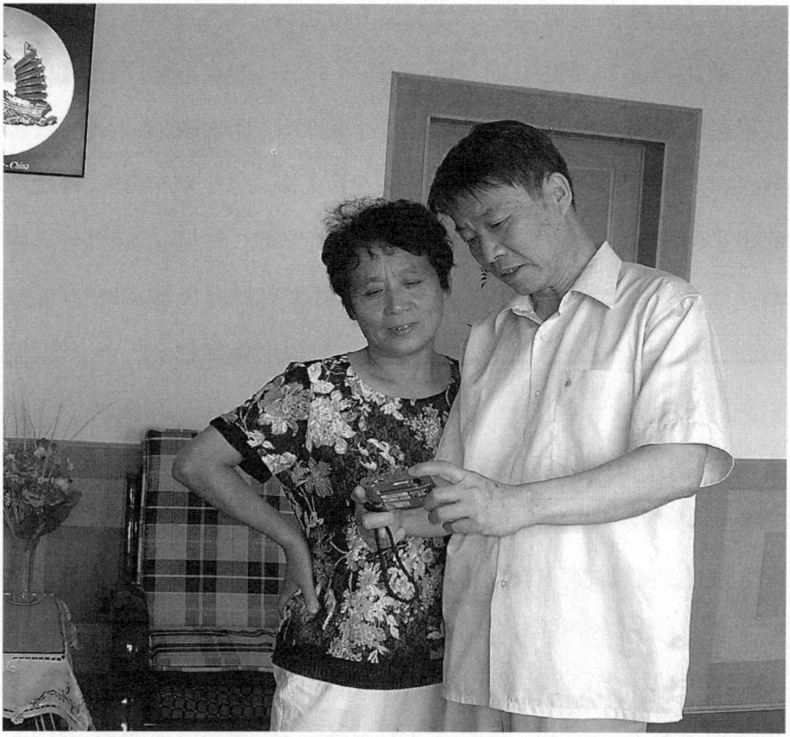

双鸭山知青孙绩威和邵颖退休后在自己家中

了。这孩子从小成绩不错，全管局统考拿过第一名。

本科毕业后留校，原来当老师，后来调到校办。他征求我的意见，我不同意，我希望他好好做学问，搞科研，不希望他从政。禁不住校办主任亲自做工作，他就去了，先是做秘书，后来提为校办副主任，在学校读硕读博，读到博士后，算是到顶了。

2014 年他去江苏如皋市挂职副市长，干了一年半多一点吧。哈尔滨工程大学在青岛建一个科技园区，把他调到青岛挑头干这个事。经过两三年的努力，现在这个科技园区成为当地一个典型，他还当选为区政协委员、市人大代表，干得还行。

前几天过70岁生日时，我说我这一生三次大难不死，都是妻子陪我度过的。第一次刚成家不久，住小土坯房，炕比较矮，冬天冻得砖都散了，掉下去把炕洞堵了，她被人叫去看电影，我一个人在家，等她看完电影回来，我已经不省人事了，一氧化碳中毒。她把我送到医院，算是捡回了一条命。第二次是2004年，我得了急性肝炎，同事朋友要照顾我，我没让，急性肝炎在发病期传染。我说老伴你就辛苦一点吧，咱们俩就没办法了。前后3个多月都是她照顾我。第三次是2015年我生病，从哈尔滨到北京，后来做了微创手术，前前后后80多天，都是她一个人伺候我。她身体也不太好，颈椎腰椎都有毛病。

我生病后，儿子不放心，在青岛租了房子，我和妻子就到青岛来了。去年2月有了孙子，儿子儿媳妇挺忙，主要靠我们老两口照顾。人过七十，眼也花，耳也背了，每天锻炼锻炼，打打乒乓球，走走路，自己在家里看看书，就这样。我这个人比较喜欢静，偶尔跟老朋友、老同志聚聚，过得挺忙活，挺充实。

当年的返城知青很多下岗失业，拿着几百元的补贴。知青子女有开出租的、当力工的、挖煤的，总之活得不太容易，跟他们比我非常幸运。

给别人办返城，我却没想过落叶要归根

——沈瑞忠

人物简介：

沈瑞忠，上海知青，生于1950年9月10日。1968年9月3日下乡到黑龙江生产建设兵团三师三十团[1]。1971年入党，开过拖拉机、康拜因和汽车，担任过连队副指导员。1974年被推荐到黑龙江八一农垦大学农业现代机械化专业学习。1977年毕业，回到万宝农场，担任连长。不久，被选调到曾是劳改农场的笔架山农场。1978年与大学同学、老转业官兵的后代结婚。1981年为解决两地分居，调入宝泉岭农场，从连队的农业技术员做起，担任过生产科副科长、组织部长。1983年调入黑龙江省农垦总局，先后担任过干部科科长、组织部副部长、常务副部长。1996年9月调任黑龙江省农垦总局绥化管理局任党委书记，因力推制度改革被评为"黑龙江省百名改革名人"。2006年7月调任黑龙江省农垦总局政法委书记。2010年退休，现定居上海。

采访手记：

2009年秋，我去建三江和宝泉岭两个垦区跑了一圈儿，采访30多位老知青。回到哈尔滨后，《北大荒日报》[2]副总编吴继善给我接风。这20多年来，没少麻烦继善，第一次入荒采访，持的就是继善写给饶河农场的推

1 即万宝农场，位于黑龙江省东部，三江平原腹地，松花江下游南岸。
2 1957年创刊，王震将军亲自为其题写报头。

荐信。

我说要采访沈瑞忠。继善说，他就在附近办公。红旗大街一带已被农垦占领，农垦总局办公大楼、农垦公安局、北大荒国际饭店、《北大荒日报》报社都在那一片儿。已记不得是继善领我去的，还是我自己找去的，仅记得农垦总局政法委不在总局办公楼内，位于斜对面的一幢随街的小楼。我要采访的上海知青沈瑞忠时任政法委书记。

中国是讲级别的国家，这也许就是富不如贵，千军万马考公务员的原因所在。什么级别享受什么待遇，分毫不爽。可是，在我的印象中，沈瑞忠的办公室不像副厅级标配，宛如家里的书房，最大亮点则是墙上挂着一幅沈瑞忠与党和国家领导人握手的照片。

沈瑞忠身材魁梧，像座山似的富有力感，手掌厚实有力，握着踏实可靠，头发已花白，脸却像三四十岁，光滑细腻，没有皱纹。他那年已59周岁，转年就要退了。他思维敏捷，逻辑性超强，聊起知青往事，以及后知青时代的经历，像做报告似的一气呵成。采访十分顺利，我没提问几句，不到两个小时就结束了。

一起走出小楼，他下班回家，我去采访黑龙江省农垦总局原副局长、哈尔滨知青戚卫东。

成稿已是9年之后，想再补充采访一下，却说什么也找不到他的电话。只得找继善帮忙。继善与沈瑞忠同庚，退休八载矣。继善回电，沈瑞忠退休回了上海，不过还是搞到他的电话。

杨丽萍连续几天拨沈瑞忠电话，或无人接听，或直接挂断。她有点儿泄气，估计补充采访不了了。我安慰道，广告电话多如牛毛，见异地陌生电话大多选择拒接，不妨给他发条短信。

最后还是短信起了作用，沈瑞忠约定时间，不仅接受了补充采访，还发来图片。

退休后，沈瑞忠在哈尔滨又生活五载，65岁时携夫人迁回上海，住在父母留下的30来平方米“蜗居”—— 兄弟姐妹一直给他留着。还好，他们在寸土寸金的上海滩得以立足。2016年，上海城镇居民人均住房建筑面积为36.6平方米，这位副厅级干部还在平均线下。2018年4月，上海二手房均价为每平方米50640元，即便黑龙江省农垦总局的工资待遇不错，也是买不起的。

我们不由得想起那位把赫哲族丈夫和孩子带到上海定居的韦建华[1]，在2000年，她以9万元的代价买下上海86.55平方米的住房，解决了儿子一家的蓝印户口。沈瑞忠不乏超前意识与创新思维，他那时主政黑龙江省农垦总局绥化管理局，还在力推制度创新与改革，哪里想得到上海的房子，想到个人的退路？

沈瑞忠可以称得上家乡的骄傲、上海的骄傲。他在黑龙江省农垦总局绥化管理局主政期间开展制度创新，推行"六化"，不仅改变了一个穷分局的落后面貌，让当地百姓过上好日子，也挽救了一大批领导干部。

沈瑞忠下乡到北大荒后，来到黑龙江生产建设兵团司令部所在地佳木斯，戴着毛泽东像章，在刘英俊烈士墓前留影纪念。

1968年，沈瑞忠开着拖拉机在黑龙江生产建设兵团三师三十团团部门前留影。

1 见本书《不考大学是不想欠你的情》一章。

1

在北大荒，知青返城从1978年开始，1979年是高峰，1980年也还有走的。

我是1977年从八一农大[1]毕业的，那时“文化大革命”刚刚结束，大学生是非常非常珍贵的，师里科研所需要，团里也需要。我们那届60多人，绝大多数是知青，有北京的、上海的、杭州的、天津的，也有哈尔滨的。我那个班除7个当地的，知青都返城了，什么学历都不要了，只要返城就行。

我为什么选择回垦区？组织上送我学习三年，学的是农业现代机械化，也就是种地，学成之后就应该回去种地，回到城市，没有什么作用。跟家里商量？没有。我父母都是很普通的工人，我们这些知青自立能力是很强的。我们下乡跟谁去商量？毕业的时候就自己决定，血书一写，过几天迁户口，领了衣服就走了。

我兄弟姐妹五个，当年下乡三个，我亲弟弟也来黑龙江了，1979年回去的。我们家对孩子从不干涉，你自己决定回来还是不回来。

哪年下乡？1968年8月[2]。那时，兵团去招兵，年轻人响应毛主席和党的号召，坚决要求到黑龙江去，到最艰苦的地方去，保卫边疆，建

1 黑龙江八一农垦大学的简称。

2 沈瑞忠他们1968年8月31离开上海，9月3日抵达黑龙江生产建设兵团三师三十团，即万宝农场。

下乡前，穿着军装的沈瑞忠（中）和同学在上海留影。

设边疆，这种劲头现在孩子不一定知道。我是学生干部，也是学校毕业生分配领导小组办公室成员，最早得到这个信息。一个班 50 多个同学就两个名额，得表决心，写血书，当然还要严格的政治审查和体检。

下乡时条件非常艰苦，刚来时住帐篷，后来住拉合辫子[1]，一个房间 100 多个人，两头对的大通铺，一个人就 70 多公分。头三年连电都没有，点小煤油灯。吃的以粗粮为主，上海人是吃大米长大的，非常不适应。冬天长达六七个月吃不到新鲜蔬菜，更别提水果了，多少年也见不到的，不过这种反差磨炼了我的意志。

那时候连喝开水都很困难，更不用说日常生活用的热水了，我养成洗脸不用热水的习惯。这个习惯很好，有人说，你已经 60 来岁了，脸上还没皱纹，怎么保养的？我说，坚持用冷水洗脸。

劳动强度很大，人都有一种积极向上的精神追求，干啥都要争一流，走在前面，不需要金钱刺激。“早晨三点半，地里三顿饭，晚上

1 一种用草和泥建的房子。

回来看不见”是真实写照。对20岁上下的孩子来说，是苦的，但是一生受益。

我不像有些青年进步比较快，下乡没几年就调到团部、营部去了。我始终在基层，从班长干到排长、副指导员。为什么在基层？我能吃苦，身体在同龄人中比较好，个子也高，能带领他们打硬仗，从这个连队调到那个连队，哪儿苦哪儿的连队不行就调到哪去。你想想一个点上好几百知青，你要成为他们的领头人，要带领他们干活儿，你干不过他们就别想领头，年纪都差不多，谁服你啊。我在连队那十几年，所有农活都学会了，什么脱大坯，什么顶上挂棚、打麻丝、顶上抹灰，什么砌烟囱、砌炕、砌火墙，烟道怎么走不呛烟，怎么掏灰方便，还有什么磨豆浆，做土豆粉，给猪防疫接生……几乎所有的活都干过。

最累的就是冬天修水利，哪有挖掘机啊，零下30多度到40度，大烟泡刮着，穿着棉衣，戴着狗皮帽子，一个人一套工具，一把盖子锹[1]、一把铁揪、一把镐，三样东西捆好后扛在肩上，一走就是几十里地。走到地方一身汗，不能休息，得投入劳动，干上以后就一层层脱衣服，先把棉衣棉裤脱了，穿着秋衣秋裤，干着干着又冒汗了，把秋衣秋裤脱了，穿着线衣线裤。零下30多度，将近40度，在野外穿着线衣线裤，狂风吹着，你想是个什么劳动强度？你不能停下，停下马上就把你冻透了。最后人都是白花花的，头发是白的，眉毛是白的，身上挂着白霜。

---

1 即平板锹。

等到中午了，送饭的到了，老马车老牛车叽叽嘎嘎赶到地头了，连长一宣布开饭，马上把棉衣棉裤套上，狗皮帽子戴上，拿了饭躲到沟里吃。现在的年轻人很难想象我们的饭量，工地上零下几十度，不可能有什么炒菜，天天吃包子，萝卜包子，白菜包子，都是用冻白菜、冻萝卜包的。怎么吃法？不论个论串，一串四个包子，二两大的。我要三串，我要四串，三串十二个，四串十六个，再喝一大碗豆浆。吃完饭，身上冻透了，衣服一脱，又开始干了。一干就是几个月。有些同志返城以后有这样那样的病都跟这有关系。我说这种劳动强度、生活环境，对我们这一代来说是刻骨铭心的。有的同志说，在北大荒吃过苦后，再大的苦都不怕。我说这种磨炼对个人是有益的。

读大学时，我是班里的党支部书记。那是工农兵大学，党支部说了算，我完全可以留校的。我想既然决定不返城了，就应该回到连队去，在农业第一线发挥作用。我回到万宝农场，在生产科待了

沈瑞忠结婚照

不长时间就下连队当连长了。

我 1978 年成家，夫人是八一农大的同学。她比我小 3 岁，是转业老兵的后代，是宝泉岭农场的。我觉得要留在黑龙江，最好找个当地人，生活方面更稳定些。大学毕业时，我们还只是同学，她回她的宝泉岭，我回到万宝。毕业后，我们通信建立了这种关系，一年后就结婚了。

我老岳父是 1947 年的兵，1956 年抗美援朝回来，转业到北大荒。他没什么文化，是个普通工人。结婚前，知青返城已经开始了，宝泉岭农场有很多跟当地人结婚的知青选择了离婚返城。我老岳父跟我说，你要走，我们绝对不拦你，即便以后结了婚，有了孩子，我们也决不拦你。我说，我既然选择在这里生活了，在这成家立业了，还走干吗？

1979 年有了孩子，儿子在宝泉岭出生，为解决两地分居，我调到宝泉岭农场。当时组织上说，“你过来可以，当干部不行。”他们知道

20 世纪 80 年代，沈瑞忠的全家福。

我在原来的农场已经列入场领导班子后备人选。我从一个偏远生产队的农业技术员干起，因为有基础，再加上通过学习提高了能力和素质，很快就起来了。被发现，被培养，被重用，在短短的三年干到农场的组织部长。

组织上最先找我谈话，让我到生产科当副科长，刚干几个月又找我谈，让我进场党委班子，当组织部长。我当时愣了一下，我说我下乡以来干过很多工作，当过农工，开过拖拉机、康拜因，也开过汽车，始终是在农业生产第一线，从来没想过还能改行。

我是1983年4月到农场组织部的，12月份就被总局组织部调过去。从基层直接选调到当年兵团司令部，那是不得了的啊。我们在基层的时候，一说兵团司令部，那是很高很高的机关，是非常神圣的。总局组织部的部长是厅级干部，那是很高级别了。我去了以后从事干部培训。在组织部的30多个人中，我是很年轻的。后来，我到干部科当科长，经我手办回去的知青何止几百人，都是我签字。那段时间，我和上海的组织部门、人事部门关系都很好。组织部当时有4位上海知青，其他3个都办回去了，直接调进上海市党政机关。

1987年，我被提拔为组织部副部长，在总局机关100多个处级干部中，除团委书记之外，我是最年轻的。后来又被提拔为常务副部长，主持组织部工作。我们的工作对象最起码是处级以上干部，当时还有老红军、老八路干部。我这么年轻的小毛孩，接触这么高层次的领导干部，找人家谈话，做人家的工作，那是一个很大的挑战，也是一种锻炼。

2

我在总局组织部工作13年，6年时间完成了对全垦区几千名场处级以上领导干部的岗位职能培训。1996年9月份，被派到绥化管理局[1]当书记。

我去的时候，绥化管局很穷很穷。1997年，我就提出发展围城经济，就是从单一的种地向餐桌经济发展。为什么？就130万亩地，要养活8万多人，垦区人均面积20多亩地，人均可耕作还不到12亩。人家一个农场的耕地比我一个管局都多。我又高度分散，人家一个农场办一所学校，我得办9所；人家办一家医院，我得办9家；人家有一套公检法就行了，我得有9套，我的管理成本多高啊。

要以粮食生产为中心的话，我们可能连饭都吃不上。我得跳出粮食生产的领域，大力发展高效经济作物，市场上需要啥我种啥，老百姓餐桌上需要啥我种啥。经过实验试点示范后，我跟总局主管领导提出，我这130万亩地退出粮食生产领域。这句话当时谁敢说？你农垦是干啥的，不就是种粮食的吗？总局领导说，全垦区3000多万亩地，我根本不要你这130万亩地，只要你把效益搞上去了，把老百姓收入提高了，那是你最大的本事。

我们的农牧场高度分散，区域环境不一样，提出了一场一策，不搞统一化，像嘉荫[2]高寒，有大片的林地，种粮食肯定不是它的优势，可

1 黑龙江农垦总局绥化管理局，是黑龙江垦区战线最长的管理局。
2 嘉荫农场，位于黑龙江中段河谷地带，坐落于小兴安岭东北麓。

以搞木耳，后来光是木耳这一项，人均年收入就是3000多块钱；铁力[1]在小兴安岭的南麓，见光好，适合发展中草药，一般种中草药就几亩，我们一种就是上万亩，我离开之前已经发展到2万多亩地。和平农场种地不行，十年九旱，可以发展奶牛业，后来已经发展到17000多头。肇源[2]，那地方历史上就养狐狸，后来年产20万张狐狸皮。

我在的10年，我们垦区的经济发展增速从来没低于10%，成为北大荒垦区发展最快的管局之一。我走的时候，人均收入已经是全垦区第二，我们的资产负债率是全垦区最低的，这表明经济效益高。找到了一条适合垦区经济发展的路子，取得了丰硕的成果，我感到很骄傲；看到这么穷的地方，群众生活水平得到这样大的提高，我感到很欣慰，没有白干。

第二件事就是我实施了一系列的改革，取得了非常明显的成果，这是我感到很欣慰的。改革是要做出牺牲的，是要承担很大风险的，说是说允许你失败，真要失败了，谁给你担这个责任？

我推行了"六化"，一是选人用人公开化，原来是层层神秘化，靠少数人，在少数人中间选人，很难发现更多人才。1997年的1月1号，颁布了绥化管局党委选人用人的若干规定，把机关干部全部免掉，重新聘任，聘到处级拿处级待遇，聘到科级拿科级待遇。让老百姓投票，谁超过50%谁干，管局的公安局长、纪检委副书记都一样。过去党委干部不能搞聘任制，我说不行，除我们管局领导班子这七八

1 铁力农场，位于铁力市与庆安县境内，坐落于小兴安岭南麓。
2 肇源农场，位于北半球第一积温带，坐落于嫩江下游中段左岸。

个人是总局党委任命的，我没办法，其他人都得重聘。你处长没竞争上，我允许你竞争副处长；副处长竞争不上，我允许你竞争正科级。如果你从正处级降到正科级，掉了两级，工资都下来了。当时谁敢干？我就这么干。

效果？太好了。不是谁选你用你，你对谁负责么？这回是老百姓选的你，党委书记跟局长都是一人一票。你给我多少好处都没有用，机关几百人，你还能每个都贿赂？

告状？有。你不允许改革，允许我改革，我就这么改了。后来，中央组织部去搞调研，中纪委去调查好几次，说在你这地方没听说过买官卖官的。坚持了整整10年，效果非常好。你干不好，最多影响两年，到时候你做述职报告，两年干了什么，成绩在总局排第几位。你干得不好，你没有成绩，还能让你干么？

每一届都有三四个从处级掉到科级，或从科级掉到科员。恨我？恨啥恨啊，我跟他谈话，我说你有什么想法，怎么这么多人不投你的票，你还不想想你自己有什么毛病啊？我说你别怨天怨地，你好好给我干，下一把还有机会。

公安系统就有一位领导说，“我就是得罪了人，我工作方法简单了一点，我坚持原则……”我说那不行啊，你坚持原则是一方面，你老得罪人，你不注意工作方法，老百姓不买你的账，你下来就下来了。最后，他到看守所当所长了，从正处级降到正科级。两年后，他又竞争上去，当了公安局副局长。

有人说你太狠了。50岁以上能不能保留？我说不行，女同志53

周岁，男同志58周岁，最后两年不竞争，我也给你保留这个待遇，除此以外都得给我竞争上岗。

还有一个比较大的改革——土地出租市场化。这个胆子更大，中国有土地法，土地是农民的命根子，是不允许走向市场的。敢于提出土地出租市场化，是因为我们退出了粮食生产领域，我要搞经济作物，光靠自己的老百姓不行，他们没有动力，也不愿意去种。那我怎么办？我拿出一块土地走向市场，向周边，向全省，向东北三省招标，就是引你来，带我们的老百姓干。我到吉林做广告，请人家来种蓖麻，种花生，我们不会啊；我到辽宁，请人家来在花荒地种油桃——公开竞争，市场化么！我们过去一亩地30块钱，农场穷得够呛，我现在这块地一亩底价120块钱，三四个农民竞争，最后竞争到180块钱。没人抬价了？那好，180块钱给他种。

当地农场职工？给他打工啊，一样有收入啊。我让你种，你不干啊，人家来种中草药，种花生，种西瓜。种西瓜一亩地挣6000块钱，种粮食一亩地只挣300块钱。我们的职工开始给他打工，一年两年后，看人家挣大钱了，他也会种了，开始自己种了。后来沙包地全部种花生后，一亩地纯效益都六七百块钱到一千块钱左右。

违反土地法？土地法主要是对集体所有制，对农民土地讲的，我这是国有农场，我讲企业法。企业的目标是什么？追求效益最大化。土地是我最大的资产，我把土地盘活，我市场运作，我增加了土地效益，符不符合市场经济法则，符不符合企业法则？

开始时，上面说允许你试，但是你不要宣传。3年后，总结了，觉得好，全垦区推广了。这不仅仅是经济效益的问题，还把我们的观念转变了，你看是经济工作，实际上是社会进步，还有观念、能力、素质的提高。

我最最值得骄傲的、最最成功的改革是职务消费货币化。这个喊了很多年没有解决的问题，我10年前就解决了。1998年，我在一个农场搞试点，那农场太穷了，穷得没法过，土地面积这么小，财务支出那么高，差旅费、办公费、车辆费等占很大一部分，控制不住。穷得要命，照样吃，照样喝，照样车子满天跑，这也引起腐败啊。我们各种办法都想过，纪检委拿着摄影机去拍啊，公车私用怎么查啊，堵了那么多年，堵住了么，不是愈演愈烈了么。

我早就看不惯这些东西，早就想下决心要改。从谁改起？从我自己改起。改革就是这样的，领导，特别是主要领导不下这个决心，谁也改不掉。这个改革是啥，改谁的权力啊，改谁的利益啊，改你领导干部的，老百姓享受不到这些东西。你决心多大？你敢不敢割自己的尾巴？我要带头割了，别人谁敢不割？我们推行职务消费货币化，就是把你一年的差旅费、车费、招待费、材料费，根据不同的岗位前三年的平均发生数额进行测算，先砍上一大刀。头一两年不完善，搞一个大概的方案。改，彻底地改，最后成型了。

什么打电话无限制地唠嗑，什么用公家电话拨国际长途，改革后通通都是你自己的，最后给领导打报告都两面打印，省一分钱也是他的。接待记者，从菜场买点儿饭菜，在家里炒，增加了亲和氛围，还省了钱了。

那时，我和夫人两地生活，回家都是坐火车，下火车坐公交车。有老干部说，你是厅级干部，这样怎么行，路上出点什么事怎么办？你应该坐公车。我说不行，既然改革了，咱们都一样。公车过去几十台，改革后只保留9台。过去到管局开会都是一人一辆车，后来就拼车，或者不要车，从农场打个面的到火车站，坐火车到绥化。

经过两三年的时间，费用降低了40%多，风气也好了。我这个改革不仅仅在中央、省委和省纪委都得到承认，在黑龙江省还是独创，就是职务消费货币化。黑龙江农垦总局在我那开现场会，在全垦区推行，这是我最大的成功。我的选人用人公开化也得到肯定。另外，还有后勤事业社会化、小型企业民营化、财务核算集中化。

我在绥化管局当了10年的书记，当地有一批领导干部出事了，总局纪检委、检察院没到我那边查过一个案子，不是我不让他查，确实没有案子。靠什么？靠改革，靠我这套制度。你想买官卖官，没可能，连生产队长都得竞争上岗。你想在经济上捞点好处，我把财务核算都收上来了，给你堵住了。你要想在土地出租上做点文章，我通过土地挂牌出租，谁给钱多我给谁种。以地谋私，以权谋私，以人谋私，我都给你堵住了。

3

2006年，我56周岁了，组织上把我调到总局担任政法委书记。

我觉得既然选了这条路就应该走到底。我说年轻人要确立信念，确立后就不要逃避。我有时开玩笑，投胎投正了，我也不知道现在垦区[1]经济效益、社会地位、发展前景那么好，现在被社会所羡慕，一说黑龙江垦区的，人们都说好啊，生活质量好，工资又多。在黑龙江省，我们的工资福利待遇走在前面。

沈瑞忠与夫人近照

2010 年 9 月份[2]，我到点了，办理了退休手续。当时孩子还没成家，说老实话离开家乡已经 40 多年，已不太习惯了，所以我没有马上离开北大荒，继续留在这边了。2014 年，孩子要成家了，我才回上海。我们岁数越来越大了，病也多了，真要有什么不舒服，住医院干什么的，你让孩子怎么整啊？他们工作都非常紧张，不来看你吧觉得不对，看你吧确实很困难，主要是出于这种考虑。

夫人 52 岁就退了。她过去在黑龙江农垦的农业风险办公室工作，后来改为农业保险公司。2005 年改制，事业改企业，她就退了。她跟我受了很多影响，她入党

1 指北大荒垦区。
2 这部分内容来自 2018 年 4 月的补充采访。

也挺早的，结果到退休也就是个普通的员工。

父母？很早很早就走了，妈妈是1999年，爸爸是2001年。

照顾？哎呀，别说照顾了，我根本也没有这个可能，我父母走都没有送他们，最后一面都没见上。那时候我还在岗位上，离得那么远，家里也比较理解我，不是到了最后关头也不通知我。他们走得又非常突然，等到我知道的时候都已经不行了，像我母亲后事都办完了。

我住在我父母留下的小房里，30来平米。孩子成家的时候呢，拿出了我们一辈子的积蓄给孩子买了一个不大的房子。这样的话呢，我就没有能力再买房子了。

在上海怎么样？在黑龙江生活工作40多年，应该说更适应北方的生活特点，包括气候特点，回来以后不太适应，只能慢慢适应吧，毕竟生在上海。我夫人是真正的北方人，适应比我还快。

要说遗憾，那就是对不起我的小孩，他的户口迁回了上海，我们不能回来照顾他，让他一人在上海生活几年，学习成绩不太好，最后只念了大专，现在在上海一家企业打工。

北大荒让我多活了这20年

——李乃利

人物简介：

李乃利，鹤岗知青，1949年3月31日生于山东日照。1960年随父母迁至黑龙江鹤岗市。1968年11月21日下乡到黑龙江建设兵团二师辖八团[1]。1974年10月1日娶当地姑娘为妻，生有二子。在二九〇农场先后当过农工、班长、排长、连长、分场场长、副场长、常务副场长。2000年因病退休，至今生活在农场。长子在北京，次子在佳木斯。

采访手记：

黑龙江与松花江沿三角边流过去，不可避免地相汇，冲出一块三角洲。

二九〇农场就在那片三角洲，场域面积800多平方公里。1955年前，这是一片亘古荒原，农建二师五团（原部队番号二九〇团）的官兵来到这里，开荒建点，创建了军垦农场。在上山下乡运动中，8176名北京、上海等城市的知青像十几条小溪相汇于黑龙江生产建设兵团二师辖八团。知青大返城时，知青流回城市，所剩无几。

我去二九〇有四五次，采访过十几位留守知青，不知为什么留下印象最深刻的却是李乃利。有段时间只要提起二九〇，我就会油然想起乃利，说起乃利也会想起二九〇，似乎乃利就像靖宇县、尚志县、一曼街、兆麟

1 即二九〇农场。

街，人与地融为一体。

我采访过乃利两次，一次大约是1995年开春，普阳农场派车把我送到二九〇。

这两个农场隶属于同一管局——黑龙江省农垦总局宝泉岭管理局，相距不足100公里，由于交通不便，我到了普阳也就折回去，不再往前走了。那次为什么去二九〇，已记不清，似乎计划顺着那条道一路采访下去，还打算去名山等农场。

那时，乃利任二九〇农场的常务副场长，又值插秧季节，十分繁忙。当时垦区流行有一句顺口溜——“上到白发苍苍，下到开裤裆，都得去插秧。”作为常务副场长的乃利忙得饭都顾不上吃。他的办公室挂着好几幅像作战图似的图表，上边标着各分场和连队的生产指标和进度，充满着火药味儿，图表下边有一钢筋焊的脸盆架，放着一个伤痕累累的白盆，似乎只有旁边的几盆花在悠闲自在、无拘无束地生长着。

乃利穿雪白衬衫，外罩蓝夹克，干净、利整、精神，站在图表前介绍农场当下的生产状况。他挥臂指给我看图表顶端一组数字时，衣角拉上去露出军绿色绳编的钥匙链。北大荒人有部队情结，像二九〇、八五三、八五九、八五一一等都是部队番号，军装是经久不衰的流行服饰。

我想看一下当年遇难的女知青墓，乃利用奥迪把我拉到黑龙江边。他在荒草丛中东拨拉西拨拉地找一番，最后指着几个土包不大自信地说：“这儿就是。”20世纪70年代末，一个班的女知青到高力河对岸的山上采榛子。傍晚回来时船超载，风浪又大，翻了。3名女知青落水遇难。

20年过去了，我没再跟乃利联系，期间去过两次二九〇，也没打扰他。我知道他太忙了，忙得让人看着心疼。另外，下农场采访最大的难题就是交通工具，北大荒太大了，农场太大了，从这个连队到那个连队没有车不行。下去采访有时找不到车，有时车找到了又赶上下雨，道路泥泞车进不去，只得“望泥兴叹”。采访结束如释重负，赶紧打道回府，多一天也不想待。

2015年暑假，周军岳[1]夫妇陪我去普阳、共青和二九〇等农场采访。周军岳已从宝泉岭垦区工会主席的位置退下来，被一家农业公司聘为顾问，还

1 见本书《走自己的路，让人家说去吧》一章。

给配了车和司机。我白天采访了两位知青，晚上跟二九〇的几位朋友喝酒时问起乃利的近况。朋友说，乃利得了尿毒症，做了肾移植手术。我大为震惊，想马上见他。

“我打个电话，看看他能不能过来。”朋友不大确定地说。

我看一下表，已晚上 7 点多钟，在北京、上海、杭州等城市夜生活还没开始，酒吧还有几分冷清，在北大荒入阑珊，没有饭局的人看完《新闻联播》，洗一洗也就上床睡觉了。

乃利来了，若久别亲人，紧紧拉住我的手，也许从死亡线突围后更重情义。乃利老了，也胖了，气色还好。饭后，我跟乃利去了他家。他住在一幢住宅楼里，楼道黑洞洞的没灯，乃利在前拉着我的手上楼。他的夫人一袭黑裙，身高不逊乃利，有着模特般身材，端庄而优雅。他家客厅挺大，20 世纪八九十年代的装修风格。光线较暗，乃利把所有灯都打开，我翻拍图片效果仍然不很理想。我们聊了一会儿，乃利把我送回宾馆。

次日清早，乃利戴着白色棒球帽，斜背黑色小包，精神抖擞地来到宾馆，陪我去看吴保家和韩振民的墓。吴保家是上海知青，韩振民是北京知青，1970 年在试制炸药包时发生意外，牺牲时年仅 22 岁。

树荫下，低矮围墙，方形红砖底座，馒头状的水泥坟墓，两墓挨着，上面分别覆盖着花圈。黑色大理石墓碑前有一束束枯干的花，看来前不久有人

2015 年秋，李乃利夫妇在家中。

2015 年，作者朱晓军（右）与李乃利（左）在黑龙江江边。

来过。1996 年墓还没修葺，墓碑很小，被蒿草遮蔽，四周没有树木，光秃秃的，可望见不远处一趟趟红砖房。

乃利跟韩振民是一个连的，关系不错。乃利说，怕他们太寂寞，他退休后隔三差五就过来看看。说罢，他转过脸对着坟墓说："振民、保家，我又来看你们了。我住进楼房了，你的墓也重修了，二九〇多好啊。你们这儿安安静静的，没人打扰，旁边种的茄子、辣椒、西红柿，多新鲜哪，摘下来就可以吃，那边还有大葱，还有水，洗吧洗吧就可以吃。你要吃大葱蘸酱就告诉我，下次来给你带点儿大酱……"

从墓地回来，吃完早点，我要离开了，从来到走不足 24 小时。乃利真诚挽留，说再住一天。假期有限，我还要去勤得利、五九七、八五九等农场。知青大都年近古稀，每年都要走几个，随着他们的离去，故事也就带入坟墓，必须抓紧采访。

乃利执意要把我送到黑龙江边。船来了，我要过江了，突然想到此别不知何时再见，掏出相机，请开车送我到江边的朋友给我和乃利留个影。

我们拥抱而别，感到乃利很温暖，也许江边的风太凉。船开出很远，乃利还站在江边挥手。

2018年3月，在整理采访素材时，杨丽萍致电乃利，乃利热情得像盆火炭。临挂断电话时，乃利迫切地说："晓军什么时候来？告诉他，我想他了。"

我听罢，两眼湿润。是得再找时间去一趟北大荒，看看乃利，看看刘艳杰、陈桂花、汪旺有他们，把采访过的农场和生产队都看一遍。留下来的知青已经不多了。弹指一挥间二三十年就过去了，在我心里这些老知青已不是什么采访对象，而是朋友和亲人了，是我生命的一部分。

1

哪年换的肾？1998年，克林顿访华那年。9月27号，北京一个23岁小伙子的肾给我装上了。装上以后，这个肾故障不断，三天两头输尿管梗堵，那一年动了8次手术，花了80多万。我得感谢北大荒，让我活下来，多活了这20年。

症状是1996年出现的，走路乏力，嘴唇煞白，尿尿就像自来水似

1996年，朱晓军到二九〇农场采访时，时任常务副场长的李乃利介绍农场的生产情况。

的，没色没味。我上佳木斯医院检查，那边说我有糖尿病，回来就按糖尿病治，其实是肾出了问题，体内的毒排不出来，当时哪知道啊。

我那时在农场当常务副场长，农业、林业全归我管，整天忙得焦头烂额。当时老百姓都种旱田，旱田省事儿啊，春天播完了，秋天收就行了。我在任的时候，开始大力推广水田，老百姓不愿意干，种旱田种顺手了，都不愿意干，种水田得打井、买柴油机、整地机什么的，阻力挺大。班子开会研究大力发展水田。班子好研究，落实就落实到我个人头上了，二九〇农场在管局是排兵头，面积大，经营状况好，我们得带这个头。我就做工作，二九〇一共4万多公顷旱田，我们开发了50%。这时老百姓宁可种水田，也不种旱田了，水田效益好，产量大，一公顷打个七八吨、八九吨，比种旱田强。过去好田让他开发他都不干，现在有坑啊，包啊，他填平了也要改水田。

赶上场长去北京给他媳妇看病。他媳妇有心脏病，二间瓣三间瓣该合合不上，该张张不开，晚上心脏跳得睡不着觉。这下子我更忙了，累得在家往那儿一坐就睡着了。困，困得走道上楼迈不动步。

以前挨的累比这狠，也没这么困，这么乏。我的身体多壮？刚下乡那会儿全连割大豆，连长在地头喊："预备——开始！"像竞赛似的，我一气儿干到2000米的地那头，一个半小时后第二名才到，连队管我叫"飞刀手"。

割谷子，一人割四垅，连割带捆，我都在那边睡了一小觉，第二名才露头。

挑砖坯子，没烧出来的一块7斤，烧出来的一块5斤，我一次挑

64 块。

打铁，我使 18 磅的锤，一天下来饿得不行，也没觉得像现在这么累。

可见这身体不对头了。1996 年 4 月 8 日，开完了麦播动员会后，干脆叫下面的人管着，我就上北京了。到了北京确诊是尿毒症初期，说可以保守治疗。我在那儿住了两个月的院，每天吃中药、灌肠，早上一遍，晚上一遍。回来后，仍然是吃药、灌肠。

知青们一听我得了这个病就说："哎呀妈呀，乃利，你在北大荒纯累的！"

1968 年，我初一还没毕业，毛主席就发出知识青年"上山下乡"的号召，有一个人上我们学校讲演，说农场生活条件比鹤岗好。我家生活挺困难，我父母 6 个孩子，我是老大，兄弟 3 个，姐妹 3 个，一听这个地方生活好，就过来了。当时一共来了 250 个知青，场直留了 50 人，4 个分场各留 50 人。我分到四分场五队。

第二天放一天假，第三天就开始脱谷，我那咱体重才九十七八斤，扛袋子顺着跳板往脱谷机顶上上。第一次脱谷咱不懂，麻袋没攥住，连麻袋一起投进去了。脱谷机一下子就别住了，这帮人用铁锹往外别，把麻袋别了出来，十来分钟故障就排除了。危险倒没危险，一麻袋玉米棒子，带着叶子，没多沉儿。

这个地方没有电，生活我还挺满意，最起码能吃上白面。城市供应的是粗粮，这个地方没有粗粮。冬天虽然只有萝卜、白菜、土豆，但比我自己家的生活条件好点儿。每月挣 32 块钱，好赖不济自己够用了，伙食费9块，买点牙膏、肥皂乱七八糟的，剩不了多少钱。

1969年6月16日，我调到三分场二十四连，武装连队，直接让我当了副班长。武装连队的滋味不好受，白天生产，该锄地锄地，该割麦子割麦子，该播种播种，一点不耽误，晚上还得巡逻，2小时一班，一个班2个人，上大北门转一圈，夏天紧走2小时，冬天2小时都转不回来，冰天雪地的。这还不算，半夜一整还紧急集合，说苏联人来了，比野战部队还恐怖，野战部队除了训练，很少搞生产。

虽然生活比较苦，但是有意思，晚上这个屋睡2个班，那个屋睡2个班，一个排正好4个班，都是20岁左右的小青年，年轻啊，早上5点起来跑步。训练的时候，早晨起来自己扛一箱子弹，上宝泉岭东边的山上打，夏天打曳光弹[1]，把草稞子打着了。我这辈子打的子弹，比那些当兵的打的都多。白天劳动一天不觉得累，晚上有看书的，有玩哑铃的，天天找节目，赶上休息就跑出去追野鸡。

什么活都干过，打铁，放羊，喂猪，抬木头，打鱼，当瓦工垒院墙，上窑地烧砖，割谷子，割豆子，割玉米，玉米趣青[2]，豆叶子70%还在顶上。上面说，60公顷的玉米，一个连队必须一天收完，一到关键时刻，喊着口号上。

上江边人工卸煤，我们年轻力壮，人家扛半袋，我们扛整袋，人家4个小时卸完，我们2个多小时卸完，值班连队都是年轻小伙子。哎呀，那时候确实是苦，虽然苦还留恋那段生活。

---

1 指一种装有能发光的化学药剂的炮弹或枪弹。

2 北方方言，指灰绿色。

最累的是“农业学大寨”。天还没有亮,男的女的去抢马车抢牛车。为什么抢?刨厕所里的粪。男的女的往粪坑里跳,刨好用手抱着装进筐里,上面有个人拉上来。去晚了得搁麻袋往地里背,那多累,抢到车用车拉,到了地里,前面一个人刨坑,后面这个背个筐,里面是厕所里弄出的粪,用土搅和搅和,一个坑抓一把,再放进种子埋上。

吃饭的时候,用小刀将指甲里面的粪弄干净。有的女孩干净,恶心得饭都吃不下。捂得再严,那粪也往脖子里蹦,冬天刨粪臭味轻一点,但是也不好受,冻着的大粪往上一运就化了。刨完大粪怎么洗澡?没有澡洗,拿个脸盆弄点水,用毛巾擦,擦都排不上号,一个屋两边一溜儿上下铺,中间一个小狭道,得分拨洗,你洗完他洗,一个小炉子烧着热水,供不上溜儿。

吃饭的时候最壮观,200 多人吃食堂,咱们食堂多少个桌?得十五六张桌,配备了 9 个炊事员,一个炊事员管十几个人。武装连队人多,伙食不好,过去那个连队条件好点儿,伙食好点儿。一天三顿汤,晚上睡不着觉,就怀念过去的连队,在被窝里敲着肚皮,你唱我想回四分场五队,他唱想回四场三十二队,这么敲着唱着,外面查岗的听到了,进屋吼:紧急集合!背着枪、子弹、手榴弹跑五里地!外边下着雨,下雨也得跑,有些人穿懒汉鞋,鞋子跑丢到泥里,找不回来,就光脚跑回来。

回想起那时候,我到现在也不后悔。为什么不后悔?那时候生活虽然艰苦,感觉有劲。

2

1996 年得了尿毒症，一直到 1998 年，维持得不错。

1998 年 4 月底，水利施工队在下边施工，我寻思快过节了，过去看看他们。中午饭都做好了，没等吃呢，家里来人说，黑龙江边失火了，开江打鱼的人不知怎么把江边的矮树林子、灌木丛、野草垫子燎着了，让组织人过去救火。我们扑过去，一直救到半夜 1 点左右吧，回来刚想吃口饭，北边又失火了，接着又去救，救到天亮才回来。

第二天还得上县里，跟政府把这事汇报汇报。紧接着“五一”了，再看这身体，就不行了。

长这么大，感冒打喷嚏什么的，我从来不淌鼻涕，那天夜里老觉着有鼻涕，而且还比较黏稠，我睡得迷迷糊糊，也累，不想起来，就往枕巾上抹。半夜 2 点多钟，我开灯起夜，一看不好，枕巾上全是血。

后来打电话给医院，要了个车，医院院长陪我到管局医院，主管医疗的副院长一看化验单说，打从建院到现在，肌甘尿素氮（衡量尿毒症的指标）指标 900 左右就死人，你这家伙 1900 多！难怪上楼这么困难，一步一步往上蹭，太吓人了，赶紧透析吧。所谓透析就是通过机器把人身体里的血抽出去，把毒过滤完了之后再送回身体。透了两天，身体轻松多了，走路也自如了，也有精神了，也不困了。可老那么透，血管也受不了。

管局局长去看我，恰好有个女医生在给我透析，她的丈夫在北京朝阳医院实习过，说北京朝阳医院能做肾移植，移植手术做好了，就不用做透析遭罪了。管局局长说肾也能移植,移了还不遭罪?那就去北京!咱们二九〇别说一个肾,两个肾都移植得起。就这么去了,要不说感谢北大荒呢,组织上对你的病的确上心。

到了那里一看,走廊上都是床位,住满了病人,等着住院的多得排不上号。临来时那个女医生的丈夫给院里的大夫写了封信,就给我办了住院,边透析边等肾源。那一年也不赶点儿,防汛来了,从长江一直到黑龙江发大水,黑龙江决了口,没办法,又等了 2 个月。

我当时虚胖,浑身浮肿,血管不好找,只得在胳膊上动手术,将动脉血管和静脉血管接在一起,血管就蹦出来,蹦到皮肤表面,扎针就比较好扎,接上没多久又报废了,只得再动手术,光胳膊上就动了两次手术,手术一次得两三个小时。

人在病床上,想着这么多年的知青生活,虽然艰苦点,累点,但活得有气氛,活得有意思。

那时候集合,我们 1 分钟就能全部穿好衣服,5 分钟全连集合完毕,包括妇女儿童都能大包小包背着上汽车,当时练的,简直不得了。千里野营走 1 个月,背着行李、枪、4 颗手榴弹,炒的干粮装在白布包里,饿了,用水泡泡就吃。中间还来节目:“敌人要占领山头,共产党、共青团员,考验我们的时候到了,赶紧冲!”把行李一卸,就往山上爬。

最后,走路走得脚上的泡大的套小的,小的又套小的,到哪个老百姓家里一住,先管人要头发,头发串进泡里头,不拿出来,第二天再走又起泡,那个水顺着头发就流出来了。累到什么程度?坐下来时腿儿一蜷都不愿意站起来。

过去，老转业兵说困的时候行军能睡着，我不相信。我后来体会到了，走着走着真能睡着，而且步伐挺好，前后距离一点不差，只是道儿不好走的时候前面那个人一停，你咕嚓撞上去。天亮了，大伙儿都瞅着你笑，敢情鼻子尖上都是黑灰，睡着时撞到前面人背的军用盆儿了，做饭用的军用盆底是黑的。

一天一宿走 90 公里，师部下了命令，必须今晚宿营到二九〇。90 公里的路程，你想想能不睡觉吗？一天一宿 90 公里，一点没错。那时候的人真有凝聚力。

我们坐马车打江里砍条子回来，一看老百姓忘了关门，进去抓只鸡，夜深人静时，把门一插，把鸡杀了，毛一薅，摘几个老职工家冬天屋檐下挂着的辣椒，在食堂偷点盐，往打水的桶里一放，煮了就吃了。年轻人幼稚，就那样。

有天我们在后边刨猪肥，听见前面猪圈响了一下，下午 3 点多钟吧 —— 冬天 3 点多钟就基本快黑了 —— 我看见一个红东西，在我前面粪堆旁边落下了，咕咚一声，是只大野鸡。冬天不冷吗，猪圈转圈儿用苞米秸子挡起来，野鸡就钻到苞米秸子底下。这家伙，男的女的就顺着两边抓，我没动，站在中间看得清楚，野鸡两头跑不通了，顺着苞米秸子往上钻，有一个绳结系在上面，越钻越紧，我上去整个拿起来，把野鸡抓住。晚上煮了，吃完了肉，我们排的人拿饭盒开始喝汤，喝得剩了个锅底儿，三排来了一个哈尔滨青年，说给我倒点，一倒，倒进饭盒里一个大毡垫儿，毡垫都煮白了，那个毡垫够脏的，喝得挺美，没喝出来有什么不对。

那时候经常紧急集合，挨家查户口。小桥那边有 3 公顷的地，5 头牛，有个老头天天晚上在那边看牛，他姓顾。电影《看不见的战线》里面有一个老特务叫顾教头，我们就叫他“顾教头”。年轻人淘气，一到那儿就砸门，老顾头说，我就一个孤寡老头，天天晚上查户口，查一次行了呗，一晚上查好几次。老顾头说，你们就别折腾我了，我那菜窖还有个狍子腿，有一点鲜鱼，你们拿走，再也别来折腾我。我们说行，拿走了以后再不折腾老头了。就是那么个年代，有时知青就这么捣蛋。

知青返城的时候有没有想走？倒是有机会走。1973 年，鹤岗矿务局来招工，我没去。下乡前我下矿劳动锻炼一个月，学校组织的。我一看像老鼠似的，戴个头灯，一个人一天发一袋面包，那也不好干啥啊。那时候为了多产煤，三天两头井下出故障。在鹤岗一个月 15 斤细粮，剩下的全是粗粮，这还是职工，学生一个月才 8 斤细粮。我这胃吃粗粮不好受，闹心。我不想回去，要想回去，弄一弄也能回去。

有些知青削着脑袋往回返，有的干得挺好，也有干得不如意的，有的还后悔，觉得不如在农场。比如夫妻两人当老师的，回去以后当工人，他们就觉得不如在这。干医务工作的，回去以后没有好工作，也觉得不如在这。十三连有个北京知青，返城后兄弟和兄弟媳妇都往外撵，把媳妇办了回北京，媳妇带着女儿跑了。农场对留下来的知青还是可以的，二十连有一个北京知青，娶个媳妇是上海知青，他精神有点不好，我当分场场长时没少照顾他，知青没有说对农场有这个那个意见的。

3

1998年9月27日，等到了肾源，手术一个月后，医生将插到膀胱里头的输尿管拔了。没多久输尿管堵了，排不了尿，只得手术把肾割开，把输尿管重新插进去。没一个礼拜输尿管又梗堵了，排不出尿来，发烧10来天啊，40度居高不下，打最好的药也不退烧。专家会诊说这个肾够呛了，要报废了。主任请了6个专家一起会诊，他认为这个肾还行，完了又割开，割开一看输尿管烂了。

这一年，我一共挨了8刀，胳膊做血管连接挨了2刀，肾移植1刀，反复地插输尿管5刀，一共8刀，花了80多万。要是没有共产党，没有我今天。咱那时工资700多元，哪有奖金？有两年我抓农业，还真有奖金，一年五六万，场长说工作大伙儿干的，咱不能要这钱，跟各科室分了，我最多一次拿了1万块的奖金。没攒下什么钱，两个儿子上大学，上完大学安家。没有组织，我哪能活下来？组织上为我这个病，投入了不少心力。

我有这条命，第一靠组织，第二靠我媳妇照顾。

我们是1973年经人介绍的，在一个连队，比较熟悉。那时候要求挺严，自己不好谈，这层窗户纸总得有人捅破，别人一介绍就谈开了。她是山东青岛人，她姐夫转业到这里。1960年，山东老家生活紧张，她父母带着孩子奔她姐夫来了。她有一个大哥当时在青岛当

1975年春节，李乃利夫妇合影。

兵，转业奔家人过来，一看蚊子小咬那么多，吓得跑回了青岛。他们家现在在青岛的就她大哥一个人了。

我们1974年11月结婚，那天是农历八月十五。结婚时挺有意思，前半个月下雨，后半个月下雨，头天在还下雨，结婚那天天放晴了，晚上嘛，因为是八月十五嘛，月亮可圆了，就那天是好天气。连队新盖了房子，那一年有7对青年[1]结婚，隔那么一个月两个月就有人结婚，我们7户第二年都有了收获，同一年生了7个孩子。

婚后生了两个儿子，从我当副连长开始，到我退休之前，我始终没管过家，儿子上学，洗衣做饭，乱七八糟的事，全是我媳妇。我媳妇还爱干净，都累到她身上。

1998年我在北京住院，她护理，累得晕倒在电梯里。护士长发现了：这不是老李的媳妇吗？送进妇产科一查，严重的妇科病，身体里血色素只有4.5。

1 知青

我们这代人好身体不多，我媳妇也是，年轻时出力过多。她跟我都在武装连队，白天干活背着枪，背着手榴弹，全副武装去干，晚上还得巡逻。男的在黑龙江边巡逻，女的在营区站固定岗。白天干什么活？挖地道，像看抗战片里演的那样挖地道，挖完了还得往外运沙子。她在食堂做饭，两三百人吃饭，蒸馒头那个笼屜木头做的，男的往上挪都挺费劲，她天天搬。抬麻袋上秤，我媳妇个儿高，抬麻袋上秤得个儿高的，矮的悠不上去，就把腰伤着了，伤了三节，到医院拍片，腰椎三节都是黑的。专家说这靠养，治不了。

我住院把她折腾得够呛，家里有孩子，她在北京吃不好睡不好，最后也得病了。弄到我的病区北边那个妇产科，她在那边住院，我在这边住院。我这有病吧，弄得她也没了半条命。

1996年我在北京中日友好医院看中医专家，她一号脉，说你这个病根二十二三年了，你回忆回忆什么原因？我一回忆，1973年，我们排一个许姓的，在黑龙江边教孩子们游泳，被水流冲到江里。连队组织救人，5米多深的黑龙江，一般人不敢下啊，派我下去，把尸休捞上来了。7月份的黑龙江，就上面一层水是温和的，下面的水凉得刺骨，出来以后我就拉痢疾，光输液输了半个多月，可能就那时，落下了肾病的病根。那老太太真厉害，一号脉就号出来了。

上面讲到姓许的，教小孩子游泳死了，除了他，连队还死了两个。这说着说着，快50年了，我们排的那些老排长，现在就剩我一个，一个回四川了，死活不知道，还有几个排长全死了。

知青下乡以后，将农场文化向前推进了好大一块。这地方过去很落后，过去写字台、五斗橱都没有，知青来了以后，大衣柜才兴起的。

4

从北京回来，就吃抗排斥药，定期复查，在当地医院抽血，送到哈尔滨化验。

2002 年以后，这个账就不好弄了，有些费用不好入账，报不了。当时没有大病统筹啊，都是企业自己筹，或者自己拿钱，头两年自己得掏 3 万块钱。我工资一分钱不剩，吃我媳妇儿的那点工资。她那时候一个月才九百多，一千出头，一千二三百，吃她的。

我大儿子一年得供我 2 万块的药钱，光降压药就几千，一盒 7 粒，68 块钱，一个月吃 4 盒，得多少钱？还有补药，都是大儿子供的。自从有了大病统筹，我吃的药 85% 报销，一年工资去了 15000 块的药，剩 15000 块，够伙食费了，比原先轻松多了。再说吃好了还“三高”，虽然紧巴点，吃点孬的也行，挺好，我挺知足，我这人心态好。

出院以后，我还抓了几年工作，协助管农业的副场长跑跑面，提提意见。后来，管局书记后悔了，他说乃利，我寻思肾移植不能劳动，让你退了，我看美国那个篮球运动员，人家也换了肾，还打篮球呢，早知道不让你退那么早。

我要是不住院，就赶上最后那次考高级政工师了。我在北京住院，不能去考，找了人替考，被人发现了，都认识我，一看你哪是乃利，就给轰出去了。所以工资没上去，退了休拿 3300 元，我媳妇 2400

元。没上去我也满意,最起码又活了22年。

你说人不就是这样吗?当时计划经济,可以联产承包,利用我的权力也能搂点儿,但是你再搂,那个时候也就捞个100多万。别说捞钱,那时候到了年底分奖金,按照管局的标准,完成了任务副职应该拿四五万、五六万,我们没拿,跟科室平分了。咱没搂,可共产党给你花了100多万,咱还赚个好人当当。我挺满意,付出这些,组织也对得起咱们。

我俩儿子都是大学毕业,大儿子大连轻工,小儿子哈尔滨电工学院。小儿子属于佳木斯组织部代培,出来分配工作就是干部,现在在水务局,今年上半年提了个副科。我说,咱们家能组织一套班子了,你哥是正处,我是副处,你是副科。

大儿子在北京,全家都落户了。小儿子在这里,虽然工资挣得少,但够吃够喝,不用我们老人再给他种地去了。现在好些老头老太太不还帮着儿女种地嘛,我们俩不用帮儿女管这管那。两个儿子都挺孝顺,2013年,我得了疱疹,吃了这么多年的抗排斥药,可能体内的毒素太高了,身上起的水泡像蛤蟆似的。就起那个水泡可把我疼坏了,住院2个多月,我媳妇伺候我。

我们俩回到家,我媳妇去接小孙子放学,一个农村妇女骑自行车把她撞倒了。真是越渴越吃咸盐,我这儿疱疹没好利索,她的腰又坏了。宝泉岭医院说韧带拉伤没事,出院吧。回来越整越厉害,站都站不住,刷个碗要找东西靠着。我大儿子着急了,买了飞机票俺俩就去了北京。拿着这个片子到中日友好医院,那个主任助手

李乃利夫妇与儿子、儿媳、孙子合影

一看:“这不断了吗?怎么还韧带拉伤?赶紧住院吧。”主任说我儿子,你回家跟你媳妇商量商量,这笔钱恐怕少不了。我儿子说,给老人看病商量什么,这天经地义的事,赶紧住院。花了四万六,做了微创手术,啥事儿没有了。四万六,最起码人没有残,要是腰断了,得瘫在床上。可遭了些罪。

我们家庭还算和和美美,比较幸福。在农场生活也行,我一天忙忙碌碌,哪儿有热闹上哪儿去,掌鞋的也去,修自行车的也去,夏天起早骑摩托车去捡个蘑菇啦,去北边大坝河边钓钓鱼,有时候上江边打鱼点儿住两天,挺自由的。

凡是我待过的单位,都没有把我当外人,机关科室的人对领导有意见,发牢骚,我进去都不背着我。我管了两年常务,我和下属科室的人不分你我，分不出我是领导，他们是下属。

我这人比较抗上，跟老百姓处得比较好。过去老百姓找咱办事，咱不推不拖，能解决尽量解决。以前种旱田，大面积种植靠机械，有的农机工人人为把机械弄坏了，该种的地种不上，该收的粮收不来，人为造成欠收的风险，种植户白忙活一年，人家挣钱，他挣不上，咱知道了得想法儿解决。

我在二十四连待20多年，老百姓的玉米出现病害了，别人他们不找，上我家来找我。二十一队有个老太太，上我家来，给我带来了四穗黏苞米，我家四口人，这感情够融洽的了。老韩，每年开江打了鱼，总得给我送条鱼吃，多少年了。

国营农场这个地方到现在我也没待够，这个地方人好，有感情，不像城市。刚来那时，老职工对咱像自己儿女一样，有个病灾的，问寒问暖，很有人情味。刨厕所捂得再严，那粪也往脖子里蹦，贫下中农不让知青下，我们就拉住那些年岁大的老职工，自己往下跳，很快就和当地人打成了一片。知青有了恋爱的想法，抹不开说，有的是贫下中农给牵线的。这个地方到现在风气都好，谁家有难了，领导一号召，大家就能慷慨解囊。比如我们修这条公路，场党委一动员，普通百姓都捐1000多元钱，一个六七岁的小孩将过年得的500多元压岁钱全捐了。

返城知青一回来就到我家里。值班连队造就人才，正科的提老了，副处也提不少，返城的不少也提了。有时我和媳妇两人上北京、上上海、上温州，这帮人见了，抱着脑袋痛哭，那感情没得说，都六七十了,还抱着脑袋痛哭。

一谈过去的事儿滔滔不绝。他们讲话了,这一段知青岁月,青春无悔,终生无悔。

我现在身体还行,一天走一万多步,在家我也不会干什么,尽我能干的干点,擦擦地。媳妇说我糊弄,我擦完了她再仔细弄一遍,哈哈哈。

想家想得掉眼泪，我也不能走
——张春娟

人物简介：

张春娟，上海知青，1952 年 12 月 21 日生人。1971 年 9 月 23 日下乡到六十一团十七连。1976 年嫁给当地人，知青大返城时放弃回沪。1984 母亲退休，让她返城顶替，因办家庭农场挂账 1340 元没有走成。成为当地第一个万元户，1993 年当选为全国人大代表。2001 年，给生产队职工和外来户担保 44 万元，因遭受灾害，家家亏损，负债人跑路，重债压在张春娟夫妇身上。丈夫张宪金病逝，张春娟被逼上绝路，轻生时被家里雇工救下，嫁小自己 11 岁的刘树利为妻，夫妻苦干 7 年替别人还清了债。

采访手记：

我去创业采访过四五次。第一次是 20 世纪 90 年代中期。春雨蒙蒙，淡烟深锁换新天。

我在"换新天"下了火车，站名让我油然想到毛泽东的词句"为有牺牲多壮志，敢叫日月换新天"。来之前备过课，这地方过去叫"火烧盂"。1968 年 12 月 22 日，也就是毛泽东的"知识青年到农村去，接受贫下中农的再教育，很有必要"发表 4 天之后，一支由三个农场抽调 441 人组成的队伍开进"火烧盂"，伐木建场。那时的"创业"还不称为"创业"，叫六师六十一团。

创业农场位于三江平原中心枢纽地带，南临七星河、东南接挠力河、北依别拉洪河，湿地湖泊星罗棋布，水资源丰富，土地肥沃，是北大荒为数不多的“两通”农场（通公路和通铁路）。

创业给我的第一印象，这座农场仿佛被岁月扣留在20世纪六七十年代，场部在建场初期的平砖房里。两趟房子和两道围墙构成一个院子，办公室的门都冲着院里。两扇像农村公社似的铁栅栏大门冲着一条沙石路。场部附近也都是灰突突的老房子，房龄跟场部不相上下，而且都是小平房，整个农场连一幢楼房都没有。

总场工会主席王长国听说我要采访全国第八届人大代表、上海知青张春娟，一脸歉意地说：“她所在的十九队离总场场部20多公里，不通公路，一下雨就什么车都进不去了。”

我望一眼窗外淅淅沥沥下个不停的雨，心里汪起一片水泽，犹如灰蒙蒙的天际处有一个岛，一个登不上去的岛，沮丧像雨雾似的在心里弥漫着，无可奈何。张春娟是我这次入荒的重点采访对象，见不到她即使称不上失败，也是个缺憾。

那是我第二次到建三江，第一次是去浓江农场。像这样一个农场接着一个农场跑，还是第一次。出师不利，在第一站就遇到了麻烦，我到建三江后先去拜访建三江农垦分局宣传部，希望得到帮助。记者证在北大荒没多大作用，有用的是关系，是朋友。

宣传部长对记者证一眼都没看，“我们只接待《人民日报》、新华社和央视。”我被拒了。我提了几位北大荒的朋友，他仍然不买账。我灰头土脸地从机关办公大楼出来，想去建三江垦区工会试一下运气。工会主席是孙英，她是上海知青。

在水泥马路的十字路口转了个弯。建三江下边农场的场部还没铺水泥路，走在沙石路上一跐一滑，很不舒服。路遇两位年逾不惑的男子，我跟他们打听工会的位置。他们停下脚步，问我有什么事。高个且壮实的男子说：“孙主席不在，出差了。”我一听大失所望。他接着说：“我们俩一个林副主席，一个孙部长，这位就是孙部长。”他停顿一下，看了看孙部长，幽默地说：“我就是林副主席。你不介绍，我就得自我介绍了。”说完，他豪爽地大笑起来。

他叫林柏和，圆脸浓眉，淳朴豪爽，他妻子是哈尔滨知青。

我要下农场时，柏和写了一个条子："沿途各农场工会，朱晓军是我的朋友，前往你处采访留守知青，请给予大力支持。"

在"换新天"一出站台，一个小伙子举着写有我名字的牌子，是接我的还是重名？我的迟疑引起他的注意，"你是朱记者吧？我是创业农场工会的，林副主席打过电话，让我们接待。"这种事只有发生在北大荒。

王长国的话让我想起驻扎在海岛的军人，有时风浪大，船靠不上岸，不仅给养送不上不去，而且岛上的下不来。还有驻守青藏高原哨卡的军人，大雪封山哨卡与外隔绝，千里迢迢地赶来探亲的军嫂只得抱憾地在山下眺望。没想荒原也跟海岛和雪山差不多，采访全国"五一劳动奖章"获得者、转业老兵白琳时，他的夫人马淑琴讲述，她考取南开大学政治系后，从河北定州赶到五九七农场看望未婚夫白琳，临近学校报到时连降几天大雨，她被困在大荒里出不来，眼睁睁看着过了报到期限。最后，她留在了北大荒，嫁给了白琳，由天之骄子变成家属工……

雨把我隔在20多公里外的场部，只得望"雨"兴叹。其实，被困的不是我，是十九队的张春娟他们，哪怕有天大的事也出不来。王长国建议我电话采访，我觉得电话采访隔靴搔痒，只得再找机会过来。

十几年后，我再到创业，那里已发生天翻地覆的变化，高楼林立，场部已迁到一幢现代化的办公大楼。十九队已通公路，即便下七七四十九天雨也不会将我隔到外边进不去了。可是，那几天偏偏没下雨。巧的是在场部遇到张春娟，跟她去了十九队，去了她的家。

1

我怎么没返城？1984年我是有机会回上海的，我妈办了退休，让我回去顶替，调令都开出来了；勤得利（农场）在上海办一个公司也要我过去，结果1340元的欠债把我拽住了。

1972年底，张春娟在上海留影。

我是1971年9月下乡的，我爸是上海一家起重安装队的驾驶员，我妈是工厂技术员，我是家中老大，我妹身体不好，下面还有俩弟弟。我说我下乡，让他们留在城市，我就来到创业十九连，40多年没动窝。

那年，我和我的丈夫张宪金，和另外7户人家承包土地搞家庭农场，结果赔了钱。1340元，这笔钱在当时算很多了，我的工资才30多元。

张宪金不是知青，他爸是山东移民，他在北大荒出生。当年我嫁给张宪金，我爸妈反对，他们想让我回上海，怕的是嫁给外地人就回不去了。

我个子小，我现在胖了，刚下乡时挺瘦的。上海长大的嘛，到这儿干啥啥不行，割豆子割麦子，人家干到老远了，我落在后头，张宪金开拖拉机过来送饭，让我吃饭，他拿起镰刀帮我往前撵一撵。

后来，我去马号喂马，铡草、烧水，他看了也过来帮一把。我胃不好，食堂的馒头吃了就痛，他过段时间回趟家，带点大米回来。他人挺老实，在连队干活干得好，年年都是优秀。以前找对象都找本分的、老实的、不滑头滑脑的，我们俩就谈起来了。

我这人要强，啥事都不落后，第二年就当了班长。下乡时住帐篷，转年我带着班里的8个女知青割草和泥，8天起了一幢房子。

我和张宪金是1976年结婚的。为啥没找上海知青？得找个本地人，能干活，找个知青，两口子净干仗。

我结婚时，家里什么东西都没给。我爸妈反对我嫁给外地人，我爸妈想我不结婚兴许还有机会回去，跟了他就回不去了。结婚两年多，我们家一封信都没来。后来有了女儿，我舅舅给我和我爸妈往一起拉，他说孩子在哪儿都一样，我爸我妈也就通了，写信叫我回去。

我带着18个月的老大回了家。我妈见到我哭没？哎呀，哭了，那能不哭吗？下乡两年时回去一次，结婚以后再没回去，几年没见爸妈了。在上海过完年，我就要回来，我妈说你工作比较累，就把孩子放上海吧，老大在上海上了托儿所，我妈天天接送。

再回上海，我已怀了老二，我妈说生完孩子走吧。我在上海呆了三个多月，生下了老二。刚坐完月子，张宪金那边来信了，队里着火了，他把胳膊烧了，晚上住院打针，白天到修理厂修车。他是车长啊,车不修,春天怎么干活呀。我就抱着出生32天的老二回来了。从上海坐火车到福利屯,换车到建三江,再到创业,再到连队,那时候走一趟挺困难的。

老二3岁了,我又回上海,张宪金也跟了去。那时,家里还是反对的,他在我家待了不到20天,我妈就撵他走。我妈还是那个想法,他是外地人,跟了他怎么返城呢?我妈心里一直是有火的。她说虽然有了两个孩子,将来我姑娘还是要返城的。就是这么个想法,我妈说什么也看不上他,他只好自个儿先回来了,我在上海过完年才回来。

我妈让我把老二也扔在上海,她说你赶紧回去干活,我那时在农工班当班长。现在当官的不干活,以前当官全凭干活,哪有不干活的,你不干活谁听你的,是不是啊?我妈怕我累坏了,让我把孩子放她那儿了。

我妈、我爸、两个弟弟都来过北大荒,夏天过来。过来干什么?我的孩子在上海啊,送孩子回来看看,住一个来月,再把孩子带走。我妈觉得北大荒不行,那时候我在连队,刚有电灯,吃的水是挑的,辘轳把儿摇的井水,不习惯。

那么小的孩子扔在上海,想不想?也想,咋不想呢?

1984年,回上海的调令开出来了,我和张宪金都找着了工作,我们家在上海长宁区的老房子那时还没拆迁,一九六几年盖的。盖房子那会儿,我借个三轮车晚上到处转,把烧水的老炉灶的炉灰渣要回来,打成煤砖。那时的房子都是煤砖垒的。我和我妈天天垒,把房子垒了起来。三层楼，我爸老早有话，你们谁也别想，二楼的房子给你大姐留着，她什么时候回来什么时候住。我们要是返城，家里有30平方米的房间给我们住，返城知青没几个有这条件。

我拿着调令去找管财务的副场长，我说我要回上海。

副场长说："不行，你还挂着1340元账哪，你要走就是砸锅卖铁也得还上。"

我赌气地说，"哪里的黄土不埋人？不走了！"

2

第二次要返城就是2002年了，爸妈让我妹妹到北大荒接我，带我回上海。为什么接我走？家里摊上了事儿了。

1984年没走，我就跟张宪金说，咱得好好干，争口气。

1985年不联户了，自个儿干，我们没别的能力，就是干，那年我们包了450亩地。他种地，我养猪，养了好几头老母猪，打预防针，看着猪下羔子，全是我自个儿来。猪快下羔子了就搁屋里，猪跟人基本在一起了。干啥要尽心，不尽心哪行啊。那时候哪有时间唠嗑呀，我们俩经常累得坐在那儿就睡着了，好在俩孩子不在身边。

什么时候接回来的？老二是上完六年级回来的，回来上的初中，就留在北大荒了。老大上初中时回来读了一年，后来上面有政策，知青子女可以返城一个，我们就把老大户口办回去了，她也回了上海。

到年底，我们不仅还了1340元的欠债，还成了万元户。那年场部商店进了一台18寸的大彩电，别人都没有钱买，书记就做我的工作让我买。我就让他们把电视送到我们家来。那时万元户相当了不得了，尤其是像咱这种地的，搁现在种地一年收个几十万都不稀奇，那时算是挺好挺好了。

1997年，张春娟作为第八届全国人大代表参会留影。

1986年我评上劳模。1987年当了连队工会主席、富锦市政协委员。1988年当

上黑龙江省总工会委员。1993年当上全国人大代表。

打从我当了劳模、人大代表，在人民大会堂开会后，我爸我妈就不管我了，你回来也行，待在北大荒也行。他们感觉我确实干上去了。

中间吧，上头想把我调到农场的城建局，张宪金没同意。他比较老实，就知道闷头干。他没同意，连里的老百姓也不让我走，他们说在哪儿不一样啊。当时我想也行，哪儿都一样，我就没走。

2002年我摊上什么事儿了？为人担保贷款欠了44万的债，张宪金那一年也走了。

1987年，我在连队当工会主席，连队搞分片包干，一个干部负责包干一片，有些贫困户和外来户包了地，没钱买种子化肥，地种不上。地种不上，负责包干的队长就得下岗，咋能让他下岗呢？我这人心肠热，谁家种地种赔了，过年过不去，我就拿出钱帮他们，杀了猪也不忘给他们送点肉；我家猪下羔子，谁家没钱抓羔子，我就赊给他们，猪养大了，卖掉后再把钱还给我。另外，我每年都给学校捐钱。

贫困户和外来户跟人家借钱，人家信不过，说叫张春娟来，她来，你要多少给多少，她不来，一分钱也拿不走。你说我能不去吗？我去了就痛快地把钱借给了他们。

农场也有人找我说："我老了，手里有点儿钱，你帮我放出去吧。"

我说行，都是老同志。

我年年给贫困户和外来户担保，借个二十多万三十多万到年底他们给我送过来，我再挨家挨户登门还钱，你两万，他三万，连本带利一起还上。

2001 年春天，我给 13 户担保借了 44 万。

7 月 31 号，黑龙江省组织劳模出去疗养，我提出带张宪金，领导同意了。我俩出去玩了一趟。回来后，他说后背疼，我说是不是爬山累着了？后来一直疼，去医院看，怀疑是肾结石，去建三江管局医院拍了 CT。结果出来，医生把我叫到一边，说可能长东西了。我就领他去了佳木斯医院，确诊是癌症，肝癌转移成淋巴癌。在佳木斯住了一段，听说上海的医院好，我带他去了上海。

在上海做了手术，拆线后出了院。一天 50 块钱，在附近租了间房子，白天去医院放疗化疗，半个月后，我把他领回了北大荒。我说回家吧，咱回家养。治病前后花了 14 万，家里的钱全花光了。

年底稻子还在田里，大雪压下来了，那时候没有机器，都是人工打稻。下的雪白天化了，晚上冻成冰溜子，有冰的稻子不好卖，1 块钱 4 斤，1 块钱 3 斤，就这么卖的。

那一年，农场没一户挣钱，全赔。我家也赔了 21 万元。

腊月十九那天，张宪金走了。

我妹妹跟我大姑爷[1]从上海过来了，知道我太困难了，要把我接走。

大姑爷说："妈妈，你回家吧，别在这儿遭罪了。"

想上海的家不？想家，想得掉眼泪，我也不能走。我想欠着人家钱呢，人家坑我，我不能坑人家啊，我不走，等我把账还清再走。

---

1 东北话，指女婿。

农场有个人欠 20 来万，跑了。我欠 40 多万，也该跑是不是？但是咱不能那么做，这样我就没走。

3

傍晚，我就去了别拉洪河，一步步快走到大桥上了，我寻思怎么个死法，要不跳河，要不上吊。张宪金走了，老大老二都成家了，就剩我自己了，我死了你们怎么找我还账啊？

2002 年春天，该种地了，我担保的 13 户人家，还不起债开始往外跑，有跑江苏的，有跑大连的，就剩下两三家。放款的人收不到钱，就上我家要，住在我家不走。来多少人？多倒是不多，两三个，三四个，那就够烦的了。我说，你们不要逼我，既然我担保了，我会还给你们，一家家慢慢还，保证一分不差，我做人要做到这儿。

我还说，你们等等，别着急，等粮卖了，我给你钱。他们还是天天来，一天一趟，给我烦的，感到没活头了，就想到了死。

种八号地的刘树利感觉不好，从后面追来。刘树利心细，一看我不见了就开着我们家的车到处找我。在桥上找着我了，他把我拉回来。我就哭，恨自己，当时不该管这事，队长下岗就下岗呗。不管么，地种不上，多砢碜？后来，我慢慢冷静下来，细想想，好死不如赖活着，活着吧。

刘树利是外地的稻农，1995 年来农场的，老婆跟他离了婚，带着一个十多岁的儿子。他跟张宪金关系很好。张宪金病重时，他围前围后地侍候。张宪金临走时跟他说："刘啊，我不行了，你帮忙照顾这个家吧，你张姐人不错的。"

他说："哥，你放心吧，没事儿。"

刘树利的八号地种的是大豆。张宪金走后，刘树利说，我给你地里干活，你家的机器帮我把地耕耕，我说行。

那两年，跟债主说啥也不听，天天跟着我，看着我，怕我跑了。我说放心吧，我是省劳模，不带干这事儿的。一次，见那黄瓜馋得不行，我跟那看着我的人说，给我几块钱，我买两根黄瓜吃。他说没有，一分钱没给我。我恨死他了，发誓不能穷一辈子。

到了秋天，粮食收下来，他们上地里看着，三轮车就堵在稻堆边，晚上住在地窝棚里，怕我偷着把粮食卖了。我说先让我把公粮交了，剩下的你再拉走。本来收完稻子可以放一放，等价钱往上涨涨，他们等不得，一公斤一块钱就卖了，后来涨到一块六。

刘树利总去地里帮我干活，别人就起哄。后来车坏了，就叫懂车的技术员帮我们修车，技术员是男的，他家里的就闹，那意思我丈夫没了，怎么怎么着。这时，刘树利对我说："你也别嫌我穷，我也不嫌你岁数大，我们俩一起过得了。"

刚开始我不同意，我 1952 年生人，他 1963 年生人，我比他大 10 来岁呢，后来想想也行，就这样我们俩到一块了。

我和刘树利一年到头待在地里，不请零工，所有的活计都自己干。那时实在是太累太累了，张宪金的侄儿原来在我们家帮工，我们家过去的日子在连队是一流的，现在没好吃，没好喝的，还那么累，也跑了。

2004年，刘树利领着一帮人在地里插秧，我回家做饭，正做着呢，就听头顶噼里啪啦地响，以前的房子都是拉合辫的，我往房顶瞧，没瞧出什么。我就走了出去，一看，稻草苫着的房顶冒烟了，敢情是烟囱年头久了，着火了。我就往外抢东西。人家刚买的农药放我家了，农药是大事，我就抢农药，插秧的钱有一万多块，放在柜子里，都没抢出来，还有手机、电话啊，统统都烧了 ……

我打电话给我爸，我爸第二天就让人汇钱来了。我只要有事，跟我爸一说，我爸就汇钱过来。有时候要买柴油了，我给我爸打电话："爸，没钱买油了。"

我爸说要多少，我说打个几千吧，我爸就打过来。我弟弟妹妹都成家立业了，爸妈的岁数也大了，实在被逼得没办法了，才跟他们张口。我们家的人其实都挺好。

2008年，我和刘树利包了一千多亩地，整个连队就数我包得最多。到年底，40多万欠债全部还清。

我现在过得挺好，连队拆迁，买了两套房子，还买了一个车库。去年买了一辆宝骏汽车，整个下来不到13万。我不会开，都他开，刘树利开。

刘树利的儿子结婚，给他一套100多平方米的房子。这孩子初中毕业后出去干了几年，回来他爸就不让走了，说得找媳妇了，赶紧找，找着了赶紧结婚。

还有一套80多平方米的，我们两口子住着。

老大工作？我不打听，也不知道。老大回来读初中那年还行，回来也适应，户口办回去后，她再回来就嫌我这儿不好了，现在更嫌这儿不好了。

后悔不？后悔也没办法，我那时候为了干活。从小没亏了她，没缺她吃，没缺她花。我跟她爸两人一个月挣60多块工资的时候，每个月往家给她寄钱。我妈、我爸都惯着她。我们家姑爷行，姑爷到家，洗、涮、做饭，全是他。不过，他很少来北大荒，没时间来，上班呢。

老二在农场成的家，她在学校工作。

我的地有460多亩，前年作价65万，给老二了。我岁数也大了，腿骨质增生，走路都走不动，种不动地了。孩子们愿意种地，叫孩子种去。收入咋样？收入还行，不行她不能种啊。我退休金2700多块，刘树利没有，他是农村的。没病没灾的，够用了，有病有灾就不大够了。

上海的老房子早就动迁了。我大弟弟、小弟弟、我爸妈各分了一套。我爸妈那套81平方米，那时候我妈有病，我妈看病，以及我妈过世的钱都是我拿的。我爸对我弟弟妹妹说，这房子给你大姐留着，你们谁都不能动。我爸想，哪天我兴许就回去了，得给我留个窝。现在那房子值几百万了。我跟他们说，还有个爸呢，咱爸大家管，这房子将来卖了大家分。那时我若在上海，动迁时不也能分一套，是不是？

我爸一直对北大荒不满意，去年我把我爸接来，他觉得还可以。夏天我们这儿凉快呀，上海热死了。我现在住楼了，给他住的房子也挺大，到了冬天他要回家，老人不在儿子跟前，总是有点那啥的，我就把他送回去了。

总的来说还行，反正人在哪儿待习惯了，就觉得哪儿好。在上海，也行；在这儿，也行。这里嘛，素净点；上海嘛，热闹点，也就这样。你想，我当初要是回了上海，劳模也不一定当得上，全国人大代表也不一定当得上。这个地方小，你有一点成绩别人就看到了。从政治上讲，这里强；经济上嘛，上海也未必强多少，上海跟我们差不多的也不少。

我们是中国最美的家庭农场

——葛柏林、林莉夫妇

人物简介：

葛柏林，佳木斯知青，1947年9月17日生人。1968年6月18日下乡到八五九农场八连，当过农工、副班长、班长、排长、连队统计、农业技术员、副连长、连长。1985年辞去分场场长，创办家庭农场，先后入选黑龙江省劳动模范、“全国十大种粮标兵”，创办的圈河家庭农场被称为“中国最美家庭农场”，拥有耕地7000亩，湿地1000亩，林地4000亩，林木100余万株，大型农机10余台，配套农机30余台件，年产商品粮2000余吨。

林莉，北京知青，1949年生人。1969年下乡到八五九农场。1972年与葛柏林恋爱，1975年结婚。先后担任过农工、小学校长，放弃三次返城机会。1986年为办家庭农场辞去小学校长职务。

采访手记：

1994年7月，我第一次到北大荒采访，目标有二，一是饶河农场上海知青周浩妹，她嫁给一位转业到北大荒的军人，放弃了返城，1990年丈夫患了尿毒症，她伺候了4年；二是八五九农场医院的护士班，她们数年照料一位双目失明的知青。

那时，我还没写书的打算，只想为所供职的媒体写稿。在饶河农场，我采访了十多人，可写三四篇稿，于是就有了小富即安的想法，没有

2008 年，作者朱晓军与葛柏林在乌苏里江边合影。

去八五九。那次去的话很可能就采访到葛柏林。从那之后，我的双脚在八五九附近的勤得利、七星、创业、前进、浓江、前哨等农场转悠了十来年，也没转悠到东边的八五九。听说过葛柏林的故事，多次想赶过去，不知为什么总是阴差阳错没去成。

进入 21 世纪，知青下乡三四十年，已年逾花甲，多数离开了工作岗位，有的去投奔儿女，有的返回家乡，还有的离开了人世。我有了紧迫感，每到暑假就飞往黑龙江，背着双肩包一个农场一个农场地采访。2008 年，我的双脚终于踏进八五九。

到八五九采访的第一位知青就是葛柏林。那时，葛柏林已成为农场的一张名片，采访他不是件容易的事。农场宣传部的朋友给他拨电话，说浙江有位作家想见他。他很给面子，开 20 来公里车从他的圈河[1]农场赶了过来。

葛柏林见面就说，我是诸暨人，听说浙江老家来位作家就跑来了。看

1 圈河即别拉洪河，系乌苏里江下游左岸一条支流，位于黑龙江省三江平原的东部。别拉洪河系满语，意为"大水漫地之河"。

来我借了浙江的光，否则他也许不会放下手头的事情从那么远赶过来。他在靠窗的椅子坐下，脸像老农民似的呈古铜色，两鬓没有白发，不过已谢顶，穿着不大讲究，一件白圆领T恤，外套黄、蓝、白横杠衬衫，衬衫兜别一支签字笔，米黄色休闲裤有点儿皱皱巴巴。他的十指交叉放在腹部。让我感到有点儿奇怪，这种坐姿通常属于大腹便便之人，他的肚子却一点都没突起。

“写作要看角度，有新思想年轻人才能接受。要具有中国的特色和国情，就要从中国特色社会主义谈起。”葛柏林说。

2015年，葛柏林与林莉在圈河农场的家中。

我当了19年记者，又写了10多年报告文学，第一次碰到关心写作角度，以及年轻读者阅读特点的采访对象。我们在宣传部聊了一个多小时，作家刘加祥过来后，葛柏林开着他的森林人拉我们去他的圈河农场。加祥是老朋友，什么时候认识的已记不得了。他是八五九的，采写过葛柏林，关系很融洽。

我们一进入圈河农场，葛柏林像变一个人似的，兴奋像篝火似的燃起来，如数家珍地讲解着他的农场、规划和憧憬。农场还没建完，湖边的房子还没竣工，乌苏里江边的堤坝刚筑起，上边还堆着泥土，水麦草理直气壮蓬蓬勃勃地生长着，堤下江水滔滔流淌，犹如熙熙攘攘、无穷无尽的人流。农场旷阔，树林茂密，葛柏林说，这里许多树都是原始的，有些品种是珍贵的。

9年后，葛柏林的森林人再次把我拉到圈河农场，陪同我的还是加祥。葛柏林变化不大，穿着一件像迷彩服似的两兜衬衫，下身好像上次穿的米黄色休闲裤，农场却有了巨大的变化，路铺好了，堤已筑好，一幢幢别墅隐于绿荫之中，处处郁郁葱葱，鸟语花香。在一幢装修高档的别墅里，我见到葛柏林的夫人林莉，对他们夫妇进行采访。

光阴犹如从山上滚下的线团，越滚越快，眨眼就是几年。2018 年成书前，我们又对葛柏林和林莉做了补充采访，他们夫妇热情配合，聊得很开心。葛柏林已 71 岁了，林莉也 69 岁了，按过去的说法已是古稀之年，说起圈河农场的昨天、今天和明天，他们还那么富有激情。我们不由想到曹孟德的诗句："老骥伏枥，志在千里；烈士暮年，壮心不已。"

下乡五十年，葛柏林和林莉在亘古荒原上建起了"中国最美家庭农场"、AA 级景区，先后荣获"全国粮食生产大户""全国十大种粮标兵"称号，当年毛泽东的"广阔天地，大有作为"在他身上得以体现。

2018 年 7 月，杨丽萍（左一）在"中国最美家庭农场"对葛柏林进行补充采访。

1

葛柏林：1985 年，我已下乡 17 年，从十连的统计、生产技术员、副队长、队长，干到了三分场场长。我的势头在往上走，当时农场分场场长年龄在 48 岁左右，我才 38 岁，是最年轻的，有 10 年的年龄优势。总局领导对我父亲说，送小葛上大学，好好培养培养，趁着咱们这些老家伙都在，让他挑挑担子。我父亲“文化大革命”中被打成“走资派”，平反后，当时是总局办公室副主任。

我三次向农场打报告，(要求) 下来搞家庭农场。场领导对我挺重视，给我三个选择：上柳河干校或者八一农大学习，回来当农场干部；去水利大队当队长；尊重本人意愿，下去办家庭农场。

我说，官场这个台阶是爬不完的，爬起来也累，我就下去搞家庭农场吧。

我是六六届高中，当时高考志愿都填好了。我的第一志愿北京装甲兵学院，第二志愿大连工学院，第三志愿八一农垦大学。我为什么报考部队院校？一是家里生活困难，我父亲一个人上班，五个孩子，还要给爷爷奶奶、姥姥寄钱，我是老大，军校国家供养，不用交学费；二是我想当装甲兵，我看过《金星英雄》那本书，主人公是装甲兵，从苏联一直打到柏林，作战非常勇敢，被授予“金星英雄”，回家后，不论走到哪里都受到热烈欢迎。我觉得当个“金星英雄”挺不错。

离高考还有十多天，“文化大革命”爆发了。大学考不成了，装甲兵的梦也破了，毛主席发出号召“上山下乡”，那就下乡吧，起码能减轻家里一点儿负担。就这么着，1968 年我跑到北大荒。

那时实在是太苦了，夏天麦子收了，晚上在场院扬场，干活累出一身汗，麦芒黏在身上痒痒的，蚊子一把一把的，叮在脸和脖子上，难受劲别提了。吃的也不好，有的连队靠河边，打点鱼改善改善伙食；我们八连都是转业兵，不太会安排，阶级斗争那根弦还绷得很紧，谁多养两只鸡就“走资本主义（道路）”了，拉出来斗一番，结果搞得吃吃不上，喝喝不上，食堂空空如也，只有点儿冻白菜。几个月才杀一头猪，顿顿酸馒头白菜汤，馒头黏牙，白菜汤没油水。搞得人见死猪猪羔子都流口水，有时偷偷把它后腿砍下来，煮煮，解解馋。

吃不饱嘛，就搞搞精神会餐。我时常想《金星英雄》的后半截，金星英雄退役回到集体农庄，他老家穷得够呛，生产搞不上去，生活条件很差。苏联的集体农庄和咱们那时的情景差不多，吃大锅饭，上面官僚，下边出工不出力。他带领大伙儿致了富，有一段描写集体农庄会餐：“焦黄的大列巴装在箩筐，玫瑰色葡萄酒倒进杯里，还有烤得金黄的烤鹅，大家举杯庆祝丰收。”

既然当不成装甲兵就要好好干，过一个好的生活。北大荒资源那么丰富，我们就不能在自己的土地上创造幸福，顿顿鸡鸭鱼肉？就不能一推开门，猪肉样子一摞摞的，粉条一麻袋一麻袋的，鸡蛋、鸭蛋、鹅蛋一缸一缸的？

有一年过中秋节知青聚会，大伙儿喝了点儿酒就说了点儿掏心窝子的话，有人说想当官，有人想当老师，有人说想当兵。我说，我就想能有块自己的土地，自己耕，自己种，自己收，过上过去员外的生活就不错了。当时大家都说这不可能，社会主义嘛，哪能允许个人英雄主义和承包主义，那是不可能的，说我是在做梦、说梦话。当时老赵说要走仕途，大家就叫他“赵举人”；我要当财主，他们就叫我“葛员外”。

我就想，自己要是有块地，肯定能经营好，能做到要啥有啥。

林莉下乡时留影

2

林莉：我是1969年下乡的北京知青。我家5个孩子，下乡3个。我老大，我弟弟老二，大的走了，小的才留下。我俩走了，大妹妹分到北京的工厂，再下边一个妹妹去北京郊区插队。

我的同学都上云南了，上西双版纳橡胶林，我不上那儿去，太热了，还有蛇。一个去我们学校（动员）的当兵的说，北大荒楼上楼下电灯电话，我信了。到北大荒一看，到处是荒草甸子。8 月底 9 月初，正是蚊子多的时候，一把一把的，晚上上外头，往脸上一拍，能打死好几个。可不是楼上楼下？楼上一层铺，楼下一层铺，上下两层大通铺住 20 个人。

下乡的时候，我正好 20 岁，分在十连农工排。这儿以后挺苦的，在政治上挺受压抑的。领导比较"左"，老觉得我们读过高中的受资本主义教育多，"中毒"多，是重点改造对象。他们让初中生去当老师，也不让你去。你要去最艰苦的地方，通过劳动把"毒"洗下去。你别乐，当时真是这么说的。我上高一时就赶上"文化大革命"，以后两年带念带不念的。

我的个性是属于那种比较直爽，说话也比较直的那种。这会不会吃亏？吃亏呀！有些老职工家比较贫困，逢年过节杀猪卖肉，有一次剩 4 斤 (没卖出去)，我说过年了，咱们花钱买了吧。那时挺便宜，7 毛钱一斤。买回来，我借个小锅在宿舍炖了，分给大伙儿吃了。他们吃完了还批判我。为啥批判？说我资产阶级思想严重，自个儿做小锅饭。我说我花自己工资买的肉，大伙儿都吃了，完了还批判我资产阶级思想严重，那会儿没地方说理去，现在看是个笑话。

说是接受贫下中农再教育，就是干活。那会儿没有工作 8 小时概念，什么时候需要什么时候干。早晨三四点钟起床，把场院堆的麦子上的草苫子揭了，用木锹划好垅，隔半小时翻一次，到下午 4 点钟左右收场。晚上把晒干的粮食入囤，没有输送机，都是人扛，三节跳板，背七八十斤粮食一节一节上去，往上头一倒。秋天下地收豆子，豆子太矮了，弯腰割一天，腰都直不起来。

1972 年，比较“左”的领导被换掉了，新上来的领导觉得应该让高中生去当老师，他们会比初中生教得好，于是让我去当老师。农工太苦了，能干到老师不容易。

葛柏林：小时候喜欢什么，大了以后自然就对什么有感情。

我在浙江农村长大的，是最早的留守儿童。我父亲在外当兵，把我送回诸暨老家。我跟着爷爷奶奶，他们下地种菜，我去薅薅草帮忙。后来，放学回来挖猪菜，挖笋，挖药材，抓螃蟹，抓泥鳅。石头翻开，螃蟹慌忙窜逃，钻到篓子里。搞一个竹编的箩，放进肉骨头或者饭粒儿，搞根绳子和石头沉到塘底下，过两三个小时箩拽上来，里边有泥鳅，还有小鱼小虾，拿回家给爷爷下下酒，改善一下生活。8 岁的时候，我挖了一个大冬笋，卖了 5 角钱，被奶奶没收了，我哭了一场。挖药材挺不容易，一次挖半斤一斤，到集市上卖几毛钱，买一碗馄饨吃，我奶奶还说我不会过。

我 12 岁跟着父亲住在合江农垦局，在农垦局大院搞小垦荒，种土豆、茄子、西红柿。大院后面是个垃圾堆，垃圾堆旁边是菜窖，挖菜窖挖出来黄土堆在旁边。过去的垃圾不像现在有塑料袋、玻璃瓶子，除菜叶子就是煤灰，那时玻璃瓶子是好东西，还留着打酱油打醋呢。我拿铁锹平巴平巴，把黄土在上面覆盖一层，种上了倭瓜、苞米、豆角。豆角顺着苞米杆往上爬，家里的菜基本不用花钱。

林莉：我跟土地可没有这感情。我是在北京长大的。那会儿他们都种扎根树，我说我不种，我可不想在这儿待着。结果种树的都走了，我这没种的倒留下了。

3

葛柏林：离农场场部70余公里的三十七连有很多荒地。荒草甸子除了野草，什么都没有，人一进去，蚊子轰地炸开来。我想办开发性家庭农场，自己开荒种地。

1983年，已实现《金星英雄》所描写的场面。过去，垦区的体制跟苏联的集体农庄差不多，吃大锅饭，领导瞎指挥，每人每月35.2元工资，干多干少一个样。1974年冬天，零下30多度，十连派出300多人去挖排水沟。天寒地冻，一镐下去，像弹脑瓜崩儿似的，地上一个小坑。早上6点上工，晚上6点钟回来，一个班分一段，结果这个班刨一个小坑，那个班刨一个小坑，一冬天刨了几十个坑，不够现在挖掘机干半个小时。

那时，动不动就零下30多度，迎着风走一会儿，脸就冻白了，鼻子也白了，没有办法只能手使劲搓。不干活冻死你，干活吧，一天干12个小时得累死，只能干一干歇一歇，干一干歇一歇。后来，我说你非得冬天去挖排水沟，夏天挖多好？冬天一天半方土都挖不出来，夏天挖六七方都很轻松，咱们得科学管理。

1979年我当上了连长，冬天全连放假，后来其他连队跟着学了。

4年后，北大荒搞大包干，十连由八九五农场最后进的连队变成全场第一,在全垦区1000多个连队中排名前三,2万亩地赢利100万。豆收和麦收时,每天都会餐,干出100亩、150亩就收工上食堂吃饭,食堂摆着12个大菜,好烟好酒,酒是剑南春、泸州老窖,烟是上海牡丹、天津恒大。

我们还隔三差五分东西,什么都分,小麦收完了,分土麦子;大豆收完,分豆皮子、豆毛子;秋菜分白菜、萝卜;还分西瓜、沙果、葵花子,一家六大麻袋葵花籽。张瑞敏的青岛冰箱厂欠200万债的时候,我们连队分了30万现金,人均3000多元,等于我下乡10年的工资。从1968年到1978年,我10年才挣3000多元。那时候有台电视可是不得了,我们十连实现了家家户户有电视。

我们赚的第一个一万块钱给了我妈。为啥?我妈工作一辈子,一直没转正。那时候,我父亲跟我妈说,你干脆就别转正了。我妈听他的了,结果整得我妈工作时间挺长,出勤率还挺高,却没转上正。

林莉:那时,他们俩老打架,我老婆婆在总局缝纫组上班,我老公公是管理科科长,负责职工转正。转正指标有限,他就让我老婆婆让给别人。我老婆婆让完了就有意见了,说你看,跟我一块来的都有了退休金,我连退休金也没,为这事成天吵架。我们说,你们别吵了,我们挣了一万块钱拿给你。那时,银行利息还挺高的,一万块一年有七百多,那会儿我们的工资四十,七百块等于一个月六七十了。

葛柏林:分奖金的时候,事儿就多了,平时不怎么出力的想争一争，想多拿钱；平时干得不错的，又不好意思争。我发现大包干这种形式还不能实现按劳分配，多劳多得，少劳少得，得另找一种模式。那时，中央电视台在播放美国电视连续剧《草原小屋》，一家人开一辆大篷车，到美国西部开发家庭农场，觉得挺有意思。我们就想自个儿也办个美国式的家庭农场，美国人能干，咱们也能干。

当年我说，想有一块自己的土地，那帮同学都笑我，说你不是做梦吗，哪能让你自己拥有土地，承包土地？终于等到了机会。

林莉：葛柏林一直做这个梦，希望有块地好好种一下，像绣花似的，建个像样的地方，跟美国的家庭农场一样，也是建设美丽中国的意思。

贷款 5 万元，我购进 60 推土机、铁牛 55 拖拉机各两台，大犁、重耙、轻耙、播种机、镇压器各一台，油罐一个。我还在三十七连承包 2000 亩次生林，在周围打了防火道。

我们借住的是三十七连的房子，那房子八面透风，冬天零下 20 多度，把水缸里的水冻成冰坨。晚上，我和 5 名农工挤在 2 米来宽的土坑上，大家开玩笑说，必须喊着号子一起转身。为解决资金，我领着他们打零工，给二道河农场拉沙子。

林莉：农工就是各连队愿意跟我们干的职工，我们雇的，工资比农场职工高一倍。

葛柏林他们用火烧荒，拖拉机翻地，耙三四次才播种。大犁放在那里被人拆走了零件，不能用了，只得从别处弄回了一台。他们先开垦几百亩荒地，后来扩成一两千亩地。没有食堂，他们就交伙食费，在三十七连搭伙。那要连队的职工先吃，剩多少他们再吃，像受气包子似的，吃得特别不好。我想，这样时间长了身体就造完了，身体垮了什么都完了，与其那样还不如两人破釜沉舟一块干。再说，家庭农场亏损了，就我那点工资也不顶用。于是，我也就打了报告，辞去小学校长，下来给他们烧水做饭，送水送饭。

什么时候谈的恋爱？1972年，北京缺少师资，来农场召老师那年。知青刚来时不让谈恋爱，谈恋爱就是资产阶级思想，马上斗你，开会整你。有一次领导在会上批评大家，一个知青站起来质问，你闺女多大？你什么时候结的婚？大家一算，敢情18岁就结婚了。知青火了："你怎么18岁结婚了？我他妈都二十五六了，还不让谈对象！"打那以后就允许了。

让人家扎根又不让人家谈恋爱结婚，那怎么扎根？那时许多知青已经二十六七岁了。

葛柏林是八连的知青，1971年调到了十连，这样我俩就在一个连了。他是统计，我是农工，我们是老职工介绍在一块的。

第一印象？我当时觉得他特别土，穿一条带补丁的裤子，补了两个膝盖，平常不爱吱声。不过，我发现他对一些社会现象看得比较透彻，有头脑。下乡那会儿知青大多年纪小，初中毕业的也就十五六岁呗，懂什么，人家一说，他们就相信，人家一窜楞，啥事都干。葛柏林跟他们不一样，他对江青的"文攻武卫"提出不同看法，说他们要"文攻武卫"，都互相打起来，那就没有"文攻"了，全变成"武卫"了，那不乱套了吗？那时谁敢那么说？我听了不敢跟别人说，说了他就是反对江青，就要被打成“现行反革命”。

人家都挺好奇，说你怎么看上葛柏林呢，还说第一个发现葛柏林优点的人就是我。

葛柏林：我跟林莉谈对象前私下里没有接触，只知道她是北京知青，外号叫“林大浪”。

开始也有点误解，后来一接触这人不错。她体育挺好，在学校100米、200米（短跑），铅球、跳远都是第一名。她又泼辣能干，能和男的剽着干。能干就招人嫉妒，尤其她的领导觉得她威胁太大。知青里也钩心斗角，不把你踩下去人家上不去。她性子比较直，有些事情看不过眼儿，就跟领导对着干，领导还不收拾她？那帮女的就贬她，叫她“林大浪”。其实，她是挺正统的一个人。

林莉：“文化大革命”时，给他（葛柏林）爸轰到查哈阳（农场）去了。我第一次去他家，他父母还住在羊圈里呢。

有没有动摇？没有。当时没考虑那么多，咱是觉得这个人不错，也不是跟他们家怎么地。他爸是“走资派”，那我爸还是国民党军人呢，都差不多。

我爸是福建长乐人，小时候爷爷走得早，奶奶领着他没法儿过，就给送到饭店当学徒了，后来随着国民党军队去了缅甸。他级别不高，干技术的，修理装甲车和坦克，沈阳解放时就投诚了。凡是机械的他都懂，人家弹的琴摔坏了，他能修，车坏了，他也能修。

葛柏林：“文化大革命”时，全国在查一个叛徒，叫葛清，我爸正好也叫葛清。通缉令发到总局，总局说我们这儿有个葛清，一下子对上号了。正好我爸是1945年参加游击队，打仗时打散了，找不着组织就回家了。后来去上海当了工人，因闹事儿被开除，又跑回浙江老家乡下，中间这两年说不清，叛徒就扣他身上了。后来，查来查去也查不出什么罪状，就把他打成“走资派”，下放到查哈阳农场。

刚下去时住一个老贫农家对面炕。他们从佳木斯带两袋面，馒头一揭锅他家六七个小孩就围上来，一人抓一个，一锅馒头就没了。下雨天我妈挑水，刚把缸挑满，他家又喂猪又做饭一下子缸就见底了。我家从城市下去的，卫生好一点，这边刚收拾完，那边虱子跳蚤就过来了。

这日子没法过了，我爸就跟领导说，哪怕给个猪圈羊圈让我们搬进去住也行。

他是犯错误下放的，不把他当成革命路线上的人，贫下中农和基层连队都不稀罕管，最后找贫协主席才松口，说给他个羊圈吧。羊圈是间挺矮的小土房，外间15平方米用来做饭，里间15平方米当住房，弟弟妹妹睡在一铺炕上，灶坑里烧的是草甸子割的草和地里拉回的苞米秸子。

1975年，她回北京探亲，说哪哪号从北京回来，坐火车到齐齐哈尔，拐到拉哈，让我到拉哈车站接她，去查哈阳看我父母。拉哈车站到查哈阳约60里地，那60里地没有直达车，有时候坐毛驴车，有时候坐“小蹦蹦”，有时候坐马车，截啥车是啥车，没车走路。我头一次赶到拉哈没接到她，我就有气了，不来拉倒，就回来了。我妈说，可能晚点了，你怎么这么心急就回了？我说，第二天再去接吧。第

葛柏林与林莉的结婚照

二天又没接到她，就等，等半天，等到晚上也没等到她，我又回来了。回来后，她就打来电话了，说西安的老舅来了，晚回了几天。第三次去接，我才接到她。

三请诸葛亮，接了三次才接到她。老爷子老太太见林莉圆脸儿，高挑身材，倒是挺高兴。晚上，她就住在大炕上。她住了十多天，回农场我们就领证了。准备了两桌饭菜，老职工和知青们送个茶缸、毛巾、玻璃杯啥的。结婚时，我已二十七八岁了。

我父母给了一床被子、一床褥子。我家那时真挺困难，欠公家900多块钱。我父亲在被打倒前老出差，回浙江回杭州，战友又多，他挺爱装的，吃饭就掏钱，住旅馆也掏钱，该报销还不报销，革命嘛！那时候，吃一个烧鸡大概才18块钱，徒工一个月工资也就18元，他拉下900多块钱的饥荒，多大一笔数字？一直压着我们家，我妈说做人要有志气，吃咸菜也不能欠账。

4

葛柏林：家庭农场第一年就赢利了，毛收入 11 万元，当时一个人工作一辈子才挣 4 万元多点儿。

有些人就红眼了，说葛柏林的家庭农场沾了连队多少多少光，于是农场就派计财科科长等人来查账。查来查去，农场一分钱没找回去，还给我们找回 1 万多块钱，当年毛收入变成了 12 万。连队给我们一亩地摊了 20 公斤的豆种，谁家撒豆芽呀，一亩地播那么多种子，再说播那么多它也不长，不结豆儿啊。本来我和连队有约定，我们给队里干零活，凡是 1000 元以下的就不算账了，算义务劳动。连队的森林着火，我们去车去人扑打，拉个大犁，打了一道防火道，都没跟他们要钱。

他们说政策变了，把我承包的 2000 亩次生林收回去了。我来气了，那块地就不要了，给连队了！你不老怀疑我们占便宜吗？我们躲你远远的，找个前不着村、后不着店的大荒草甸子重新开荒，重新种地！

1986 年，我们搬到别拉洪河边的荒草甸子。别拉洪河是满语，有大水漫岗，河水一圈圈之意，又叫圈河。

四周好的地，水大淹不着、涝不着的，让连队开垦了，我们开垦的是人家不稀开垦的低洼地。没地方住，我就买块帆布，往拖车一搭就是棚子，五六个职工住在拖车上，住不下就搭上下铺。我和林莉也找块破帆布搭个小棚子，猫腰住进去。外头下大雨的时候，我们住的地方下小雨。没地方做饭就外头搭个锅台，林莉光着脚丫子在外面做饭。没有自来水，就把泡子[1]里的水烧开了喝，那会儿没有那么多污染。

后来，盖一间25平方米的小砖房，林莉有了厨房，不用光着脚站在泥水里做饭了。

1987年，我们新开垦的地里种上大豆，豆苗长势好啊。

为赚外快，我们去二道河农场修路，挣了10万块钱，挺高兴的。回来一看傻眼了，家里2000亩地都涝死了，当年颗粒无收，连工资都发不出来。

接下来几年，家庭农场被贬得够呛，有人认为家庭农场挖了社会主义墙角，雇人是剥削工人的剩余价值。家庭农场的粮食不许随便卖了，必须卖给农场；化肥、农药不给指标了，自己想办法。我为了发工资，偷偷去寒葱沟粮库卖豆子，路上被抓住，分辩了几句，对方拔出了手枪。承受不了政治和经济压力，家庭农场十有八九垮掉了。跟着我们干的技术水平高的职工都走了，又招了一批，没过多久又走了。工资不高，条件艰苦，寂寞难耐，经济上没出路，政治上没前途，谁跟你干哪。

1990年，农场只剩我和林莉了。我们吃野菜蘸大酱，喝泡子里的水坚守着。我得了角膜炎，红肿着眼睛行走在齐腰荒草；又挨了雨浇，发起低烧，躺了3个多月不退烧……

农场给我做工作，说赶紧洗脚上岸吧，别陷得太深，别赔得啥也

1 泡子，通常不和外界的其他河流或湖泊连接，是死水，而且一般不会很大，水也不深。

不是，赶紧把地卖了，让我回去当个副场长。

林莉：本来可以不遭这个罪。我有三次返城机会，放弃了。

第一次是1972年。北京中小学教师紧缺，招一批高中知青返城当老师。那机会难得啊，知青大返城前很多人都想走，有的干部子弟门子硬，当兵走了。没关系的豁出去了，工作不要了，户口不要了，赖在城里不回来了。他们宁可扫大街，扫大街的活儿也找不着，你是逃兵，没有户口，什么都没有，人家不给你安排工作，只好当无业游民，父母认养了。

负责招考的是我家亲戚，基本定了招我。那机会多难得，可是我和葛柏林谈对象了，没有走。家人埋怨不？反正不高兴是真的。

1977年恢复高考，我本可以复习复习参加高考，离开农场，也放弃了。要考能考上不？我觉得应该能考上，我那会儿当老师，(知识)扔得不多，不像他们干农活不接触课本。我小学老师、中学老师都当过，中心校校长也当了好几年。

第三次是1979年，我爸退休，让我回去接班，工资关系都办了，我没走。有孩子了，我走了，他和孩子就扔这儿了。或者各回各地儿，他回佳木斯，我回北京，可是长期分居也不是个事儿。我还比较注重感情的，所以就选择留在这儿。接班的名额给了我妹妹，她顺当回去了。

葛柏林说，你看知青上山下乡大帮来的，如果随着大帮回去，住房没法解决，工作没法解决，二十多岁三十几岁，回家吃爹的吃妈的，也不是个事儿。再一个，上山下乡将近10年，年轻的时候在这里学的是农业，回去了用不上。我回去了或是当老师，或是干别的；他回去进工厂给师傅递扳子，递钳子，伺候师傅，10 年的农业底子就白费了。

当时考虑挺多，就没有回去。不过，心里也不好受，一个车皮呼噜呼噜来了，人家都回去了，就剩下我们，总觉得有点儿没着没落的。

我家下乡三个就我没回去。弟弟下乡那会儿，我让他上黑龙江，他不来，说跟着同学走，去了延安洛川县。头一年，国家给粮还能凑合过，45 斤毛粮，这帮知青也不会计划过，月初吃干的，吃好的，月底喝苞米面粥。他们不像我们连队有炊事班，只得轮班做饭，今天你做，明天他做，掂量着做。第二年国家不管了，这帮知青开始抢、偷，为什么？吃不饱，那时候延安挺穷，出勤一天挣 6 分钱，6 分钱够吃什么？这帮知青还挺仗义，不偷本村的东西，去别的村偷，偷人家刚长成的苞米，没有烧的就砍别的村的果树。黄土高原没有什么树，弄根绳子这头捆着石头或树根子，那头捆在人的腰上，放到半山腰砍毛柴。原来村里有 700 多棵果树，他们走的时候剩下不到 100 棵。

他们一个人背着一个军用书包，里面放一把菜刀，看见解放军就抢，战士任抢任扒，不就是要军帽军装吗？战士被扒光了，穿着内衣内裤回营地，一问，是知青抢的，部队也没招。国家看这帮知青太能作了，第二年就给他们分到陕西铜川三线农场，在那待了一年多就回北京了。我弟弟回去后像我爸一样搞了机修。1986 年，我爸走了，那年他 66 岁。

葛柏林：我也有几次返城机会，佳木斯物资供应站调我，我没去；检察院调我，我也没去；八一农大也没去。

高考一起考？我俩读过高中，考上的概率肯定会高一些。不想考，都30岁了，念书期间没有工资，没有住房，已有了儿子，你说我们怎么办？

5

葛柏林：在家庭农场最困难的时候，北大荒作家刘加祥写了一篇文章，发表在广东的一本杂志上，引起较大反响，几位青年读者来投奔我，一位西安读者来信说："农工都走了，你这么困难，我想过来跟着你干一番事业。"还有几位广西柳州的女青年也要来，我说有老婆，你们来不乱套了吗？我说谢谢，哈哈哈。

有的家庭农场主把地卖了，洗脚上岸了。有人说，别人都不干了，你怎么还在地里干呢？那时，我还在开荒，规划农田，让它更适合机械化作业，700米以上不出角子。我还在投资种树，挖沟修路。我们那块地是低洼地，要用推土机隔一二百米挖一趟排水沟，涝时好把水排出去。

我高息贷款100多万，雇人像燕子垒窝似的一点一点将四周垒成坝，个别洼地围堰，用编织袋装土围起来，下大雨水流进沟里，抽出去了庄稼就没事了。有坝围着四周的水就进不来。有一年发大水，四周的水比里头高一米五，要是不围坝的话，庄稼就全军覆没了。

坝有多高？一米六七、一米七八。

有人说我这不是傻吗？我这么干，有两个原因，第一，家庭联产承包制在中国，我认为不可能变，农民再吃大锅饭，只能饿死；第二，农村的个体承包全都取缔的话，国家怎么安排这么多人的生计和工作？我认为家庭农场这个大方向是不会变的。

除农田基本建设之外，我还种树，1990 年至 1991 年栽红松 300 亩，1994 年植树造林 2000 亩。

种树不赚钱烧钱，那为什么还要种？我从小在浙江，成天在林子里转。我是从林子里出来的，一进林子就像到家似的，感觉非常亲切，非常舒服。

我们开垦的那片荒地原来叫北大林子，地势高的地方是林子，低处是湿地。知青在的时候，林子被砍光了。那些年，一到冬天知青就去林子里砍树，盖房，取暖，做饭，用的烧的都是木头。这片林子砍完了，砍那片林子，挨片儿砍，见林子就砍，争先恐后地砍，等知青走时几乎所有林子都被砍光了。

我们开荒时，那地方一棵树也没有，想找一根搭帐篷的棍子都找不着。生态平衡破坏了，树没了，野生动物都跑了，光剩耗子了。耗子特别多，开荒种地打了点儿粮，堆在仓库里，一百个麻袋有八十个让耗子给嗑个稀巴烂，粮食流一地。

我在那儿建新点后就种树，先建了 3 亩的苗圃。当年知青砍树把北大荒祸害得够呛，(我) 等于还债了，既为自己还，也为那些砍树的战友还。当年砍树是命令，军事化砍伐，你不砍行吗？可是，树苗存活率很低，有的被杂草吃掉了，有的被耗子嗑一圈儿嗑死了，有的被虫儿咬死了，成活一棵树，得补苗儿好几次。

1997年，我买入进口大马力M 160，耙地由日80亩提高到日400亩，中国农民终于可穿白衬衣下地作业。那年秋天遇特大水灾，买了5台水泵日夜排涝，总算免遭灭顶之灾。

对了，1996年还干了一件傻事，用200亩熟地换回湿地中的小开荒。

我们那个开荒点在高岗上，高岗下面是一片湿地，三面环河，我们把湿地的口堵上，确保5000亩湿地常年积水，这样一来，里面的泥鳅、鲫瓜子就特别多。给我们盖房子的施工队用抬网抬了一个来回，抬到两大肥料袋的鱼。冬天，十连的一个小子去打鱼，打了几万斤。冬天水一排，只要接一个网兜儿就能抓到鱼，可是我们不抓。为什么不抓？你把鱼抓走了，鸟儿吃啥？几万斤鱼都是小鱼小泥鳅，你祸害多少生灵？不抓。

年头旱湿地就干了，湿地里也有高岗，一条一条的，有人跑进去开荒，结果种一年赔一年，为什么？年头涝四周都是水，只能颗粒无收。我跟农场领导请示说要建一个湿地，领导挺开明，说行吧，你自建自管。我们就用一块200亩的高岗地把湿地里面的开荒地全部换回来，将整个湿地连成一片。

建湿地没有什么效益，围起来得花钱，年年管理得花钱。为什么保护？我们开垦荒地以后，鸟没处下蛋，在草棵子里下蛋，结果一犁地，把鸟蛋都犁碎了，有了湿地，鸟繁衍生息就有了地儿。大雁南迁的时候，可以在湿地落落脚，像驿站一样，喝点水，吃点东西，完了继续南飞。湿地又是地球之肾，补充地下水。

从长远看，把北大荒原始面貌保留下来，子孙后代能看到亘古荒原是什么样，他的前辈是怎么把这么低洼的塔头、草甸、芦苇荡开垦成稻田。湿地开发之后再恢复是不可能的了，破坏容易，恢复很难，保留下来的湿地从价值来讲不可估量。

这是中国农民第一个自费建的1000亩湿地保护区。

林莉： 每年种树，十年林子就长成了气候。30年种了100多万株吧，也没细数过。现在都挺粗的了，直径得有30公分了。现在看那片林子可漂亮了，落叶松、樟子松、红松，树荫下一片松针，特漂亮，还有核桃楸、山核桃。林子里长着灰菜、蕨菜，8月下了雨，就可以进去采蘑菇了。

小动物都来了，狍子、黄鼠狼、狐狸、花狸棒子、小松鼠、猫头鹰、还有一种像小雕那样的，哧溜哧溜，飞得特别快。

黄鼠狼挺好的，它光咬耗子，不祸害农场养的鸡鸭鹅，掀开帆布底下一堆一堆的耗子，那是黄鼠狼抓完了冻成一堆，贮备起来过冬吃的。我们打的粮挺多，有时候卖不了，快开春才能卖，一百个麻袋被耗子嗑不了几个，生态平衡了嘛。

冬天就扔点吃的，天冷，雪大，那狐狸，黄鼠狼找不到吃的，我们不祸害野生动物。看到狐狸的时候少，它躲着人，有人看到一个大狐狸带着一只小狐狸，在田头翻地鼠。有人上湿地打林蛙，我们买了都放了。有一年地里长了很多地老虎，老嗑豆子根儿，也没打农药，飞来很多乌鸦，把地老虎吃了。

圈河农场风景

圈河农场一角

葛柏林：我在全垦区20多万个家庭农场中，从规模、现代化程度、粮食产量、销售收入来看是拔尖的。2003年，我被评为“全国十大种粮标兵”。2008 年，十七届三中全会肯定了家庭农场是现代农业生产模式之一。我们家庭农场现有林地 4000 亩，湿地 1000 亩，耕地 6000 亩，最高的年头打了 1500 吨大豆，要是 50 吨一个车皮子，整整 30 节车皮。还有小麦，2000 吨左右的产量。看到那么多粮食，是什么感觉？没什么感觉，年年种，年年卖，有时候也愁卖。

我们是中国最美的家庭农场。有大湿地、大农田、大农机、大森林、大产区，符合习总书记提出的绿色、可持续发展，在全中国找不出来第二个。

现在到我们家庭农场，门一推开，就像当初我想的那样：库里满满的，想吃啥就吃啥，池塘里有鱼，圈里有鸡鸭，鸡蛋、鸭蛋、鹅蛋一缸一缸的，基本实现了当初的理想。

我们这三十多年，走过了美国好几百年的历程，人家的家庭农场有二三百年、三四百年，祖祖辈辈经营，咱们三十年完成了，所以付出的辛苦肯定比人家多，是不是？

林莉：现在有十多个职工，六七个干活的，四五个看点的，冬天有鱼池，扫扫雪什么的。我们俩岁数大了，都七十了，地就承包给别人了，我们就管管林子，收拾收拾鱼池。林子本身没有收入，有时候农场上我们那儿挖树苗，也没跟他们要钱，都是白挖。

空气好着呢，氧吧似的。你要是在城市待惯了，上这儿住一个月放松放松，挺舒服的。那帮知青来了就说，知道农场像现在这样，还不如不走。

北京我不愿意回，猪肉这么肥。我回北京从来不吃猪肉，没法吃。那边（空气）乌烟瘴气的，在这儿惯了，回去以后我的后脑勺特别疼，走几里路觉得怎么那么累呢，回来吧，天天溜达也没事。北京买一个厕所赶上咱这儿一栋楼了，有的知青到现在还住在十几平米的小房里，把房子腾给儿子，自己租个小房的都有。我们在北京有没有房子？有，我妈那房子我买了。

儿子是北京户口，从小在哈尔滨爷爷奶奶身边长大的，大概十六七岁的时候回来跟着我们干。他不愿意待在北京，嫌北京太闹腾。我妹妹的孩子早上6点多就出门，一个多小时在路上，来不及吃饭，就买小包子、灌饼什么的，在公共汽车上吃。这儿的生活节奏比较慢，到点下班，到点吃饭，到点睡觉，挺美的。

我孙女在北京读高中，也是北京户口，想考北京公安大学，成绩还行。

葛柏林：有知青回来，我就说，你们有本事的走了，这才把我们“冒”出来，要不然我们还“冒”不出来。

儿子儿媳妇都在家庭农场干活，给他们发工资，比别人略高一点，也高不了多少。按照我的家庭农场的模式来说，农场主只有我们两口子，儿子、儿媳妇都不是。

人家美国讲金融世家、农业世家，咱们也不能断档啊，既然是从农业发展过来的，那儿孙辈的接着干这个，农民世家，一代代地接下去。

后记　北大荒让我找到失去的岁月

没想到这书会成为马拉松式创作，历时二十四载，既出乎自己的预料，也出乎别人的想象。

第一次入荒采访时，我还不满四十岁，1958 年转业到北大荒的老兵还在位，所有的岗位上都有知青的身影。当时还没有写书的念头，不过写几篇特稿而已。

北大荒让我找到失去的岁月，找到一种精神力量，打那之后每年都要入荒采访一两次。采访多了，也就有了写书的想法。2000 年 5 月，百花文艺出版社副社长靳立华回访北大荒途经哈尔滨，听说我采访不少留守知青，有意约稿，于是到寒舍小坐。

靳社长在北大荒下过乡，对之感情深厚，我们聊了两个多小时的老职工和知青，畅快淋漓。分手时，他也没提出书之事。我也没问，该采访采访，该写作写作，反正也不急于出版。

忽一日，百花文艺出版社高为先生来电催稿，说已列入选题计划，2001年初要出版。我一下就慌了，屈指一算，距年底仅四五个月，11月初还要赴美国，这样就剩两三个月了。于是，起早贪黑赶写，来不及琢磨结构。

2000年11月1日，我敲完最后一个字符，晨曦点亮天空。一夜无眠，不仅没有感到疲倦和劳累，反而有些兴奋和轻松，拎起拉杆箱去赶火车，次日要由北京飞往洛杉矶。

2001年1月，《大荒羁旅——留守北大荒的知青》出版，社会反响不错，几十家报刊连载和节选，收到许多读者来信。可是，每当朋友谈及这部书，我就感到愧疚不安，感到对不住接受采访的知青，这部书写得过于仓促。我想继续采访，再写一部。

2003年，我到浙江高校任教，由业界进入学界。“三十不改行，四十不学艺”，改行学艺对我是严峻挑战，于是乎教学科研忙得不亦乐乎，重写知青的想法只得搁下。

2007年，我终于有了喘息之机，又背起背包去北大荒采访了。2008年，毛泽东的“知识青年到农村去，接受贫下中农的再教育，很有必要”发表四十周年时，我的《留守在北大荒的知青》入选中国作家协会重点作品扶持项目，四万字的中篇报告文学发表在《北京文学》2008年第11期，被《北京青年报》等数十家媒体转载，入选“2008年中国当代文学最新作品排行榜”；《最后的家园——北大荒患有精神病知青纪实》发表在《中国作家》2011年12期。这期间又创作了两部时效性较强的长篇报告文学，知青创作项目又一次搁浅，这成了我的一块心病。不过，有时暑假去北大荒，对部分知青进行了跟踪采访，如周军岳、葛柏林、陈桂花、居鸿昌等，他们的形象在我心中渐次完整丰满。

2017年，这一项目再次启动，并入选杭州市文化精品工程项目和浙江省文化精品工程项目。这时，我发现问题严峻，连续二十多年的采访，素材与资料多达数百万字，有相当一部分采访录音委托速记公司整理后没及时校核，部分知青距上次采访时隔数年，甚至二十多年，还需要补充采访，了解近况，想在一年完成困难重重。这时，跟我合著过《快递中国》的杨丽萍主动帮忙。她听了二三百小时的采访录音，对整理出来的文字进行逐一校核，同时又补充采访百余小时。

杨丽萍将梳理好的录音文字发过来时，我发现像陈桂花、居鸿昌、汪旺有等知青的语言很有个性，读起来鲜活而接地气，于是产生创作口述实录文学之念。"口述实录文学是20世纪后半叶诞生于世界文坛的一种新的文学体裁。"[1]口述实录文学该怎么做，对我和杨丽萍是一挑战。好在我二十多年前就对这一文体产生了兴趣，读过冯骥才先生的《一百个人的十年》、张辛欣与桑晔的《北京人：一百个普通人的自述》等作品，还指导过创意写作班的学生创作过《大四女生》。

要不要真名实姓？我查阅已出版的口述实录文学，全都是化

1 孙春旻《口述实录文学的文体特性》,《郑州大学学报（社会科学版）》2000年第3期。

名。化名可以给创作者提供便利，减少许多麻烦，不过真实性与史料性锐减，我和杨丽萍商定后决定采取真名实姓。

多数知青跟踪采访二十多年，由于处境不同、心境不同，有些说法前后矛盾，怎么处理？我认为这是一种多维度的真实，不可回避，即使一次采访创作的口述实录文学，也可能会出现前后矛盾。人本身就是矛盾体，有些感觉和看法不仅会像初一和十五的月亮大有不同，会随着当事人的变化而变化。

真实性与可读性，又是一对矛盾。照本宣科，不加改动自然是真实，不过那只不过是采访素材而已，拖沓、啰唆、没有节奏感，没有因果关系链，也没有文学性，可读性锐减。于是，我们决定将采访对象实话实录，保留每位口述者独特的语言风格，然后将“原话”按文学需求进行重组，以确保既真实又文学。不过，工作量巨大，可谓在真实的石头上雕塑，艰辛而烦琐，不过却尽最大可能保证了真实性，增强了可读性。

要不要给采访对象核实，这又是一个矛盾。请采访对象核实，利是可以纠正文字整理的失误，弊是由于不同时期的采访，处境与心态的变迁，有可能会提出将十年前，或二十年前讲述的认识与感受、情节或细节更改，这样就失去了多维度的真实。考虑再三，我们决定将有可能导致当事人尴尬，带来烦恼之处删除，除个别人之外，不再请当事人过目。在此，我们深表歉意。

本书在创作过程中得到许多朋友和师长的帮助，如中国报告文学学会常务副会长李炳银，《北京文学》月刊社社长杨晓升、副主编师力斌，《当代》杂志社社长杨新岚，百花文艺出版社原副社长靳立华、《大荒羁旅》一书的责编高为，还有北大荒的朋友，原《农垦日报》副总编吴继善、建三江垦区工会原副主席林柏和、北大荒作家刘加祥、红兴隆管理局史志办原主任褚建平、浓江农场土地局原局长陈宽峰，以及我的学生勤得利农场宣传部长刘作信等，还有浙江理工大学博物馆馆长葛建刚、史量才新闻传播学院院长陈改玲等领导和朋友，在此深表谢意！

感谢杨丽萍在关键时刻鼎力相助，承担大量、琐碎的素材梳理工作，并创作出高水平、高质量的一稿，没有她的帮助，这一项目也许像过去那样无期限拖延下去；感谢我的夫人梁春芳教授，她不仅提出富有创意的建议，还承担了书稿的编校工作。

最后，对凤凰出版集团江苏凤凰文艺出版社汪修荣总编，以及本书责编孙茜表示衷心感谢，他们为这部书的出版做了大量的、专业的和富有创造性的工作。

朱晓军

2018年6月于海南